KB169377

작은 태양

작은 태양

린량林良 지음
조은 옮김

글항아리

일러두기

본문 하단 각주는 옮긴이 주다.

1부

작은
태양

작은
태양

단칸방

창문 밖은 세상, 창문 안은 집. 우리 집에는 방이 딱 한 칸 있고, 우리 방에는 빈 벽이 두 개 있다. 나무판자로 된 벽 하나는 우리의 신혼 첫날밤을 위해 특별히 담홍색 꽃무늬 벽지로 꾸몄다. 지금은 색이 다 바랬지만 그때는 일렁이는 금빛 화촉 불이 더해져 혼자 살 때보다 한결 따사로운 분위기였다. 다른 벽에는 둥그렇게 가구를 배치해놓았다. 침대, 옷걸이, 재봉틀, 다기, 등나무 의자, 장롱, 책상. 방 한가운데 남겨진 네모진 공간은 우리의 광장이다. 집에서 줄곧 서 있거나 앉아 있기만 할 수는 없는 노릇이다. 움직여야 한다. 우리의 움직임은 모두 이 작은 광장에서 이루어진다.

퇴근길, 거리에서 건물을 하나하나 지나쳐 집으로 돌아온다. 그리고 열쇠를 꺼내 자물쇠를 따고 문을 열 때마다 새삼 느낀다. 참 작기도 하지! 우리는 광장 한가운데 마주 보고 선다. 광장이 꽉 찬다.

우리는 온 정성을 다해 방을 꾸몄다. 우리의 작은 방이 세상없이 안쓰러운 고아 같았다. 그렇다면 우리의 작은 마음이라도 보태 그의 모든 결핍감을 채워줘야겠지. 우리는 격자 모양 창틀에 초록색 페인트를 칠하고 유리창에 새하얀 창호지를 붙였다. 액자도 잔뜩 사서 잡지에서 오려낸 색색가지 그림을 끼워 걸어놓았다. 천장은 완전히 새것으로 바꾸었는데 무려 300위안이 넘게 들었다. 이렇게 우리가 가진 힘과 돈을 모조리 쏟아붓고 심혈을 기울여 방을 단장해주었다. 우리는 아이에게 옷가지나 장신구를 맘껏 사줄 수 없는 가난한 집 부모 같았다. 어린 시절 누려야 할 그런 즐거움을 안겨주지 못하는 대신에 우리의 모든 사랑을 다 바쳤다!

우리는 나란히 서서 알록달록해진 작은 방을 둘러보았다. 좀 과하게 꾸민 듯도 싶지만 어여쁘기 그지없었다. 우리에겐 오직 이 방 한 칸뿐 아닌가. 사랑할 수 있는 만큼 충분히 사랑하자. 아무리 사랑을 퍼부어도 지나치지 않다.

신혼 시절, 밤마다 이웃이 요리하는 소리가, 골목길에서 맞닥뜨린 삼륜차가 서로 비키라고 다투는 소리가, 숙소에 사는 동료들이 영화와 파티와 도박과 인생을 논하는 소리가 들려왔다. 우리는 쓸쓸하게 웃었다. 우리는 방이 너무나도 작다는 걸, 주위는 너무나도 시끄럽다는 걸, 우리가 간절히 꿈꾸는 아늑하고 조용한 집은 영원히 얻을 수 없다는 걸 알고 있었다.

그래도 우리는 원망하지 않았다. 작고 얄팍한 종이상자 같은 집일지라도, 우리 둘이서 드디어 함께 있게 됐으니.

밥을 하려면 숙소 울타리 옆에 있는 작디작은 부엌으로 가야 했다. 훈툰면을 파는 노점 같은 부엌에서 밥을 지어 방으로 가져왔다. 이런 식으로 먹는 문제를 해결했다. 돈이 생긴 날이면 소시지 두 개와 꼬치막대를 사왔다. 등유 난로에 꼬치를 구워 책상에 올려놓고 마주 앉아 천천히 음미하면서 먹었다. 소음 속에서도 우리는 둘만이 느낄 수 있는 평온함을 찾아냈고, 귀를 꼭꼭 닫는 법을 익혔다.

비 오는 날 부엌으로 가는 아내를 보노라면 멀리멀리 떠나

보내는 기분이 들었다. 창문을 열면 빗속을 걸어가 부엌에서 외로이 밥을 하는 아내가 보였다. 격자창을 따라 흘러내리는 빗물에 시야가 흐릿했다. 나도 같이 가고 싶지만 부엌이 너무 좁아서 내가 칼질할 자리도 없었다. 방에서 원고를 쓰면서 기다리다보면 아내가 쟁반을 받쳐 들고 비를 맞으며 돌아왔다. 옷도 젖고 얼굴에도 빗방울이 맺혀 있었다. 언젠가 우리에게도 집이라 할 만한 곳이 생기면 아내는 더 이상 비를 맞지 않겠지. 아직 머나먼 일이겠지만, 빗방울을 훔쳐내면서도 웃음을 잃지 않는 아내를 보면서 나는 얼굴로 참을성 있게 그날을 기다렸다.

우리 방은 숙소의 대문가에 있었다. 벽 너머는 공용 화장실이고 창문 아래로 사람들이 지나다녔다. 한밤중에 묵직한 문소리에 깜짝깜짝 놀라 잠을 깨곤 했다. 머리 위에서 쿵쿵 울리는 발소리에 잠을 이루기 힘든 날도 많았다. 그러나 우리는 언제나 우리의 맹세를 기억하고 있었다. 한평생 가난하더라도 기죽지 말자. 우리는 손을 꼭 맞잡았다. 한숨 따위는 누구 입에서도 흘러나오지 않았다.

고맙고 기쁘게도 우리를 결코 잊지 않은 친구들이 우리의 작은 방을 종종 찾아주었다. 앉을 곳이라고는 벽에 바짝 붙여놓은 등나무 의자뿐이었지만 친구들은 우리 집을 존중해주었다. 우리가 가정을 이룬 모습을 보며 좋아할 뿐이지 집이 작다고 뭐라 하는 사람은 아무도 없었다. 우리가 옷을 갈아입을 때 친구들은 밖에 나가 기다렸다. 한 사람이 낮잠을 자면 다들 부엌으로 자리를 옮겼다. 그래도 우리는 주말마다 친구들을 초대했다. 밥을 먹으려고 작은 방에 네모진 탁자를 펴면 가슴이 눌렸다. 찜솥에 갇힌 오리 네 마리처럼 옴짝달싹 못하면서도 우리는 이런 즐거움을 놓아주지 않았다.

밤이면 도시의 화려한 야경이 내다보였다. 모든 창문이 총총히 빛났다. 우리는 그 모습을 지상의 별빛에 비유하곤 했다.

방이 하나뿐인 우리 집도 밤마다 불을 밝힌다. 그러면 우리 창문도 환한 빛을 내뿜으며 수많은 별빛 가운데 하나가 된다. 이런 생각을 하면 얼마나 힘이 솟고 용기가 나는지!

우리는 이미 흡족하다. 어차피 인생이라는 기나긴 흐름 속에 있지 않은가. 집다운 집은 갖지 못했다 해도, 온 마음을 다해 이 단칸방을 아끼고 사랑하리라!

작은
태양

2월에도 비, 3월에도 비, 벽 모서리에 하얀 박테리아가 자라나고 가죽가방에 곰팡이가 피어난다. 천장에 물이 고이고 바닥에는 방문객이 우정의 표시로 남긴 흙 발자국이 겹겹이 찍혀 있다. 허핑시루 2번지에 임시 웅덩이가 여러 개 생겨나고 차가 지나갈 때마다 쏴아쏴아 물소리가 난다. 처마 밑에 줄줄이 널려 비를 피하는 축축한 옷가지는 두 팔을 축 늘어뜨린 노인 같다. 하늘에서 내려주는 물이 하도 많아서 수돗물도 콸콸 나온다. 물고기처럼 표정도 말도 없는 행인들이 흠뻑 젖은 채 울타리 너머를 헤엄치듯 오간다.

바야흐로 타이베이의 우기다. 활짝 웃는 날이 연중 가장 적은 시기. 그런데 우리 아기가 바로 이런 때에 세상에 왔다. 이 축축한 지구에서 아기는 어느덧 보름을 보냈다. 보석처럼 반짝이는 새까만 눈동자로 눈부신 햇빛도 휘영청한 달빛도 보지 못했다. 이대로라면 아기가 이 세상을 아름답게 느낄 수나 있을까?

그날을 돌이켜본다. 나는 타이베이대학병원 분만실 앞 어두컴컴한 복도에 홀로 앉아 있었다. 귀가 어쩌나 예민해져 있었던지 두근대는 내 심장 소리까지 들릴 지경이었다. 벤치에 앉아 아기가 태어나기를 기다리는 남편들은 다들 낙관적이고 굳세 보였다. 그들은 아내의 진통을 분담할 필요 없이 하느님이 남자에게 내려준 행운을 만끽했다. 게다가 까탈스럽게도 다들 딸은 다른 집에서 태어나길 바라기까지 했다. 그들에 비하면 나는 얼마나 비관적이고 나약한지. 어여쁜 간호사가 벤치 독점 좀 그만하고 일어나라고, 나가서 저녁이라도 먹으라고 떠밀었지만 나는 부리나케 돌아왔다. 꺼칠한 헌 신문지로 배를 채우는 데 돈을 쓰고 온 기분이었다. 나는 몰래 성호를 그으며 기도했다. 그러다 아담의 입에 선악과를 넣어주던 이브가 퍼뜩 생각났다. 이브는 그저 남편을 사랑하는 마음이 하느님을 두려워하는 마음보다 컸을 뿐인데, 하느님은 어찌 그런 아내를 저주하셨단 말인가. "나는 네가 임신하여 커다란 고통을 겪게 하리라. 너는 괴로움 속에서 자식들을 낳으리라!" 너무나 무시무시하지 않은가.

그러다보니 연애 시절 추억에 젖어들었다. 우리는 몇 년씩 친구들을 속이며 몰래 데이트를 했다. 결혼한 뒤의 평온한 나날들도 떠올랐다. 내가 원고를 쓸 때면 아내는 등 뒤에서 조용히 차 한 잔을 건네주고 그토록 싫어하는 담배도 한 대 피우게 해주었는데. 둘이서 다투기도 했다. 나는 잔뜩 인상을 쓰고 아내 눈에는 눈물이 맺혔더랬다. 함께 웃던 즐거운 시간도 생각났다. 우리는 책상에서 파인애플 통조림을 따서 나눠 먹고 원고지로 닦곤 했다. 아내는 이미 내 삶의 일부가 되었고 나도 아내 삶의 일부가 되었건만, 굳게 닫힌 분만실 문이 우리를 갈라놓았다.

분만실에서 고통스러운 비명이 수없이 흘러나왔다. 마음을 갈가리 찢어놓는 그 외침이 모두 아내의 호소처럼 여겨져 하나하나 새겨들었다. 세상에 나온 아기가 터뜨리는 울음소리를 들을 때마다 아내가 산고에서 벗어났다는 신호이길 바랐다. 벤치에 남은 사람은 이제 나뿐이었다. 나는 두려움에 휩싸인 채 기다리고 또 기다렸다. 마지막으로 간호사가 바퀴침대를 밀고 내 옆을 지나갔다. 침대에 편안히 누워 미소를 지으며 아내가 말했다. "딸이야. 괜찮지?" 나는 얼굴을 돌렸다. 뜨거운 눈물이 왈칵 솟았다.

우리 아기는 이렇게 세상에 나왔다. 얼굴은 엄마 닮아 동그랗고 몸은 나를 닮아 홀쭉한 아기. 어쨌거나 우리 마음속에서 아기는 더없이 아름다웠다. 무엇도 더 바랄 게 없었다. 우리는 빗소리를 들으며 아기를 데리고 우리 집으로, 눅눅하고 비좁은 단칸방으로 돌아왔다. 이 작디작은 세 번째 사람은 태

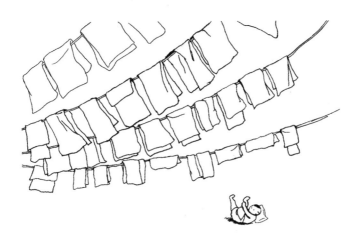

어나자마자 부모의 극진한 사랑을 차지하고 말았다. 아기가 조그만 입술을 비죽이며 쌔근쌔근 잠들고, 까만 눈동자로 등불을 빤히 바라보고, 우리가 아기 얼굴에서 작은 점을 찾아내고…… 이런 삶이란 얼마나 따스하고 향기로운지!

하지만 아기는 우리에게 현실적인 문제도 떠안겼다. 아기의 조그만 이부자리는 작은 인쇄기처럼 축축하고 뜨뜻한 연노랑 진노랑 기저귀를 수없이 찍어냈다. 우리는 기저귀를 하나씩 가져다 대야에 담가놓았다. 우리를 도와주러 온 아찬은 얼굴에 그늘이 지고 어깨가 쑤시고 성미도 까칠해졌다. 아기가 찍어낸 인쇄물을 보며 우리의 도우미는 고개를 절레절레 흔들었다.

우리 방에 망치 소리가 울리더니 철사줄이 걸리기 시작했다. 한 줄, 두 줄, 석 줄, 넉 줄, 다섯 줄, 여섯 줄. 방에 가득 널린 아기의 기저귀가 빗속에 휘날리는 군기처럼 위풍당당하게 펄럭거렸다. 우리는 허리를 구부린 채 기저귀 아래로 지나다녔다. 새로운 동생을 만나러 온 이웃집 아이는 공중에 펼쳐진 희한한 진영에 마음을 빼앗겨 왜 왔는지 까맣게 잊고 말았다. 결국 책상 위 영공마저 내주게 됐고, 눈이 나쁜 나는 원고를 쓰면서 자꾸만 물 위에 구두점을 찍었다. 머리 위 기저귀가 일궈낸 성과였다.

모든 것이 달라졌을 뿐 아니라 달라지는 속도도 어마어마했다. 자전거 두 대가 나란히 집을 나섰다가 나란히 돌아오는 공무원 생활의 즐거움은 온데간데없었다. 하지만 우리는 다른 보상을 받았다. 우리는 아기의 작은 손을 쥐어볼 수 있다. 마치 동화 속 선녀와 인사를 나누는 기분이다. 보드랍고 까만 머리카락도 쓰다듬을 수 있다. 목욕통에서 찰방거리는 청개구리 같은 모습도 볼 수 있다. 갓난아기 특유의 젖내도 맡을 수 있다. 조그맣고 어여쁜 아기의 얼굴 앞에서 예전의 낡은 기쁨 따위는 발붙일 곳이 없다.

아기는 코도 골 줄 안다. 작은 목구멍에서 고롱고롱 소리가 난다. 젖을 실컷 먹고 나면 트림을 하고, 몸을 쭉 뻗어 기지개를 켜고 하품을 한다. 재채기까지 할 수 있다. 우리는 침대 맡에 놓아둔 육아책을 뒤적여본다. 다 정상이란다. 우리는 아기가 우리에게 건네는 모든 소리를 만끽한다. 그 소리 덕분에 우리 방은 더없이 따사로워진다. 우리는 아기가 평온할 때 어떤 표정을 짓는지 몰래 지켜본다. 그야말로 털끝만 한 근심도 없어 보인다.

아기가 우리 침대의 절반을 차지했지만 우리는 기꺼이 몸을 움츠린다. 아기가 밤잠을 못 자게 하는 바람에 우리는 낮에도 피곤해 죽을 지경이다. 하지만 이는 인간으로서 맛보는 가장 즐거운 괴로움이며 가장 달콤한 힘겨움이다. 밤이건 낮이건 우리 아기를 꼬옥 안아주고 싶다, 영원토록!

창밖에 휘잉휘잉 바람이 불고 주룩주룩 비가 내린다. 이토록 축축하고 을씨년스러운 세상에 태양이 나와주기를 얼마나 애타게 기다렸던가. 하지만 지금, 우리는 창밖의 세상은 다 잊었다. 우리에겐 우리의 작은 태양이 있다. 우리의 작은 태양은 하늘을 뒤덮은 먹구름의 그림자를 두려워하지 않는다. 우리의 작은 태양은 빗줄기도, 기저귀가 쳐놓은 진영도, 시름에 잠긴 영혼의 단단한 껍데기도 다 뚫고 들어와 우리 마음을 환하고 따스하게 만들어준다.

이렇게 외치고픈 마음이 간절하다. 우리의 작은 태양은 힘겹게 짊어지고 가는 짐이 아니라고, 우리 인생길에서 처음 만난 가장 사랑스러운 벗이라고!

포악한
두 살

바이징루이가 감독한 「외로운 열일곱」*이 개봉하려면 아직 멀었다. 하지만 우리 집의 '포악한 두 살'은 날이 갈수록 흥행 몰이 중이다.

웨이웨이는 태어나자마자 부모의 가족계획을 알아차렸는 지 자기가 '마지막 아이'라는 믿음이 충만했다. 집에서 아이가 누리는 특권은 대개 '배턴을 넘기는' 식으로 통제된다. 첫째 잉잉은 둘째 치치가 태어나자 배턴을 넘기고 이인자로 물러나야 했다. 처음에 첫째는 부모와 함께 동생 돌보기를 거부했고 '인간 세상의 불공평'에 걸핏하면 반항했다. 하지만 배턴을 넘겨본 경험자인 엄마 아빠가 원망하지도 따지지도 않고 '삼인자' 자리를 받아들이는 모습을 보면서 첫째는 점점 신이 났고 마음도 편안해졌다.

---

* 타이완에서 1967년에 개봉한 청춘 영화로 그해 금마장 6개 부문을 휩쓸었다.

둘째도 특권 배턴을 오래 쥐고 있을 수 없었다. 막내가 태어나는 날 배턴을 다시 넘겨야 했기 때문이다. 이번에는 둘째가 '배턴을 빼앗긴 상실감'을 맛보게 됐다. 첫째는 자기한테서 배턴을 빼앗아간 둘째도 특권을 잃은 걸 보자 '쌤통'이라며 좋아했지만, 무릇 인간이란 (아무리 작은 인간이라 해도) 동정심을 지닌 법이다. 똑같이 특권을 잃었다는 '동지 의식'이 생겨나자 둘은 그간 언짢았던 감정은 싹 잊고 더욱 친밀해졌다. 첫째와 둘째는 서로 더 깊이 이해하고 우애를 돈독히 다지며 단단히 뭉쳤다.

막내에게 이르자 상황은 크게 달라졌다. 막내는 특권 배턴을 꼬옥 거머쥐었다. 자기가 배턴을 넘길 일은 없다는 사실을 아는지 모르는지, 아무튼 막내가 내보이는 믿음은 첫째와 둘째한테서는 본 적 없는 것으로 적군마저 깊이 탄복할 지경이었다. 막내를 어찌할 수 있는 사람은 아무도 없었고, 막 배턴을 넘긴 둘째는 크나큰 정신적 고통에 시달렸다.

막내는 손을 내저으며 "안 돼"라고 말하는 법을 배우자마자 우리 집 '보안관'을 자처하고 나섰다. 둘째가 아빠하고 학교 숙제 얘기를 하면 어딘가에 숨어 있던 꼬마 보안관이 느닷없이 튀어나와 엄숙하게 손을 저으며 소리친다. "안 돼!" 그렇게 결연히 둘째를 몰아내고서야 외침을 그친다. 막내의 조그만 머릿속에는 '일부일녀一父一女' 제도를 절대적으로 준수해야 한다는 독특한 생각이 굳게 박혀 있다. 이걸 어기면 다 불합리한 거다. 우리 집에서 끊임없이 벌어지는 '아빠쟁탈전'의 승리자는 늘 똑같은 자, 둘째가 "짜증 나는 꼬맹이"라고 일컫는 자다.

막내는 우리 집의 모든 식량을 관리한다. 창고를 지키는 꼬마 보초병 같다. 막내 머릿속에는 '무릇 먹을 수 있는 것은 다 내 거'라는 생각이 박혀 있다. 막내가 잠에서 깨면 누구도, 어떤 음식도 먹으면 안 된다 — 평범한 쌀밥처럼 막내 스스로 포기하는 음식 말고는. 엄마 아빠도 마찬가지다. 만약 자기 눈 앞에서 누군가 과자나 망고나 코코넛쿠키나 크림빵을 먹으면 막내는 두 번째로 배운 말을 날카롭게 외친다. "뺏어!" 자기가 지키는 작은 식량 창고가 약탈당했다는 뜻이다.

막내에게는 작은 욕망이 하나 있다. 이 집에서 자기 말고 다른 사람들, 그러니까 자기보다 일찍 태어난 첫째와 둘째는 군더더기라는 사실을 자꾸만 알리려 한다. 그리하여 막내는 자기보다 일찍 세상에 나온 두 '장애물'을 모방해 그들의 모든 특장점을 자기 몸에 새기려고 온 힘을 다한다. '백과사전'처럼 모든 걸 아는 유일한 아이가 되어 일찍 태어난 자들의 '무가치'를 폭로하려는 거다. 막내는 줄넘기, 노래, 아빠를 도와 물건 나르는 일을 시도한다. 실패할 때마다 투지에 불이 붙는다. 이건 반드시 이겨야만 하는 승부다. 이렇게 막내는 싸우면서 배우고, 싸우면서 자란다.

자기보다 큰 두 적수는 전화를 걸 줄 안다. 그래서 막내도 '전화 거는 법'을 열심히 배우는 꼬마 학습자가 된다. 어느 날 낮잠 시간, 막내는 자기 구석 자리에서 살그머니 빠져나와 거실로 간다. 그리고 자기한테는 '작은 산'이라고 할 만한 소파로 기어올라, 대단히 정중하게 수화기를 들고, 중국 사람이 영어를 하는 것처럼 아주 적은 단어를 써서 이야기를 한다. "누구? 아빠? 자는데! 응, 안녕!" 자기가 전화를 걸 수 있다면 일찍 태어난 자들은 즉각 쓸모없어질 거고 존재 가치가 사라질 거다. 이게 막내의 깜찍한 생각이다. 극도로 이기적인, 어른처럼 이기적인 생각.

아빠가 일찍 태어난 자들의 수중에 들어가는 걸 막고자 막내는 아빠를 바쁘게 할 방법, 1초도 쉬지 못하게 만들 방법을 끊임없이 궁리한다. 퇴근한 아빠가 집으로 들어서는 순간, 막내는 일식집에서 손님이 스시를 주문하려고 종업원을 부르듯 손뼉을 탁탁 친다. 그러고는 "안아줘, 안아줘" 소리치면서 일단 아빠를 옭아맨다. 막내는 진즉에 조그만 파충류에서 인류로 진화했지만, 아빠를 '점령'하는 첫 단계는 아빠를 다시금 '안아주는 기계'로 만드는 것임을 잘 안다. 이제 막내는 높은 곳에서 군림해 일찍 태어난 자들을 내려다보며 잔뜩 우쭐해 있다. '인간 배'에 승선한 막내는 키잡이가 되어 아빠를 멋대로 조종하며 쉴 새 없이 움직이게 한다. 높이 높이, 봐봐, 씻자, 물, 과자, 얼음, 마실 것, 가져와…… 선장처럼 끊임없이 명령을 내린다. 이 노예생활에서 벗어날 수 있는 방법은 좀처럼 없다. 끝내는 죽은 척하는 수밖에. 그러나 막내는 '가짜 죽음'에 어마어마한 반감이 있을 뿐 아니라, 울고불고하는 게 죽은 자를 굴복시키는 가장 효과적인 방법임을 잘 안다. 죽기에 실패한 자는 어쩔 수 없이 다시 일어나 노예생활을 계속한다.

막내가 가장 싫어하는 것은 '텔레비전 고아'가 되는 거다. 텔레비전을 켜는 순간, 막내는 자기가 '심하게 교양 없다'는 사실을 여지없이 드러낸다. 바지에 오줌을 싸거나 바닥에 똥을 누고, 벌러덩 드러누워 잠든 척하거나 꽃병을 깨부수고 방석을 웅덩이에 빠뜨려버린다. 어쩔 수 없이 텔레비전을 끄면 막내는 곧바로 상냥해진다. 누구와도 맞서지 않을 뿐 아니라, 모두를 즐겁게 해줘야 한다는 책임감까지 느끼는 듯하다. 막내는 결코 텔레비전을 용납하지 않는다. 텔레비전 앞에서 어른들은 목을 쭉 뺀 구부정한 자세에 눈동자도 튀어나오고 표정까지 멍하다. 커다란 상자에만 정신이 팔려 집안의 중요 인물에게는 일말의 관심조차 없다. '텔레비전 고아'가 된 이런 기분을 어찌 참을 수 있겠는가?

책을 볼라치면 막내는 책을 빼앗는다. 글을 쓸라치면 펜을

빼앗는다. 누군가와 이야기라도 나눌라치면 그 사람을 몰아 내버린다. 어쩔 수 없이 이런 고상한 일은 그만두고 한발 물 러나기로 한다. 집을 좀 치울라치면 바지에 오줌을 싼다. 책상 을 정리할라치면 똥이 마렵단다. 다시 한발 물러난다. 샤워하 러 간다. 욕실까지 따라 들어온 막내는 의자를 가져다놓고 세 면대로 기어올라 물장난을 한다. 1분 뒤, 나는 어쩔 수 없이 벌거벗은 몸으로 세면대에서 막내를 건져낸다.

아마도 바이징루이 감독은 여자아이가 열일곱 살이 되면 외로워진다는 걸 잘 아나보다. 내가 아는 바는, 두 살배기 여 자아이는 대단히 포악하다는 거다. 확실히 안다, 나는 그 애의 아빠니까.

시가
있는
집

    저녁을 먹고 나면 차마 집을 나설 수 없는 시간이 홀연히 찾아온다. 아내는 '일행일선日行一善'*을 시작한다. 누군가의 구멍 난 양말을 꿰매주기도 하고, 아이들을 위해 우표를 분류하기도 하고, 지난 몇 년간 내가 극장에서 가져온 1000장의 '이야기'를 정리하기도 한다. 첫째는 시험에서 '10등 앞(10등 안)'에 들고 말겠다는 각오로 책상에 공부할 책 일곱 권을 진지하게 늘어놓는다. 책상 위에서는 연필을 쥔 손이 바삐 움직이고 책상 밑에서는 두 발이 노래에 박자를 맞춘다. 둘째는 쓰는 것을 두려워하지 않는 어린이. 작은 손으로 뾰족한 연필을 꼬옥 쥐고 공책에 한 줄 한 줄 글자를 '새겨'넣는다. 다만 조명을 제대로 활용할 줄 몰라서 책상 옆 등불이 머리를 비추는 바람에 둘째의 공책에 '일식'이 일어난다. 두 살인 막내는

* 하루 한 가지씩 좋은 일을 해서 덕을 쌓아간다는 뜻.

바닥에 퍼질러 앉아 플라스틱 약병과 바람 빠진 공과 부러진 인형 다리를 갖고 노느라 '무아지경'에 빠져들었고, 다른 사람들도 '아무 데나 오줌을 싸는' 이 꼬맹이의 위험성을 잊고 있다. 이런 시간에 단호히 일어나 신발장을 열고 구두를 신고 어두운 거리로 나간다는 것은 범죄와도 같을 터. 나는 경건한 마음으로 슬그머니 서재로 향하기로 한다.

*

정말정말 하찮은 일 때문에 존경하고 사랑하는 아내와 입씨름을 벌일 때가 종종 있다. 그러면 나는 성난 얼굴로 책 한 권을 들고 성난 얼굴로 침대에 누워 책을 보다가 성난 얼굴로 아름답지 않은 꿈나라로 간다. 한밤중에 나직한 발소리가 들려와 잠에서 깬다. 누군가 와서 가슴에 놓인 책을 치워주고, 이불을 잘 덮어주고, 머리맡에 켜져 있던 전등을 꺼준다. 가만가만 돌아가는 발소리가 향하는 곳은 아기를 재우는 방. 성난 얼굴로 잠들었던 나는 이튿날 '곳곳에서 새소리 들려오는處處聞啼鳥'* 가운데 미소 띤 얼굴로 깨어난다.

---

* 당나라 시인 맹호연의 시 「춘효春曉」의 한 구절.

*

첫째는 이 두 개가 비뚤게 났다. 의사가 즉시 교정을 시작해야 한다고 했지만 매우 오랜 시간이 걸리는 일이고 비용도 만만치 않았다. '큰돈이 드는 일'이 생겼다는 빅뉴스가 온 집안에 금세 퍼졌다(이 작은 집에서 홍보활동을 펼치기란 참으로 쉽다). 아침에 언니와 싸웠던 둘째가 저녁에 서재로 온다. 나에게 다가오는 둘째 머리에서 '성인의 후광'이 비친다. 둘째는 오색 비눗방울을 사려던 2위안을 책상에 올려놓더니 '무슨 뜻인지 알죠' 하는 눈빛으로 나를 지그시 바라본다. 그러고는 돌아서서 '성인의 후광'을 머리에 단 채 서재를 떠난다.

*

밤에 원고 한 편을 쓰고 침대에 누웠는데 금세 동이 터온다. 몽롱한 와중에 "쉿" 소리가 들린다. 눈을 뜨지 않아도 작은 손가락 세 개가 작은 입 세 개에 붙어 있다는 걸 알 수 있다. "쉿, 쉿, 쉿!" 이 애가 저 애한테 조용히 하라 하고 저 애가 이 애한테 조용히 하라 한다. 차르르, 커튼이 드리워진다. 첫째 목소리가 들린다. "커튼 치면 햇빛이 안 들어오잖아. 아빠가 더 오래 주무실 수 있어." 두 살배기 막내가 둘둘 말린 이불을 잘 펴주겠다고 침대로 기어오르다 대자리 때문에 주르르 미끄러진다. "떨어졌어! 떨어졌어!" 막내가 소리친다. 첫째와 둘째가 "쉿" 하면서 막내를 막는다. "방문 잘 닫고 가자. 누가 들어와서 시끄럽게 하면 안 되니까!" 둘째 목소리다. 작은 발 여섯 개가 쿵쿵거리며 서재를 나서고, 문이 닫힌다. 쾅! 고운 마음씨들이 만들어준 '수면 환경' 속에서 나는 잠이 확 깬다.

*

8월 10일* 아침, 베개 옆에 편지가 한 통 놓여 있다. 첫째가 쓰고 세 아이가 서명한 편지다.

사랑하는 아버님께

어제가 아버지날인데 우리가 숙제하느라 너무 바빠서 선물을 깜빡했어요. 아빠한테 보낼 '연하장' 만드는 것도요. 여기 2위안이에요. 먹고 싶은 거 다 사서 드세요! 우린 아빠한테 아무것도 사달라고 안 할게요. 출세하고 부자 되시고, '역사에 길이 남는 위인'이 되세요!

* 타이완에서는 8월 8일이 '아버지날'이다. 아빠爸, ba와 숫자 8八, ba의 발음이 비슷해서 그렇게 정해졌다고 한다.

그 아래 서명이 있다. 첫째 이름, 둘째 이름, 첫째가 대신 써 준 막내 이름.

*

일요일. 둘째가 보고 싶다는 「떠돌이 늑대」를 보러 가기로 했다. 나는 서재 문을 꼭 닫고 원고를 빨리 마치기로 했고, 둘째는 그때까지 나를 부르지 않기로 했다. 10분 뒤, 똑똑 소리가 난다. "아빠, 몇 줄 남았어요?" 나는 80줄 남았다고 알려준다. 5분 뒤, 둘째가 또 온다. "몇 줄 남았어요?" 나는 진도를 표시하며 씁쓸하게 대답한다. "60줄." 이내 물음이 이어진다. "몇 줄 남았어요?" "50줄." "몇 줄 남았어요?" "20줄." "몇 줄 남았어요?" "아홉 줄." "몇 줄 남았어요?" "한 줄." "한 줄 다 썼어요?" "다 썼다." "가요!" "가자!" 가는 길에 둘째는 원고를 빨리 썼다며 나를 칭찬해준다. 나는 밤에 둘째가 잠들고 나면 다시쓸 작정이다.

*

한밤중까지 글을 쓰다보니 배가 고프다. 먹을 것을 그러모으러 나가본다. 식탁에 어디서 났는지 모를 먹을거리가 가득하다. 요구르트 두 병, 파인애플빵 두 개, 수박 두 쪽. 손편지

도 두 통 있는데 안 봐도 뻔하다. 첫째와 둘째가 쓴 '가족편지'
다. 식탁 위 음식들은 아이들이 자기네 '비상식량'으로 나에게
한턱내는 거다. 밤 12시가 그날의 '최후'의 시각이라면 나는
'최후의 만찬'을 아주 풍성하게 먹는 셈이다. 노곤했던 데다가
배까지 채우고 나니 이제 가서 푹 자고 싶어지는데, 편지 두
통이 퍼뜩 생각난다. 뜯어보니 첫 번째 편지는 한자로 쓰여
있다. "숙제 다 했으니까 한번 쭉 읽어봐주세요." 두 번째 편지
는 주음부호*로 쓰여 있다. "내일 발표 시험이 있거든요. 재밌
는 얘기 하나 생각해놓기요."

*

첫째는 학원에 가고, 둘째는 친구 생일잔치에 가고, 두 살
막내는 이웃집 '마음씨 좋은 이모'가 놀아주겠다고 안고 갔다.
한순간에 집 안이 고요해진다. "이제야 편히 쉬겠네!" 아내가
말한다. 그리고 결혼 전부터 보려고 했던 책을 들고 온다. 그
런데 몇 쪽 읽지도 않고 다른 의자로 자리를 옮긴다. 조금 뒤
에 또 다른 의자에 가 앉는다. 의자가 다 어딘지 불편한 모양

* 타이완에서 쓰는 발음기호. 어린아이들은 한자를 배우기 전에 주음부호부터 익
힌다.

이다. "의자를 몽땅 바꿔야 하나?" 아내가 말한다. 의자가 도대체 어디가 이상한 건지, 어디를 어떻게 바꿔야 하는지는 아무도 모른다. 한참을 말이 없다가 아내가 또 말한다. "이상하기도 하지, 분명 집에 있는데 왜 자꾸만 '집이 그립지!'"

*

저녁 바람이 불어온다. 어떤 소리가 나도 다 들릴 만큼 집 안이 조용하다. 창밖으로 오토바이가 부릉부릉 지나가는 소리, 말라붙은 성탄 포인세티아가 쏴쏴 흔들리는 소리. 헐거운 수도꼭지에서 똑똑 물 떨어지는 소리. 아내가 사각사각 옷 자르는 소리, 첫째가 나직이 문법 교과서 읽는 소리, 둘째가 사삭사삭 연필로 쓰는 소리, 막내가 고롱고롱 코 고는 소리, 아란이 자신의 작은 방에서 「녹도소야곡綠島小夜曲」* 흥얼거리는 소리. 똑딱똑딱 시계가 '야간 행군'을 시작한다. '우리 집 소리'들, 참으로 듣기 좋구나.

---

* 1954년 처음 발표된 뒤로 지금까지 중화권의 유명 가수들이 숱하게 리메이크한 타이완의 국민 노래.

태양을
찾아
남쪽으로

올해 춘절*은 '비 오는 명절'이다. '행인들을 말 없는 물고기로 만드는' 궂은비가 쉬지 않고 내린다. 정월 초아흐레인 지금도 먹구름이 하늘을 뒤덮은 채 가랑비를 뿌리며 읍소하고 있다. 눈물의 공연이 얼마나 더 이어지려나.

우리 집에는 아이들이 2년 전에 만든 '가정 규칙'이 있다. 겨울방학에는 반드시 자기네를 데리고 '아주 먼 곳으로' 여행을 가야 한다는 규칙이다. 올해 목적지는 타이완의 남쪽 끝 어롼비鵝鑾鼻. 바다와 등대가 있는 아름다운 곳이다. 주룩주룩 내리는 빗속에서 타이베이를 떠난 우리는 가오슝에서 태양을 따라잡았다. 이튿날에는 또다시 가오슝의 빗속에서 길을 나서 기차가 헝춘을 지날 때 태양을 따라잡았다. 태양과 두 차례 길동무를 하고 지금은 다시 비 내리는 고향으로 돌아와 있

---

* 음력 정월 초하루부터 시작되는 타이완의 설 명절.

다. 파초잎을 두드리는 빗방울의 연주를 들으며 이틀간의 기적 같은 만남을 추억하다보니, 기념으로 짤막한 여행기라도 남겨야겠다는 생각이 든다.

옛 여행기를 보면 풍경을 참으로 아름답고 훌륭하게 묘사해놓았다. 요즘 여행기를 보면 과학적 색채가 강하고 지리에 관한 지식도 알차게 들어 있다. 이렇듯 문학성이나 과학성을 띤 여행기는 예술과 교양 면에서 가치가 높다만, 우리 소시민들에게 꼭 필요한 내용은 아니다. 우리 소시민들이 모처럼 주머니도 마음도 넉넉해져 떠나고 싶어질 때 가장 궁금한 점은 아마 두 가지일 거다. 첫째는 여행 경비, 둘째는 교통편. 이 두 가지가 빠진 여행기라면 실용을 중시하는 현대인에게는 '쓸모없는 여행기'나 마찬가지다. 아무래도 불만스럽다. 그래서 나는 바로 이런 소시민 여행기를 쓰려고 한다. 무슨 일에 얼마를 썼다, 일반 표와 반액 표, 기차역과 버스 정류장에 관한 기록으로 가득한 글이다. 내 목적은 그저 어떻게 찾아가는지, 돈은 얼마나 드는지를 알려주려는 거다. 물론 이런 영수증 다발이 좀더 생동감 있고 아름다워지게끔 애써보련다.

어느 작가가 이런 말을 했다. 당최 머리를 굴릴 시간이 없어 감동적인 일기를 쓸 수 없는 현대인이라면, 날마다 지출 내역을 기록하면 된다고. 현대인의 생활 기록은 영수증 내역과 크게 다르지 않기 때문이다. 탄식할 노릇이지만 부정할 수도 없는 얘기다.

정월 초사흘 밤 9시 30분. 온 식구가 거실에 모였다. '집 지키는 이'가 '떠나는 이'에게 신신당부하는 첫마디는 이러하다. "차표 잘 챙겨." 내 손에는 '일반 표' 한 장과 '반액 표' 반 장이 들려 있다. 쾌속 관광열차의 야간 차표로 밤 10시 30분에 타이베이를 출발해 이튿날 아침 6시 50분 가오슝에 도착한다. 일반 표는 온전한 한 장인데 반액 표는 반을 잘라낸 반 장짜리다. 일반 표는 214위안 5마오, 어린이 표인 반액 표는 반값이다. 쾌속열차 좌석은 영화관처럼 표가 있으면 자리를 얻는데, 일반 표도 자리 하나, 반액 표도 자리 하나다. 그래서 기차표 '한 장 반'으로 두 자리를 얻는다. 나는 두 아이를 데리고 간다. 나도 자리가 있고 첫째도 자리가 있지만 둘째는 '무르팍 승객'이라 표가 필요 없다. 적어도 이론상으로는 이러하다. 어린이가 반액 표를 살 수 없는 어린이 극장과 비교해보니 철도국 인심이 더 후하다. 내 손에 들린 '한 장 반' 표 값은 모두 322위안. 이 차표가 '아주 먼 곳으로' 우리를 데려가주는 첫 번째 열쇠다. 적지 않은 금액이지만 야간열차를 타면 하룻밤 숙박비를 아낄 수 있으니 그렇게 보면 또 많지 않은 금액이다.

관광열차는 표를 하루 전부터 팔기 시작한다. 평소라면 틈날 때 역에 가서 줄을 서서 예매하면 된다. 그리 어렵지 않다.

그러나 설이나 명절 때는 '단체여행객'과 '지역 관광객'이 특히 많아서 표를 사는 게 보통 일이 아니다. 일찍부터 준비하고 나가서 안간힘을 써야 한다. 격렬하고 긴장되는, 현대적 색채를 띠는 일이다. 차라리 '아무도 관광하지 않는 계절에 관광하는' 것이 더 지혜로운 처사다.

9시 35분. 거실에서 배웅 의식이 마무리되자 전화로 택시를 불러 억수같이 퍼붓는 빗속에서 먼 길을 떠난다. 기차역에 닿자 택시비로 12위안을 낸다. 기차역 불빛이 눈부시다. '불야성'의 활기찬 분위기다. 두 아이는 먼 길을 나선 경험이 두 번 있어서 태도도 차분하고 베테랑 여행자처럼 표정도 느긋하다. 눈이 나쁜 아빠를 도와 승강장과 매표구를 확인하고 나자 작은 짐을 하나씩 들고 기차역을 어슬렁거린다. 빗소리 사람 소리를 듣고, 대합실에 앉아 고개를 틀고 텔레비전 보는 사람들을 구경한다. 이 시간에는 돈 쓸 일이 없다. 원래 관광 지도를 살 생각이었는데, 지도를 아무리 들여다봐도 컨딩공원*의 위치를 나타내는 작은 점을 찾을 수가 없어서 안 사기로. 미안하다는 말 한마디로 돈을 아낀다.

10시 20분. 기차역에 모인 사람들 머리가 요동치기 시작한다. 개찰구의 좁은 문이 열린 것이다. 뚱보가 '압축'될 만큼 좁

---

* 타이완 최남단 헝춘에 있는 열대식물 공원.

으면서 '월담'은 불가능한 높이의 구식 개찰구라 '유치장에 들어가는' 느낌이 든다. 자리가 정해진 열차지만 모두들 현대의 리듬에 맞춰 밀치고 다투며 기차에 오르고, '빼앗길 수 없도록 정해진' 자리를 '격렬하게 빼앗아' 부랴부랴 자리에 앉는다. 관광열차는 장점이 많다. 의자 등받이를 조절해 누울 수도 있고, 열차간은 매우 깨끗하며, 냉난방 설비도 잘되어 있다. 춥지도 덥지도 않아서 아이들이 자다가 이불을 걷어찰 염려가 없다. 침구도 빌려주는데 베개 하나, 이부자리 하나에 10위안이고 끝까지 가든 중간에 내리든 가격은 똑같다. 베개는 아주 푹신하고 이불은 하얀 커버가 씌워져 있어서 깔끔하다. 하지만 우리는 다들 겉옷을 챙겨왔고 난방도 잘 나와서 배만 덮으면 새벽의 한기를 충분히 막을 수 있다. 그리하여 침구 두 세트 빌리는 값도 아낀다. 알뜰한 첫째가 자신의 '금언'을 자랑스레 말한다. "나갈 때 겉옷을 챙겨 버릇하면 돈을 꽤 아낄 수 있다니까." 사실 열차간에 있는 많은 승객은 배에 손수건 한 장 덮지 않고도 날 밝을 때까지 잘만 잔다. 낯빛도 변함없고 아픈 데도 하나 없다.

오늘날 많이 쓰는 '영어식 중국어'로 묘사해보자면, '열차 바퀴가 천천히 선로 위를 미끄러지기 시작한다'. 관광열차가 천천히 기차역을 나서기 '시작하자', 두 아이도 '앉은 채로 어떻게 잘 것인지'를 놓고 아빠와 토론하기 '시작한다'. 나는 이렇게 말한다. 서서 자거나 엎드려 자는 동물이 대부분이고 매달려 자는 동물도 몇몇 있는데 오직 사람만 배를 하늘로 향한 채 누워서 잔다고, 하지만 사람의 적응력은 참으로 대단해서 '피곤'하기만 하면 서서 앉아서 누워서 다 잘 수 있다고, 그러니 이 문제로 잠 못 이루지 말자고 말이다. 사실 아이들은 잔뜩 들떠 있다. 수백 킬로미터 저편, 바다가 있고 등대가 있는 곳을 떠올리자 '동화 속 눈동자'처럼 눈이 동그래지고, 잠을 자고 못 자고는 더 이상 신경 쓰지 않는다. 무심코 돌아보니 타이베이가 마치 수렴동水帘洞*처럼 보인다. 빗줄기가 불빛들을 꿰어 진주목걸이를 만드는 듯한 광경이다. 빗속의 거대한 벌집 속에 있는 주민들은 거의 다 잠자리에 들었겠지? 어느덧 밤 10시 30분이다.

새벽 2시 30분, 기차가 타이중에 이르렀다. 두 아이는 좌석 하나에 끼여 앉은 채 조그만 겉옷을 덮고 죽은 물고기(우리 집 유행어다)처럼 잠들어 있다. 문득 평일에 서재에서 일하던 때가 떠오른다. 한밤중에 길게 울리는 기차 기적에 나는 펜을 내려놓고 그 고요한 원정이 부러운 나머지 한숨을 내쉴 수밖에 없었다. 지금 내가 바로 그 기차 안에 있다. 흥분과 감격이

---

* 『서유기』에서 손오공과 원숭이들이 살았던 동굴로 화과산 폭포 뒤에 가려져 있다.

들끓지, 그런 적막한 느낌은 어디에도 없다. 타이중 기차역에 있는 이들은 모두 눈이 유난히 크고 행동이 민첩한 심야 여행 가다. 대뜸 열차에 오른 그들은 서커스를 보러 들어온 관중처럼 시끌벅적 이야기를 나누고 우당탕 소리를 내며 선반에 짐을 올린다. 내리지 않고 끝까지 가는, 막 잠이 들었던 승객들이 짜증스럽게 깨어난다. 차창을 보니 유리창에 맺혔던 빗방울이 다 말라 있다. 창밖을 내다보니 땅바닥도 다 말랐다. 이렇게 운이 좋을 수가, 기차가 우리를 강우지역에서 데리고 나온 것이다.

6시 50분, 가오슝에 닿으니 어딜 봐도 '마른 땅'이다. 게다가 금빛 햇살이 은은히 비치며 상쾌한 기운까지 느껴진다. 기차에서 내려 가장 먼저 할 일은 시외버스 터미널에 가서 어롼비 관광버스 표를 사는 것. 시외버스 터미널은 기차역 앞 남쪽에 있는데 어롼비 관광버스는 터미널 안마당 남쪽에 작은 정류장이 따로 있다. 정류장에 가보니 아담하고 아름다운 대합실이 있다. 두 면은 통유리로 되어 있고 나머지 두 면에는 랑징산郎静山* 스타일의 대형 풍경 사진이 가득 걸려 있다. 소파에 재떨이에 뜨거운 물까지, 모든 것이 가지런히 배치되어

---

* 1892~1995, 중국 최초의 사진기자. 사진 속에 중국 전통 회화를 결합한 기법으로 중국의 산수를 절묘하게 담아냈다.

마음에 쏙 든다. 관광버스 왕복표 가격은 어른 94위안, 아이 47위안이고 지정 좌석이다. 관광 장소는 세 곳으로 어룬비, 컨딩공원, 쓰총시 온천을 간다고. 새해라 관광객이 대단히 많기 때문에 우리는 관광 전날에 미리 표를 사기로 한다.

아직 날이 일러서 겨우 7시였다. 그러나 이 작은 정류장을 찾느라 적지 않은 시간을 썼다. 시외버스 터미널 종점의 아가씨는 그리 친절하지 않았다. 어디서 표를 사야 하냐고 물었더니 당연히 안내소로 가란다. 안내소에 가보니 아무도 없다. 다시 가서 물으니 아가씨는 대도시에서 시골에 놀러 온 이 아저씨를 도저히 못 참겠다는 투로, 큰길 저쪽에 가서 표를 사란다. 큰길 저쪽에 가보니(사실 '큰길 저쪽'이 어딘지도 알쏭달쏭하다) 작은 매표소가 하나 보인다. 나는 허리를 구부리고 고개를 수그린 채 매표구에 코를 들이밀며 안에 있는 매표원에게 어룬비 차표는 어디서 사는 거냐고 묻는다. 안에서 목소리가 흘러나온다. "당연히 정류장에서 사야죠!" 정류장으로 돌아가 또 한바탕 물었더니 이번에는 이런 대답이다. "파출소 쪽으로 가세요!"

돌아보니 과연 작은 파출소가 있다. 안으로 들어가 경찰에게 묻고 나서야 만족할 만한 대답을 얻는다. 경찰이 공손하게 뜰 저편을 가리키며 말한다. "저깁니다. 저기 가서 사시면 됩니다." 매표원의 배려심 없는 태도, 관광객의 곤경은 나 몰라라 하는 태도에 나는 한껏 신이 난다. 그들은 아마 아무런 발전도 없을 테니 나중에 내가 와서 관광 사업을 하자, 고객을 배려하고 친절하게 응대하자, 대단한 경쟁자가 있을 리 없으니 앞날이 창창하다, 틀림없이 큰돈을 벌 거다.

작은 정류장에서 이리저리 부딪히며 매표구로 떠밀려가니, 오늘 표는 어제 다 팔렸단다. 이튿날 자리는 다행히 두 개 남았다기에 141위안을 내고 일반 표 한 장, 반액 표 한 장을 사서 이틀째의 여정을 확정짓는다. 기차역으로 돌아와 친구에게 전화를 걸어 이튿날 저녁 타이베이로 돌아가는 관광열차 표 예매를 부탁하고, 택시를 잡아 10위안을 내고 광룽여관으로 가서 방을 잡는다. 방값은 100위안, 팁은 별도. 2인용 침대 하나, 소파 하나, 화장대 하나, 욕실을 갖췄으니 이만하면 스위트룸이다. 이렇게 중요한 일들을 잘 처리하고, 사진기를 메고 나와 택시를 타고 기차역으로 돌아가(10위안) 아이들과 이것저것 사 먹고(15위안) 다시 '큰길 저쪽'에 있는 작은 정자에서 징청호澄淸湖 가는 차표를 두 장 산다. 어른 3위안, 아이 1.5위안, 보통 버스, 좌석은 마음대로. 징청호에 가는 가오슝 사람들 모습은 비탄碧潭에 놀러 가는 타이베이 사람들과 비슷해 보인다. 흔히 가는 곳인지 승객들 가운데 흥분한 얼굴은 하나도 없다.

징청호 입구는 거대한 돌 패방으로 이루어져 꽤나 장엄해 보인다. 들어가려면 표부터 사야 한다. 표 값은 역시 어른 3위안, 아이 1.5위안으로 기억한다. 웅장한 대문을 지나면 아름다운 난간이 있는 단이 층층이 있다. 난간 뒤에는 측백나무가서 있고, 멀리 중산릉* 비슷한 것이 보이는데 탁 트인 풍경에 제법 위엄 있는 모습이다. 먼저 전시관을 둘러보기로 한다. 평범한 공산품이 진열되어 있고, 옥상에 올라가니 멀리 호수가보인다. 아래로 내려와 너른 풀밭을 지나 호숫가를 따라 걸으며 경치를 하나하나 관람하기 '시작한다'. 버드나무가 아주 많고 공원 같은 분위기로 꾸며져 있다. 현대인이 가장 꺼리는것은 어둡고 음산한 풍경. 잔디밭, 햇살, 가지런한 나무, 탁 트인 시야, 이런 것이 현대식 풍경의 주제다. 광활한 징청호는현대인을 위로하는 특색을 모두 갖춘 곳이다.

호숫가에서 가장 마음을 끄는 것은 코스를 반쯤 돌 무렵 보이는 7층탑이다. 탑이란 원래 풍경을 돋보이게 하는 것인데탑 꼭대기에서도 풍경을 볼 수 있다. 그리하여 탑은 풍경 속에 있으면서 풍경 밖에 있다. 어린 시절 탑이 드리운 그늘에서 놀았던 사람이 상당히 많을 터. 중국인이라면 모두 머리위에 탑 하나쯤은 있다. 탑은 고대의 아름다운 경관에도 어울리고 현대의 풍광과도 잘 어우러진다. 탑의 형태는 변하겠지

---

* 중국의 국부로 추앙받는 쑨원의 묘로, 과거 중화민국의 수도였던 난징에 있다.

만 인류가 탑을 사랑하는 마음은 변치 않으리라. 엠파이어스 테이트 빌딩은 뉴욕의 탑이고, 에펠탑은 파리의 탑이다. 현대인의 관점에서 탑은 경제 발전을 기리는 기념비이자 민족이 번영을 누릴 때 반드시 지어지는 건축물이다. 이런 단상들로 「탑 송가」라는 글도 한 편 써볼 가치가 있겠다.

호수 둘레길을 다니는 차량도 있다. 표 값은 어른 2.5위안, 아이 1.5위안. 참 재미난 차다. 아름다운 풍경이나 신기한 무언가를 만나면 거기서 내린다. 실컷 구경하고, 내린 자리에서 차를 기다리다 차가 오면 다시 타는데 표를 또 살 필요는 없다. 표 반쪽은 호수를 떠날 때까지 유효하다. 다만 '한 방향'으로만 가야지 '흐름에 역행'해서는 안 된다. 서너 시간쯤 걸려 호수 유람을 마치고, 출구로 나와 또 버스를 기다린다. 차표 값은 역시 3위안, 표를 사서 버스를 타고 가오슝 기차역으로 돌아간다. 어른 한 사람이 가오슝 기차역에서 출발해 징청호를 구경하고 돌아오는 데 12위안이면 되는 셈이니 그리 비싼 값은 아니다.

오후에는 춘추각春秋閣을 구경하기로. 춘추각은 가오슝 시내에서 멀지 않은 쭤잉左營에 있고 5번 버스를 타고 가면 된다. 어른은 1.2위안, 아이는 0.7위안이니 푼돈이다. 쭤잉 정류장에 내리자 타이베이 뤄쓰푸 3번지에서 시작되는 수원지 일대와 비슷한 광경이 펼쳐진다. 모퉁이를 돌아 10여 분을 걸어가자 춘추각에 이른다. 몇 군데 좋은 각도에서 바라보면 춘추각도 그 나름의 아름다움이 있다. 멀리 나지막한 산비탈을 배경으로 서 있는 누각 두 채는 상당히 보기 좋다. 버드나무 언덕이나 연꽃 연못에서 봐도 나쁘지 않다. 다만 연못 주변에 집들이 너무 바싹 붙어 있고 관광객의 몰상식한 행동까지 더해져 명승지라 일컫기에는 아무래도 좀 지저분해 보인다. 게다가 누각은 너무 작고 구곡교는 너무 좁아서 풍채도 좀 처진다. 개선하려면 큰길에서 연못가까지 늘어선 잡다한 건물들을 철거해 공원으로 싹 바꾸고, 연못가에 있는 나지막한 집들의 부엌, 뒤창, 빨랫줄과 시각적으로 거리를 두어야겠다. 그다음 널리 나무를 심고 정자를 더 짓고 쓰레기를 치우고 연꽃을 보호해야만 전망이 밝겠다. 가오슝에서 춘추각에 가는 것은 타이베이에서 공자묘에 가는 것과 같아서 아주 사소한 일이고 돈도 딱히 안 드는 나들이다. 어른은 2.4위안이면 충분하다. 돌아오는 길에는 5번 버스가 꽉 차서 택시를 잡아탄다. 가오슝 시내까지 택시비는 28위안. 숙소에서 씻고 가까운 만두 가게에 가서 만두를 배불리 먹고, 일찍 잠자리에 들어 충전하면서 이튿날 원정을 준비하기로 한다. 아이들은 '다른 도시'에서 밤을 보낸 경험이 있어서 향수병 따위는 전혀 없다. 오히려 방랑자다운 호기가 넘쳐난다.

숙소 침대에서 빗소리에 놀라 깬다. 칠흑같이 깜깜한 창밖에서 콩 볶는 소리가 난다. 두 길동무를 소리쳐 깨워 방에서 차 석 잔과 함께 샌드위치를 먹고, 전화로 계산서를 갖다달라고 한다. 숙박비 100위안에 팁까지 총 120위안이다. 여관을 나서는데 비가 억수같이 퍼붓는다. 타이베이에서 뒤쫓아온 비한테 따라잡히고 만 것이다. 10위안 내고 택시를 타고 터미널의 관광버스 정류장으로 가서 아담하고 예쁜 대합실에서 차를 기다린다. 8시와 8시 10분, 이렇게 두 번 출발한단다. 버스에 오를 때 빗소리가 심하게 웅장해진다. 버스는 장대비를 뚫고 또 뚫으며 달려간다. 승객 대부분이 타이베이에서 온 사람들이다. 태양을 따라잡은 경험이 한 차례 있다보니 비관하는 기색은 전혀 없다. 다들 부부라서 나란히 앉아 있다. 젊은 부부, 중년 부부, 노년 부부, 도시 부부, 시골 부부, 공무원 부부, 상인 부부. 아주 훌륭한 사진기를 들고 온 농민 부부도 있는데 둘 다 쉰 살쯤 되어 보인다. 두 손은 거칠고 얼굴빛은 건강하고 성격은 유쾌한 부부로 우렁찬 목소리로 이야기를 나누는 모습에 모두 부러운 기색이다. 다른 부부들도 다들 부부가 함께 여행하는 기분이 중요하지 비가 오든 날이 맑든 상관이 없다. 첫째가 좀 아쉬운지 내 '귓가에 대고' 나지막이 한마디 한다. "엄마도 같이 오면 좋았을걸." 그 말에 얼마나 마음이 쓰리던지! 이번에 아내는 집에서 두 살배기 막내를 돌봐야 했다. 그 나이 애들은 이른바 '똥오줌이 유난히 풍성한' 골칫거리다보니 함께 태양을 뒤쫓을 수가 없어서 내내 유감스러웠다. 하지만 아내는 아이들이 견문을 넓히는 것을 중시하는지라 이번 여행을 적극적으로 추진하고 자금도 대주었다. 둘째 말마따나 "엄마가 돈을 안 줬으면 우리는 끝장"이었다. 다행히 여관 여사장님이 우리와 담소를 나누다 사정을 묻더니 아이들에게 엄마가 참 좋은 분이라고 칭찬해주어서 그나마 위로가 되었다.

가오슝에서 어롼비까지는 100킬로미터가 넘는다. 버스로 세 시간 거리다. 버스 앞에 은은한 금빛이 나타난다. 바로 태양이다. 그래도 빗줄기는 여전하고 먹구름도 흩어지지 않아서 심란하다. 헝춘을 지날 때 창밖 풍경이 갑자기 '쾌청'해진다. 비가 그치고 태양이 얼굴을 드러낸 것이다. 차 안의 부부들 얼굴에 웃음꽃이 피어나더니 서로 무릎을 치면서 축하를 건넨다. 안내원 말로는, 헝춘은 날씨가 정말 좋아 사계절이 봄 같단다. 미국의 캘리포니아 같은 곳이라고.

얼마 뒤, 버스가 컨딩공원의 커다란 패방을 지나친다. 안내원이 모두에게 알린다. "등대부터 보고 다시 옵니다!" 지도에서 우리가 찾아내지 못했던 컨딩공원은 어롼비에서 고작 몇 킬로미터 떨어져 있다. 와보기 전에 아내와 지도를 펼치고 연필을 들고는 컨딩공원이라고 짐작되는 곳에다 검은 점을 어지러이 찍었는데, 하나도 맞지 않았다.

버스가 바닷가를 질주한다. 바다 바로 옆이 길이라서 하얀 파도가 바퀴까지 넘실거린다. '부둣가의 검은 물'과는 다른 '야생 바다'를 처음 목격한 우물 안 개구리 두 마리는 마치 성전聖殿을 목도한 신도들 같다. 작은 영혼은 감동으로 꽉 차고 두 눈에 경건한 빛이 어린다. 첫째가 말한다. "아빠는 샤먼* 사람이니까 이런 바다를 엄청 좋아하겠네요." 나는 바다만 보면 발도 마음도 간질간질하다고, 바닷가에서 자라서 맨발로 축축하고 고운 모래 밟는 감촉을 좋아한다고 말해준다. 첫째가 엄숙하게 고개를 끄덕인다. "정말 멋져요!" 둘째도 귓가로 다가오더니 둘이서 한 얘기를 다시 해보란다. 다 듣고 나자 둘째 역시 엄숙하게 말한다. "이해해요."

바다 가득 윤슬이 반짝거린다. 태평양의 수면은 진정 평평하다. 거대한 하늘 하나, 거대한 바다 하나. 요 몇 년을 돌이켜보니, 출근하면 사무실 의자에 엉덩이를 못 박고 집에 오면 책상에 고개를 파묻고 살았다. 유일한 오락거리는 깜깜한 실내에서 영화를 보는 것이었다. 평일에 오가는 곳이라고는 일터에서 집 아니면 집에서 일터였다. 어찌 이리 한심하게 살았을까.

쪽빛 하늘 아래 자리한 땅끝 어환비에 하얀 등대와 하얀 건

---

* 중국 푸젠성 남부 샤먼섬에 있는 항구도시.

물이 서 있다. 하얀 등대와 쪽빛 하늘과 금빛 태양에 눈이 부시다. 승객들에게 25분의 자유 시간이 주어진다. 사진기를 들고 서둘러 멋진 장면을 찍고 주차장 옆 간이식당에서 정말 맛있는 쌀국수를 먹으니 25분이 후딱 지나간다. 쌀국수는 한 그릇에 5위안. 듣자 하니 이곳 유일한 식당에서 새해에만 파는 토속 음식이란다.

컨딩공원은 어롼비에서 꽤 가깝다. 입구의 커다란 패방을 지난 버스가 산등성을 굽이굽이 돌면서 한참을 올라가니 형춘 열대수목원 주차장이 나타난다. 정해진 관람 시간은 두 시간. 꼬불꼬불한 산길을 따라 산속 여기저기에 절경이 흩어져 있는데 기나긴 동굴 두 곳을 포함한 12경이 가장 유명하다. 무작정 돌아다녔다가는 네 시간이 걸려도 못 내려오기 때문에 안내자를 구해 따라다니는 것이 가장 좋다. 관광지 주차장에 있는 간이식당은 대체로 여행 안내업도 같이 한다. 안내비용은 정월 초하루와 초이틀에는 80위안인데 우리가 갔을 때는 이미 초닷새라 50위안, 30위안까지 떨어진 터였다. 민난어* 안내자도 있고 표준어 안내자도 있으며 아마 영어 안내자도 있을 것이다. 우리 안내자는 형춘중학교 남학생으로 휴일

* 타이완과 중국 푸젠·하이난·광둥 일부에서 쓰이는 방언. 중국 대륙에서 넘어온 국민당 정부는 베이징어를 기초로 한 표준어로 사용을 강제하며 한때 민난어 사용을 금지하기도 했다.

에 관광객을 안내하며 학비를 버는데, 한 번에 30위안이고 하루에 두 번을 뛰어 60위안을 번다고. 학생이 서생 티가 나면서도 퍽 쓸모 있는 설명을 해준다.

산 위 풍경은 밝고 상쾌한 느낌이 아니라 음침하고 고풍스러운 분위기다. 동굴은 매우 좁고 안에 작은 전구가 달려 있다. 화력발전으로 불을 켠다는데 별 의미는 없어 보인다. 주차장에서 머잖은 곳에 언덕이 하나 있다. 쭉쭉 뻗은 야자수가 늘어서고 보드라운 금잔디가 가득 깔려 있다. 햇살이 내리쬐는 맑고 화창한 풍경이 관광객의 발걸음을 붙잡는다. 현대인은 아무래도 훤하고 밝은 경관을 선호한다. '곡경통유曲逕通幽'*는 이제 크게 환영받지 못하는 듯하다.

컨딩공원을 떠난 관광버스는 단조롭고 무미건조한 쓰충시로 우리를 데려가 한 온천여관 문 앞에 멈춘다. 40분간 온천욕을 한 다음 지친 몸으로 먼 길을 달려 가오슝으로 돌아오니 어느덧 5시 30분.

저녁에는 또 만두 가게에 가서 만두를 먹는다. 야간열차 출발 시각까지 네 시간이 남아서 시정부 옆에 있는 아이허강이나 교통은행 신식 건물을 둘러볼 시간이 충분하다. 아이들

* 어둑한 길을 굽이굽이 지나야 아름답고 탁 트인 풍경을 보게 만드는 중국의 조경 철학.

이 가장 좋아한 곳은 인파로 북적이는 대신백화점.* 깨끗하고 세련되고 점원도 모두 친절하다. 타이베이에서 가장 좋은 그 어수선한 백화점보다 훨씬 더 훌륭하다. 대신백화점을 구경하던 아이들은 6층에서 파는 12위안짜리 '초콜릿셰이크'를 한 잔씩 마시며 '행복의 절정'을 맛본다.

밤 10시 30분 관광쾌속열차에 올라 동틀 무렵 타이베이에 도착한다. 기차역에 내리니 차가운 바람이 휘잉휘잉 불고 굵은 빗줄기가 주룩주룩 쏟아진다. 우리는 오들오들 떨면서 택시에 오른다. 타이베이 시내는 비에 흠뻑 젖어 있다. 행인들이 말 없는 물고기처럼 지나다닌다. 비좁은 거리와 진창길, 우리는 또다시 이 음습한 도시로, 사무실 책상으로, 영원히 끝나지 않을 일더미 속으로 돌아왔다. 사람은 그대로, 다만 마음은 달라졌다. 나는 남쪽에서 태양을 만났고, 마음속에 작은 태양을 품고 집으로 돌아왔다.

---

* 타이완 최초로 에스컬레이터가 설치된 신식 백화점.

심야
일꾼

한밤중, 어깨에 짊어진 부담이 가벼워진 걸 퍼뜩 깨닫는다. 내 어깨에 올라타기 좋아하는 막내만큼은 쌔근쌔근 잠들었으니까. 한밤중, 내 성대가 푹 쉬어도 된다는 사실을 문득 알아차린다. 나만 봤다 하면 인생의 중대사를 논하자는 둘째의 대뇌가 베개에서 휴양 중이니까. 한밤중, 내 대뇌가 내 것이 되었음을 홀연 느낀다. 나만 보면 근심 가득한 얼굴로 수학 교과서를 코앞에 들이미는 첫째가 기쁘게도 거북이와 학의 다리를 계산하는 악몽에 빠져들었으니까. 한밤중, '가정 규칙'이 나를 옭아매지 않는다는 사실이 불현듯 떠오른다. 시시각각 옷을 껴입어라, 덜 입어라, 밥 먹어라, 세수해라 하면서 나에게 가장 관심을 기울이는 사람이 잠들어 힘을 못 쓰니까. 남은 것은 다 큰 장난꾸러기 하나와 커다란 책상 하나, 이제 놀고 싶은 대로 놀면 된다. 진정 자유다!

동트는 것이 두렵다. 아침이 오면 이런 자유는 사라지고 마니까. 두부 파는 여인이 1등으로 도착을 알린다(벌써 십수 년째다). 딸랑딸랑 종을 울리는 쓰레기차가 2등, 순두부 파는 사내가 3등이다. 그다음 밤새 잠들어 있던 오토바이가 온 골목에서 다 깨어난다. 털털 부릉부릉 빵빵, 온갖 소음에 화들짝놀란다. 그러고 나면 막내가 깨어나 "아빠" 하고 부른다. 의자에서 튀어오른 나는 또다시 말이 되어 막내를 태우고 다녀야한다. 둘째가 뒤척이는 소리에 또 식겁한다. "어제 대답 안 해줬잖아요. 언니는 어떻게 태어났어요? 지금 말해줘요!" 이를어쩐다? 첫째가 기지개를 켜고 코맹맹이 소리로 "아빠 안녕히주무셨어요" 인사를 한다. 역시나 가슴이 철렁 내려앉는다. 비몽사몽으로 또 수학 교과서를 가지고 서재로 오겠지. "형 나이가 동생 나이의 두 배보다 여섯 살 적으면……." 나의 대뇌는 또다시 첫째의 계산기가 된다.

나를 가장 긴장하게 만드는 이는 나에게 가장 관심이 많은 우리 집 사법관이다. "도대체 지금이 몇 시야?" 가장 좋은 대처법은 책상 전등을 끄고 '밤새 바빴던' 이 사람을 위해 마련된 '밤에는 안 자는 침실'로 살그머니 기어들어 이부자리 속에서 숨죽이고 있는 거다.

남들이 잘 때 나는 깨어 있고 남들이 깨면 나는 잔다. 이런생활 습관에 이미 생리적으로 적응했다. 생활 습관은 도로 바꿀 수도 있겠지만 생리 상태는 수술 말고는 고칠 방법이 없다. 낮이라고 바쁘지 않은 것은 아니지만 그건 정상인이 '밤을 새우는' 것과 같은 종류의 '바쁨'이다. 나는 '낮을 새운다'. 밤이 되면 다른 사람은 '해가 졌으니 쉬는' 생리 상태가 된다. 가벼운 활동을 하거나, '활동을 안 하고' 편히 있거나. 텔레비전을 보거나 잡담을 나누거나 샤워를 하거나 아내와 경제 계획을 세우거나 아이들과 용돈을 어떻게 쓸지 토론한다. 그러나 밤이 되면 나는 '달이 떴으니 일하는' 생리 상태가 된다. 올빼미, 늑대, 여우, 아프리카 정글에 사는 야행성 맹수처럼 말이다. 나는 이러면서 다른 사람들은 일찍 잠들기를 바란다. 온집을 독차지한 채 고독을 즐기고 적막을 누리려고 말이다. 고독과 적막은 본디 향락과도 같은 것이다. 고독은 자유, 적막은 평안, 이렇게 말할 수 있지 않을까? 실제로 이렇지 않은가?

밤에 일하면 모든 것이 좋다. 조용하고, 떠드는 사람 없고, 도둑도 안 든다. 다만 인류의 천성이란 너무 이기적일 수 없는 법이라, 내가 자유롭다고 다른 사람까지 시끄럽게 하고 싶지는 않다. 그래서 심야 일꾼에게는 '두 가지 고통'이 따른다.

하나는 책을 꺼내는 고통이다. 낮에 책을 꺼낼 때야 소리가 나도 아무 상관이 없다. 하지만 밤에는 집 안 곳곳에 확성기를 장착한 상황이 된다. 책장 넘기는 소리는 파초잎에 떨어지는 빗방울 소리다. 사전 뒤적이는 소리는 국경을 넘어오는 회오리바람 소리다. 자칫 책을 떨어뜨렸다간 쾅쾅, 폭탄이 터지고 만다. 그럴 때마다 심야 부부는 벽을 사이에 두고 대화를 나눈다.

처음 몇 년은 이런 식이었다.

"무슨 소리야?"

"『사해辞海』.* 미안!"

"무슨 소리지?"

"『서양문화개념』. 미안!"

오래지 않아 이런 식으로 바뀌었다.

"『사해』지?"

"아니, 백과사전."

"『사해』 같았는데."

최근에는 이렇게 되었다.

"『사해』 꺼낼 땐 좀 조심해!"

"그렇게!"

"백과사전 꺼낼 땐 조심해야지!"

"그렇게!"

이제 아내는 소리만 듣고도 무슨 책인지 안다.

이것이 바로 심야 일꾼의 첫 번째 고통이다. 책에 감히 손을 못 댄다면 무슨 일을 하겠는가?

---

* 1930년대에 초판이 나온 뒤로 계속해서 개정·증보되고 있는 종합사전.

두 번째 고통은 먹는 고통이다. 한밤중에 배가 고프면 나는 커다란 시궁쥐처럼 먹을 것을 찾아 여기저기 뒤진다. 그리고 찾아내기만 하면 거의 다 먹어치운다. 이튿날 아침에 돌이켜 보면 밤에 먹은 끔찍한 음식들이 집안의 웃음거리가 되곤 하지만, 몇몇 독특한 음식은 '가정 별식'으로 거듭나기도 한다. 과자 상자에 남은 설탕 부스러기에 따뜻한 물 부어 먹기, 표고버섯 삶은 물에 조미료 타 먹기, 간장을 탄 따뜻한 물에 토스트 곁들여 먹기 같은 식이다.

나에게 가장 관심을 기울이는 사람은 종종 나를 위한 특별 간식, 우리 집 유행어로 '일꾼 간식'을 마련해준다. 그래도 나는 '낮에 먹다 남긴 식량'을 여전히 좋아한다. 밤을 지새우며 변함없이 기근에 허덕이고 변함없이 '가정 별식'을 발명한다. 아이들도 내가 밤새우는 것을 반대하지 않는다. 자기네가 해결 못 한 숱한 문제를 '24시간 근무하는' 아빠가 도와주니까. 아이들은 이 커다란 쥐를 좋아한다. 그러나 내게 가장 관심을 보이는 사람은 이런 생활 습관을 '도둑을 막는' 효과 말고는 아무런 쓸모도 없다고 여긴다. 아내는 동물에 비유하고 등잔에 비유하고 촛불에 비유하고 식물에 비유하며 수많은 이치를 설명한다. 그러나 달이 뜨면 싹 잊고, '일꾼 간식'을 어디 놔뒀는지 말해주고는 안심하며 자러 간다. 설교는 설교요, 사랑은 사랑이다. 자기가 좋아하는 사람에게는 양보하는 것이 인류의 천성이다.

밤은 결코 신비롭지 않다. 적어도 나에게는 말이다. 소리가 잦아들고, 움직이던 것들이 가만히 쉬고, 이런 상황일 뿐이다. 그러나 심야 일꾼에게는 다른 사람이 알 수 없는 심야 일꾼만의 고요한 사유와 그윽한 정취가 있다. 나는 밤하늘을 날아가는 비행기 조종사에게 인사를 건네고, 기적을 울리는 기관사의 안전을 빌곤 한다. 어느 집의 어느 개가 왈왈 짖는 소리를 좋아하고, 맞은편 지붕에서 달을 바라보는 검은 고양이를 좋아하며, 비스듬히 마주 보는 이웃집 신문사 직원이 대문을 들어서면서 아내와 나누는 포근한 대화를 좋아한다.

"현관문 안 잠갔어!" 집 안에서 아내가 말한다.

"여태 안 자?" 마당에서 남편이 말한다.

심야 일꾼은 사실 완벽하게 고독한 존재가 아니다. 그에게도 그만의 세상이 있다.

해 질 녘은 우리 집의 황금시간이다. 석양빛이 불러일으키는 금빛 환각을 생각하면, 황혼 무렵마다 온 식구가 한자리에 모이는 것은 실로 '금빛 모임'이라 부를 만하다.

아침 해가 떠오르면 첫째와 둘째가 이층침대에서 기어나온다. 첫째는 2층에서, 둘째는 1층에서 나오면서 아이들은 침대를 자기네 작은 둥지라고 '지칭'한다. 그 이층침대는 우리 집의 작은 아파트다. 밤에는 다들 안약을 넣어야 하는 형편이지만, 작은 새 같은 아이들에게는 아침마다 눈을 뜨는 것이 아주 중요한 일이다. 두 아이는 욕실에 들어가기 전에는 통 눈을 못 뜬다. 막내의 묘사가 딱이다. "언니들 눈이 좀 먼 것 같아."

눈먼 두 아이는 두 손을 더듬이 삼아 더듬더듬 욕실에 들어가 양치하고 세수하고, 눈이 밝아지면 비틀비틀 방으로 돌아와 막내가 '학교 옷'이라 일컫는 옷으로 갈아입고, 역기 들듯 책가방을 들쳐메고 식탁 앞으로 온다. 엄마가 준비한 죽은 이미 차갑게 식어 있다. 조용히 관찰한 다음 '문학적 소감'을 발표하기 좋아하는 막내는 언니들이 '허겁지겁' 먹는 모습을 이렇게 묘사한다. "수많은 음식이 배 속으로 우르르 들어가는구나."

두 자매가 음식을 배 속에 쏟아부을 때 엄마의 두 손은 밴드의 드러머처럼 바삐 움직인다. 편식하는 두 아이의 도시락을 싸느라.

시계 긴바늘이 '출발할' 시각을 가리키는 숫자까지 달려가면, 아이들은 채찍에 맞은 듯 벌떡 일어나 식탁에 놓인 '입 닦는 수건'을 쥐고 좌에서 우로, 우에서 좌로 입을 닦는다. 그런데 의도와는 다르게 초서草書로 삐뚤빼뚤 한 일一 자를 쓰고 만다. 그리고 걸스카우트 야영 가방 같은 '300근' 책가방을 메고, 엄마가 고심해서 메뉴를 정한 도시락을 들고, 교재 파일을 팔에 끼우고, '날씨 변화에 대비하는' 얇은 겉옷을 움켜쥔다. 너무나 힘겨워 보이는 두 말라깽이는 고개도 돌리지 않고 문밖으로 뛰쳐나간다.

"'다녀오겠습니다'도 안 하고 가?"

"다녀오겠습니다!"

아침에 헤어질 때마다 두 도시 어린이는 부모에게 '작별 인사' 하기를 어쨌든 잊지 않는다. 옆구리 찔러 절 받는 셈이긴 해도 이해한다. 아이들도 '시간에 쫓기는 사람'이니까. 현대인은 전화처럼 편리한 '대화 도구'가 있으면서 대화할 시간도 없을 만큼 바쁘다. 두 현대 어린이도 예외가 아니다.

아이들이 가고 나면 이어서 아이들 엄마가 또다시 '긴박한 연극'을 상연한다. 한편으로는 자기 머리를 빗고 아침을 먹으면서 다른 한편으로는 '시간이란 쏜살같다'는 사실은 전혀 모른 채 느긋하게 아침을 먹는 막내를 챙기고, 또 한편으로는 '분당 심박수가 69회를 초과하는 것을 결사반대하는' 새로운 철학을 펼치는 나를 신문과 함께 화장실에 밀어넣는다. 그러고도 한편으로는 '이걸 오늘 왜 또 먹지' 싶은 찬거리를 사러 시장에 다녀온다. 모두 네 방면이다. 네 방면에서 협공을 해대면 위생심리학자가 말하는 '비아냥식 조언'은 모두 '헛소리'가 되고 만다. 아내의 성격상 겉으로 나타나는 조바심은 눈곱만큼이지만 속으로 하는 안달복달은 어마어마할 것이다. 아내와 시곗바늘이 벌이는 경주에서 승자는 늘 시곗바늘이다.

나는 시계라는 물건이 영 마음에 들지 않는다. 시계를 발명한 사람이 인류에 무슨 진정한 공헌을 했단 말인가. 그러나 우리는 '시계보다 인류에게 더 큰 행복을 가져다주는 대체품'을 발명하기 전이라 어쩔 수 없이 당분간 시계의 행패를 받아들인다. 그렇다고 두 손 놓고 보고만 있을 수는 없다. 내가 시계를 통제하는 방법은 시간을 분해해서 '과학적으로 관리'하는 거다. 예컨대 매일 아침 출근 전에 48분밖에 없다면, 각각의 일에 '가장 오래 걸리는 시간'을 정해놓는다. 양치 1분, 세수 2분, 면도 4분, 머리 빗는 데 1분, '화학 변기' 위에서 신문 보는 데 25분, 아침 먹는 데 13분, 신발 신는 데 30초. 실은 매 항목에서 시간을 조금씩 아낄 수 있다. 이런 식으로 나는 시계를 통제해 휴식을 얻어낸다. 나는 나를 통제하는 물건을 통제한다. 유일한 아쉬움은 이러려면 쉬지 않고 시계를 봐야 한다는 거다. 시계를 보면 긴장하게 되고 말이다.

시간 때문에 고통을 겪을 대로 겪은 부부는 마침내 문을 나서서 또 다른 곳으로, '더욱 긴장감 넘치는 곳'으로 일하러 간다. 이때 이른바 '집'에는 두 살 반짜리 막내와 막내를 봐주는 아란만 남는다.

매일 아침, '집'은 이렇게 시간에 의해 갈라진다. 시간으로 '집'을 정의하려 한다면 집은 곧 고아원일 터.

모임이 있으면 흩어짐도 있다. 이는 비관적인 사람의 관점이다. 거꾸로 생각해보면, 오래된 모임이 흩어지면 새로운 모임이 또 생겨난다. 흩어짐에는 끝이 없고 모임에도 완성이란 없다. 인생은 늘 이렇게 시끌벅적하다. 이런 이치를 깨닫는다면 우주의 끝없는 탄생을 이해할 것이며, '쓸쓸한 분위기'를 추구하기란 쉽지 않다는 사실도 잘 알리라. 해 질 녘마다 벌어지는 우리 집 금빛 모임이 아주 좋은 사례다.

석양이 담장 밖으로 뻗은 나뭇가지 *끄트머리*를 불그레한 금빛으로 물들이고 처마와 용마루에도 눈부신 금테를 둘러준다. 저녁바람에 처마 끝에서 풍경이 울린다. 아란이 나와서 꽃에 물을 준다. 첫째와 둘째가 '300근' 책가방을 메고 돌아온다. 아마 책가방에도 석양빛이 내려앉았으리라. 현대 시인이 쓰는 표현인 '도약이 어마어마하다'와 같은 식으로 묘사하자면 ─ 두 선녀가 금빛 보따리를 메고 귀로에 접어들었다.

자기 자신과 이야기를 나누며 쓸쓸히 하루를 보낸 막내는 드디어 '혼잣말' 수업을 마치고 앞으로 나아가 환영사를 외친다. "언니들아, 집에는 뭐 하러 왔는데!" 막내는 다가가서 언니들 옷을 잡아끌고, 언니들 도시락통을 받아들고, 언니들 책가방을 끌어내리다가 '무거운' 책가방과 함께 엉덩방아를 찧는다. 세 아이는 세 마리 강아지처럼 야단법석을 떤다. 웃기도 하고 떠들기도 하고 옥신각신 다투기도 한다. 시간도 잠시 아이들을 놓아준다.

얼마 뒤에 엄마가 돌아온다. 하루의 고생으로 얼굴에 또 한 줄 주름이 생겼지만, 지금 그 주름은 활짝 웃고 있다. 아이들은 제각각 '가장 길었던 하루'의 일기를 입으로 쓰면서 엄마한테 들려준다. 세 아이의 일기 세 편에 엄마의 일기 한 편이 더해진다. 아이들 말로 표현하자면, 진정 '길었던 하루 네 개'다!

마지막에 돌아오는 사람은 이 집의 가장이지만, 가장 늦게

오기 때문에 일인자도 아니고 이인자도 아니다. 아이들의 말에 따르면 '끝인자'다. 이 시각, 아빠쟁탈전이 막을 올린다. 내 귀는 동시에 세 사람(때로는 네 사람)이 하는 말을 듣는 데 익숙해졌고, 동시에 세 가지(때로는 네 가지) 이야기를 알아듣는다. 첫 번째 사람 질문에 대답을 하는 동시에 두 번째 사람 머리를 쓰다듬으며 세 번째 사람을 번쩍 안고, 네 번째 사람과 눈을 맞추며 빙그레 웃는다.

부엌에서 저녁밥 냄새가 흘러나온다. 아침에 겪었던 고난은 다들 깡그리 잊었다. 내일 아침에 겪을 고난 또한 생각할 시간이 없다. 석양은 한없이 아름답고, 황혼 무렵의 가치는 천금과 같다. 이것이 바로 내가 말하는 '금빛 모임'이다.

목욕

아빠가 되고서야 비로소 깨달았다. 세상에서 가장 힘든 일은 바로 '온 가족이 목욕을 마치는 일'이라는 걸.

아이들은 다들 물장난을 좋아한다. 우리 집 첫째, 둘째, 막내도 제각각 '물장난 시기'가 있었다. 첫째가 '어릴 적에' 좋아한 일은 세숫대야에 물을 가득 채우고 집에 있는 모든 구두를 담가 '깨끗이 목욕시키는' 것이었다. 그 결과 엄마 아빠는 이튿날 축축한 신발을 신고 출근해야 했다. 둘째가 깨끗이 씻긴 걸작품은 아빠의 책과 엄마의 립스틱이었다. 지금 막내는 수도꼭지 아래서 크레용, 종이, 휴대용 라디오를 목욕시키길 가장 좋아한다. 막내가 씻으면 안 되는 물건을 씻는 것을 막고자 우리 집 카메라와 망원경은 다 2미터 높이의 장롱 위에 올려놓았다.

이렇듯 아이들은 모두 물장난을 좋아하지만, 목욕만은 예외다.

어느 날 한밤중에 책을 보고 있었다. 절반쯤 읽는데 불현듯 한 가지 골치 아픈 문제가 떠올랐다. 내가 앞장서서 목욕을 해야 할까? 그러고 다들 나를 본받으라고 하면 차례차례 물속으로 들어가 잘 씻고 나올까? 역시 내가 마지막이 되는 게 나을까? 일단 모두를 통솔해 '하루 중 가장 힘든 일과'를 마친 다음 욕조에 누워 체력을 회복하는 게 좋으려나? 이리저리 머리를 굴려봐도 결론이 나지 않았다. 어떤 책략을 쓴다 해도 결과는 완전히 똑같을 테니까 — 피곤해 죽을 지경.

나는 지금 '목욕'이라는 이 일에 이미 고정관념이 생겨버렸다. 이건 인류가 발명해낸 최악의 일이다. 그렇지 않다면 왜 다들 그토록 목욕을 '두려워'한단 말인가?

첫째를 재촉해 목욕을 시키려면 어마어마한 참을성을 발휘해야 한다. 이 다루기 힘든 '반反목욕주의자'에게, 처음에는 협의하는 투로 부드럽게 말한다. "목욕해야지?" 이 통지를 들은 첫째의 1단계는 이러하다. 갑자기 귀도 안 들리고 말도 못 하는 양 아무 소리도 내지 않고 책이나 연습장에 완전히 몰입해버린다.

하지만 명심해야 한다. 절대로 화를 내면 안 된다. 그랬다간 이 힘겹고 막중한 임무를 완수할 수 없다. 목소리는 반드시 서서히 강해지고 서서히 높아져야 한다. 내가 투항을 권하고 있다는 사실을 첫째가 더는 부인할 수 없을 때까지. 이 정도에 이르면 첫째가 느릿느릿 고개를 돌린다. 그리고 웃음을 머금은 얼굴로 아주 부드럽게 무슨 일이냐고 묻는다. 그러면 반드시, 열아홉 번째로 이 말을 아주 상냥하게 되풀이하며 내 의사를 전달해야 한다. "목욕해야지?"

첫째는 의아한 눈빛을 보이며 불쑥 2단계를 시작한다. '우리 집의 목욕 순서'가 어떻게 되어야 이상적인지를 토론하는 거다.

"왜 다른 사람이 먼저 하면 안 돼요? 맨날 내가 첫 번째잖아요."

나는 대뇌에 혈액을 끌어모으고서야 첫째가 '이유 없는 이유'라고 여기는 것들을 겨우겨우 설명한다. 첫째는 이 이유들을 하나하나 반박하고 나서야 나를 봐준다. "알았어요! 오늘은 그냥 내가 먼저 하죠 뭐. 근데 조금만 기다려주실래요? 수학 문제를 반밖에 못 풀어서요."

이 말이 떨어지고 나서도 다시 한 세기쯤 흐른 듯하다. 그제야 첫째는 강요에 못 이겨 어쩔 수 없이 간다는 표정으로, 몽유병자처럼 휘적거리며 빈손으로 욕실에 들어간다. 이어 저 멀리 욕실에서 높고 가느다란 목소리가 들려온다. "엄마, 내 옷은요? 내 수건은요? 겉옷도 갈아입어요? 비누는 어디 있어요?"

부엌에서 한창 바쁜 아내가 즉각 내게 전한다. "당신이 옷 좀 갖다줄래? 무슨 수건 쓰는지 말해주고? 겉옷도 갈아입으라고 하고? 선반에 있는 비누도 좀 집어주고?" 아내의 말에는 믿음이 담겨 있다. 아내는 내 정신 상태가 완전히 붕괴된 게 아니고서야 '싫다'고 말할 리 없다는 사실을 잘 안다. 게다가 이건 날마다 벌어지는 일과일 뿐 딱히 새로운 일도 아니다.

물건들을 다 전달하고 나면 가장 힘든 마지막 과정을 견뎌야 한다. 그것은 바로 첫째가 한껏 신이 나서 늘어놓는 잡담이다. "아빠, 여자애한테 정치인이라는 직업은 별로일까요?" "책을 보다보면 왜 문득 책 보는 게 아니고 딴 일을 하는 느낌이 들까요?" "시험 볼 때 긴장하는 건 비타민 뭐가 부족해서 그런 거예요?" 아빠와 열띤 토론을 벌이고픈 환한 표정이 얼굴에 가득하다. 안타깝게도 내가 '당장 목욕하라'고 재촉한 일은 까맣게 잊은 듯하다. 아이의 질문에 해답을 내놓는 것은 아빠의 직분. 아무리 고통스러울지라도 참아내야 한다. 조급한 마음에 눈길이 욕조에 가 있다 해도, 아이가 어떤 문제에 관심이 생겨 탐구하고자 하는데 화를 낼 수는 없다. 내 혓바닥이 너덜너덜해지고 입술이 바짝 마르고 머리에서 김이 모락모락 솟아오를 즈음에야 첫째는 내가 좀 불쌍해 보이는지 만족스럽게 말한다. "이제 됐어요." 이윽고 사면받자 나도 유머 감각을 되찾는다. "맞다, 너 깜빡했구나. 얼른 목욕해야지." 아이가 웃고, 마음이 편해진 나도 따라 웃는다. 웃음소리

속에서 내가 그토록 갈망하던 물소리가 들린다. 첫 번째 임무 완수.

둘째의 풍격은 또 다르다. 둘째는 '만사에 시작은 쉬운' 스타일이다. "목욕해야지"라는 말을 들으면 둘째는 즉시 책상 전등을 끄고 의자를 밀고 일어나 나를 '무한 감동'하게 만든다. 하지만 이게 둘째가 '열혈목욕주의자'라는 뜻은 결코 아니다. 이 어린 꾀보의 마음속에는 또 다른 속셈이 있다. 둘째가 욕실로 들어가고 나서 시계의 긴바늘이 몇 개의 숫자를 거쳐 가도록 아무 소리도 소식도 들려오지 않는다. 참다 참다 욕실 문을 열어보면, 이 꾀보는 변기에 앉아 있다. 동화책을 받쳐들고 숨죽인 채 빠져들어 이미 딴 세상에 가 있다.

"목욕하는 거 잊었니?"

"난 목욕하기 전에 꼭 똥을 누잖아요."

"빨리 좀 눠!"

둘째는 매우 아쉬워하며 책을 덮는다. "네, 지금부터 눌게요."

똥 누는 일은 아직 시작도 안 했다니!

이윽고 변기 물 내리는 소리가 나면서 둘째의 볼일이 끝났음을 알린다. 이제야 고대하던 가스 온수기의 포효를 화제로 삼을 수 있다. 이 모든 것이 초 단위로는 셈이 안 되는, 15분 단위로 계산해야 하는 일이다.

흥정을 좋아하는 막내는 언제나 "아빠가 씻겨줘" 하고 지정한다. 이 '두 살 반' 꼬맹이를 목욕시키는 일은 나도 사우나에서 땀으로 목욕하는 거나 마찬가지다. 요 녀석은 모든 일에 '가격표'를 붙인다. 옷 벗는 일은 '목욕 다 하면 과자 하나 주기'란다. 욕조에 들어가는 것도 과자 하나, 비누칠하려면 또 과자 하나, 욕조에서 나오려면 또 과자 하나. 한 번 목욕하고 나면 과자 네 개를 얻는다. 단계마다 일단 안 하겠다고 거절하고 본다. 그다음에는 뭔가를 요구하고, 요구가 안 먹히면 또 거절이다. 이렇게 서로 양보 없이 버텨도 요 녀석은 손해가 없고 나는 시간을 손해 본다. 어쩔 수 없이 과자 네 개를 시간과 바꾼다. 그런고로 꼬맹이는 영원한 승리자다.

세 아이가 목욕을 마치면 곁님과 또 한 차례 예의를 차려가며 실랑이를 벌인다. 누구도 '선점'하려 하지 않는다. 결국 늘 똑같은 '패배자'가 괴로움을 꾹 참으며 하던 일을 내려놓고 먼저 욕실로 간다. 억울한 심정으로 뱃속이 꽉 차 있다.

위생 면에서 보면 날마다 목욕하는 것은 참 좋은 일이다. '한가로운 사람'이라면 온종일 욕조에 들어가 있는 것이 큰 즐거움일 테다. 그러나 정신없이 바쁜 현대인, 집에 와서조차 바쁜 현대인은 아무래도 목욕에 어떤 거부감이 생기는 듯하다.

똥
누기

 실제 수요에 따르자면 이 집에는 응당 다섯 개의 변기가 있어야 하고 화장실은 세 배로 넓어져야 한다. 언제부터인지 몰라도 우리 다섯 식구는 모두 화장실을 현대생활의 피난처로 삼게 되었다. 다들 거기 숨어서 조용히 긴장 푸는 걸 좋아한다. 첫째와 둘째는 근교에 있는 학교에 다닌다. 하루하루가 긴장의 연속으로 오늘날 어린이의 삶을 대표한다 할 만하다. 아침 6시에 자명종이 울리면 두 아이는 로봇처럼 제꺽 일어난다. 기차가 선로를 달리듯 일정한 노선을 따라 욕실로 들어가, 일정한 곳에서 컵과 칫솔을 들고 일정량의 치약을 짜서 일정한 방식으로 이를 닦고, 일정한 순서대로 머리 빗고 세수하고, 일정한 자리에 앉아 일정한 아침을 먹고, 일정한 도시락을 들고 일정한 시간에 집을 나가 일정한 곳에서 버스를 기다리고, 일정한 시간표대로 수업을 듣고 일정한 시간에 집에 오고, 일정한 책상에서 일정한 공부를 하고, 일정한 시간에 마치고 일정한 시간에 목욕하고, 일정한 잠옷으로 갈아입고 일정한 침대에 들어가 잠을 잔다. 이런 수많은 '일정'을 깨기 위해 아이들은 오직 똥을 누면서 빠져나갈 길을 찾는다.

첫째와 둘째가 똥 누는 시간은 일정하지 않다. 그러나 하루에 한 번씩 눈다는 규칙은 어기지 않는다. 날마다 똥을 누는데, 똥 누는 시간은 날마다 다르다.

첫째는 집에서 해야 할 숙제가 꽤 많다. 그래서 똥 누는 시간은 늘 숙제가 거의 끝나갈 무렵이다. 첫째는 화장실에 가려는 기색이 통 없다가 갑자기 사라지곤 한다. 집에 돌아온 식구들은 각자 할 일을 하느라 첫째가 '근무지에서 이탈'했다는 사실에 딱히 신경 쓰지 않는다. 대개 눈도 귀도 무척 밝은 막내가 이상이 생겼음을 가장 먼저 알아차린다. "큰언니 어딨지?" 방마다 돌면서 언니를 찾던 막내 머릿속에 퍼뜩 떠오르는 생각이 있다. "알았다!" 막내는 뛸 듯이 기뻐하며 아끼는 장난감 두 개를 총총히 챙겨 화장실로 부리나케 달려간다. 조금 뒤, 화장실 안에서 두 아이가 재잘대는 소리, 까르르 웃는 소리가 들려온다. 둘이서 어찌나 깨가 쏟아지는지 부러울 지경이다. 하지만 그 소리를 들으며 우리는 왠지 초조해진다. 두 아이의 웃음소리 속에서 '한번 들어갔다 하면 다시는 나오지 않을' 조짐이 보이기 때문이다. 째깍째깍 시간이 흐르지만 둘한테는 아무 영향도 미치지 못한다. 반 시간, 또 반 시간이 지나도 두 아이는 이야기를 멈출 생각이 전혀 없다.

첫째가 동기간의 즐거움을 조금이나마 누리는 시간은 오직 똥 눌 때뿐, 화장실을 나서는 순간 다 끝나버린다. 그러나 아이의 생활을 정상 궤도로 돌려놓으려는 곁님은 나하고 끊임없이 눈빛을 교환한다. "어쩌지?" 하는 곁님의 눈빛이 점점 나를 옥죄고, "더 놀게 놔두자!"라는 내 눈빛은 갈수록 힘을 잃는다. 결국 모질어진 나는 칼날처럼 서늘한 눈빛으로 신호를 보낸다. "이제 됐어!" 그러면 아내는 고개를 쳐들고 행진하듯 뚜벅뚜벅 화장실로 들어가고, 5초도 안 되어 입이 잔뜩 나온 두 아이가 고개를 떨군 채 시무룩하게 뒤따라 나온다.

둘째가 똥을 눌 때는 조짐이 있다. 둘째는 일단 서재로 들어와 커다란 책꽂이 앞에 서서 '똥 책'을 고른다. 엄숙하고 진지한 자세가 마치 시장에서 신선한 돼지고기를 고르는 주부 같다. 모든 부위가 있지만 딱히 맘에 드는 것은 없다. 책 한 무더기를 쭉 훑어본 둘째가 나에게 묻는다. "뭐 괜찮은 책 더 없어요?" 일에 마음을 쏟느라 관대한 사람이 되어 있던 나는 펜을 내려놓고 둘째와 함께 쭈그리고 앉아 책을 고른다. 우리는 가장 아름다운 동화책 예닐곱 권을 어렵사리 골라낸다. '공동 선정'한 책을 들고 나가는 둘째를 보며, 내가 또 한 번 훌륭한 '가정교육'을 했으며 정말 '최선을 다하는 아빠'라는 생각에 뿌듯해진다.

서재를 나선 둘째는 남쪽으로 가야 마땅하건만 북쪽으로

향한다. 화장실 방향이다. 날마다 후회하면서도 날마다 속고
만다. 둘째가 한번 화장실에 들어가면 어느 세월에 나올지 알
수 없다. 화장실 불이 환히 켜진다. 고요한 가운데 둘째는 거
기 앉아 독서 삼매경에 빠진다.

"아빠, 시간 좀 있어요?" 이따금 문 세 짝을 넘어 둘째의 외
침이 들려온다. 무슨 글자인지 알려달라거나 내용을 토론하
자고 청하는 거다.

가끔은 나도 못 참고 숙제는 다 한 거냐고 묻는다.

"아직이요."

"그럼 빨리 똥 누고 나와!"

"일단 좀 쉬고요."

무슨 방법이 있겠나. 이 조그만 로봇이 적지 않은 동화책을
읽게 된 건 사실 '대변'과 대단히 관련이 깊으니.

결님은 말은 안 해도 언제나 '윗물이 맑지 않아서' 그렇다는
암시를 보낸다. 생리와 심리의 상호작용을 들여다보자면, 똥을
누면서 우리는 어떤 '무게를 덜어내는' 기분을 분명 느낀다. 물
리의 관점에서도 그건 틀림없이 우리에게서 무게를 덜어내는
일이다. 무게를 덜어낸다는 것은 곧 정신적 긴장이 풀리는 것과
같다. 정신이 편안해질 때 심리 상태는 가장 '위생적'이 된다. 그
러니까 생리적으로 '가장 비위생적'인 활동을 하면서 오히려 심
리적으로는 '가장 위생적'이 되는 셈이다. 똥을 눌 때 우리는 결

코 비관적일 수가 없다. 비관적인 사람은 절대 똥을 안 눈다. 대개 긴장과 스트레스가 과도한 사람이 변비에 시달린다. 이런 이론에 근거해 나는 늘 화장실로 가서 퍽이나 느긋하게 똥을 누고, 똥이 나오기를 거부하면 이것저것 잔뜩 챙겨간다. 재떨이, 라이터, 담배, 신문, 책, 영감이 떠오르면 메모하는 수첩, 볼펜. 곁님은 이걸 내가 하루 한 번씩 꼭 하는 '이사'라고 일컫는다. "아빠 어디 계셔?" 하고 물으면 막내는 으레 이렇게 대답한다. "작업실!"

곁님은 내가 똥 누는 법에 불만이 많지만, 오늘날과 같은 기계 시대에 감히 '시간 거인'에게 대드는 나에게는 탄복해 마지않는다. 우리 집은 언제나 '사랑이 감돌고 저마다의 개성이 넘치는' 분위기인지라, 개개인을 똑같은 '고깃덩어리'로 썰어버리는 참혹한 상황은 눈 뜨고 못 본다. 우리 집 헌법이 만들어준 방패막이가 있기에 내 똥 누는 법도 상당히 만족스럽다 하겠다.

곁님을 존중하는 뜻에서, 이 사람의 방법은 서술하지 않고 건너뛰겠다. 그렇지만 아무래도 아주 조금은 감상을 드러내야겠다. 이 사람 역시 상당히 시간을 낭비한다.

막내는 아직 수세식 변기를 쓸 나이가 아니다. 막내가 '사실은 결코 더럽지 않은' 물속에 빠질까 걱정스러워 우리는 막내에게 아직 '유아용 변기'를 쓰게 한다. 모방 능력이 엄청난 아이라 막내는 온 식구의 단점을 다 익혔다. 막내는 똥이 마려우면 먼저 자기 변기 옆에 작은 의자를 하나 갖다 놓고 소리쳐 부른다. "아빠, 나 똥 눌 거니까 같이 있어줘!" 자기 옆에 앉아서 '지금껏 한 번도 만난 적 없지만' '혹시 올지도 모르는' 쥐를 쫓아달라는 거다. 내가 의자에 앉으면 "기다려" 하고는 책 한 더미, 장난감 한 아름에 소꿉놀이 세트까지 가져와 바닥에 늘어놓는다. 그러고는 자기도 변기에 앉아서 바닥에 있는 뭔가를 가리킨다. 나는 막내의 검지 손가락 끝에서 이어지는 상상의 선을 그리고, 그 선 끝에 있는 물건을 집어 막내에게 건넨다. 그러면 막내는 "아니야!" 또는 "맞았어, 등불!" 하고 말한다. 막내는 나하고 온갖 텔레비전 프로그램 놀이를 하고, 어린이 프로그램 진행자 량 아저씨 놀이를 한다…….

우리 집 화장실이 세 배로 넓어지고 변기가 다섯 개 생긴다면 거실은 틀림없이 썰렁해질 것이다. 더욱 이상적이고 더욱 만족스러운 가족 모임 장소가 있으니 말이다.

2부

예술가
집안

살얼음

어린 시절, 친구들과 함께 바닷가에서 까마득한 벼랑을 기어올랐다. 머리 위는 잡초와 아카시아가 무성한 돈대, 발아래는 칼날이 삐죽삐죽 솟은 듯한 험한 돌밭. 땅과 물의 경계에서 하얀 파도가 포효하고 절규한다. 실로 악몽과도 같은 광경이다. 정상이 코앞인데 갑자기 감각이 통제력을 잃으며 발이 주르륵 미끄러진다. 돌부리를 딛고 두 손으로 들풀을 움켜쥐고 몸을 바싹 붙인다. 벼랑에 걸린 채 바닷바람에 휘날리는 누더기 같다. 사지가 부들부들 떨리고 심장이 목구멍까지 펄떡펄떡 뛴다. 아무도 나를 도와주지 못한다.

10만 년처럼 기나긴 5분이 흐르자 정신 상태가 정상으로 돌아온다. 감각 능력도 회복되고 공포심도 사라지면서 위험을 무릅쓰고 모험해볼 용기가 솟아난다. 뜨겁게 끓어오르는 경박한 용기가 결코 아니다. 나 자신도, 험난한 외부 환경도 잊은 '냉철한 용기'다. 몸은 벼랑에 매달려 있지만 마음은 책상 앞에 앉아 책을 볼 때와 같다. 책에서 글자 하나, 단어 하나를 세세히 읽어가듯 바위틈 하나, 견고하게 뿌리박은 관목 하나를 조합하며 그 뜻을 체득해간다. 마음이 흔들리든 흔들리지 않든 상관없다. 위도 아래도 보지 않고 코앞의 '책'만 읽어나간다. 무사히 절벽을 기어오른 나는 엉덩이를 두들겨 맞을 아마추어 등산가 넷 중 4위에 이름을 올린다. 모험에 성공하자 다들 크나큰 기쁨을 맛본다. 실패의 결과를 생각하는 이는 아무도 없다.

우리 부모님은 이 사건을 아예 모르신다. 알았다면 당장 까무러치셨을 거다.

모든 어른에게는 이런 인생의 비밀이 있다. 다들 '목숨을 건 외줄타기'를 하면서 자랐다. 어른이 되려면 살얼음판을 건너야 한다. 어른이 된다는 건 어찌 보면 운이다.

나에게 자식이 생기고 나니 마음이 싹 변했다. 완전히 딴판이 되었다. 나는 자식이 어떤 '외줄'도 건너지 않길 바란다. 차라리 내 몸이 부서져라 일해서 12미터 너비의 널찍한 시멘트 다리를 놓아주겠다. 나는 자식이 어떤 살얼음판도 건너지 않길 바란다. 차라리 내 어깨에 태워 강을 건너고, 얼음이 깨진다면 아이를 물 위로 쳐들고 기꺼이 얼음물을 마실 것이다.

부모 된 심정이 이와 같다. 윗세대가 다음 세대에게 품은 심정도 이와 같다. 부모와 조상으로부터 체득한 이런 마음은

'갈수록 강화'되어 자식과 후손에게 베풀어진다.

잉잉과 치치가 학교에 갓 입학했을 때 나는 반드시 아이들을 데려다주고 데리러 갔다. 나는 유리로 만든 예술품을 다루듯 아이들을 보호했다. 바람이 불면 함께 맞아야 마음이 놓이고 비가 오면 함께 젖어야 마음이 편했다. 그렇게 온종일 길을 오가는 생활을 하다보니 갈수록 피로가 쌓여 점점 버티기 힘들어졌다. 고심 끝에 어쩔 수 없이 우리 집 보배들을 위해 삼륜차를 대절하기로 했지만 괜스레 초조하고 불안해 열병 환자처럼 안절부절못했다. 나는 그 불운한 삼륜차 기사에게 가장 철두철미한 신원 조사를 시행했다. 어디 사는지, 정확한 주소는 뭔지, 부인은 몇 살이고 자식은 몇 명인지, 술은 얼마나 오래 마셨고 마작은 얼마나 했는지, 동료들의 평가는 어떠하며 체력과 성격은 어떠한지, 차량 번호, 신분증, 본적, 나이, 별명까지 명명백백히 파악하고서야 겨우 우리 집 보배들을 맡겼다. 이런 처사가 아이들의 지지를 얻을 거라 믿어 의심치 않았다. 그런데 첫째가 4학년, 둘째가 2학년이 되자 둘의 의견을 '반영'해야만 했다.

"아빠, 아빠께서는(첫째 스스로 익힌 높임말이다) 우릴 뭐라고 여기세요?" 첫째가 말한다.

"아빠가(둘째는 아직 높임말을 제대로 모른다) 이러는 거 불편해요. 엿이 잔뜩 들러붙은 느낌이에요. 짜증 나요!" 둘째가 말한다.

"아빠께서는 대체 뭐가 걱정이실까요?" 첫째가 '개별 면담' 하는 말투로 부드럽게 말한다.

"아빠가 이러는 거 정말 싫어요." 둘째는 원망하는 투다.

아이들은 무슨 요구를 하려는 걸까? 들어본즉슨 이러하다. 삼륜차를 타고 학교 가면 다들 비웃는다. 우리는 '다 컸으니까' 아빠는 '당연히' 하루빨리 우리한테 '버스표를 사줘야' 한다. 반에서 인정받는 애들은 다들 '스스로 5번 버스를 타고' 다니니까.

이는 역시 통과하기 힘든 '마음의 관문'이었다. 들어줄 것인가, 말 것인가? 당연히 들어줄 수밖에 없지만 나는 조건을 걸었다. 버스 타는 연습을 세 번 해야 한다. 아이들이 정한 규칙에 따라 나는 행인인 '척', 아이들은 우리 애들이 아닌 '척'하고 다 같이 버스에 올랐다. 나는 '아이들 곁에 서 있으면 안 되고' 모르는 사람인 '척'해야 했다. 그다음엔 내가 정한 규칙에 따라 나는 아이들이 내리는 모습, 길을 건너는 모습, 교문에 들어서는 모습을 지켜보기로 했다. 세 번 다 잘해내야 합격이었다.

오래지 않아 나는 스스로 오가는 아이들을 보는 데 익숙해졌고 진짜 모르는 사람처럼 되었다. 오래지 않아 두 자매도 서로 관계를 끊고 '제 갈 길'을 가게 됐다. 제각각 '버스를 같이 타는 친구'가 있고, 제각각 '버스를 타고 내리는 기술'이 있었다. 손에 쥔 '학생표'는 두 아이의 쾌락의 원천이었다.

커다란 가방을 멘 첫째가 큰길로 뛰어드는 광경을 상상하자 걱정스럽기만 했다. 둘째 그 꼬맹이가 버스에 기어오르는 모습을 떠올리자 역시 마음이 놓이지 않았다. 그러나 두 아이는 이제야 비로소 타이베이가 진정 자기네 도시가 되리라고 믿었다.

타이베이는 조만간 두 아이의 것이다. 그러나 내가 너무 이르다고 불만스러워할 때 아이들은 너무 늦었다고 불만스러워했다. 두 아이는 내가 깜짝 놀라 소리를 지르기도 전에 살얼음판으로 뛰어들었고, 앞으로 나아갔다. 게다가 그 걸음걸이는 자기네는 프로, 나는 아마추어라는 양 거침없었다. 나는 놀랐을 뿐 아니라 아이들에게 탄복했다.

아이는 이렇게 자라는 거다. 나 자신도 이렇게 자랐으니 말이다. 내가 요람을 사줄 생각을 할 때 아이들은 스스로 뛰어와 내게 말한다. "필요 없어요!" 아마 세상 모든 부모가 똑같이 겪는 일이겠지?

역시 놀랄 일이 아니다. 우리 또한 부모에게 이런 놀라움을 안겼으니 말이다. 내 과거를 돌아보자. 기적 같은 일을 만들어 내면서 부모님 입이 쩍 벌어지게 하지 않았던가. 지금은 내가 긴장한 나머지 입술 근육이 다 풀리고 있다.

한 가지 기적은 또 한 가지 기적으로 이어진다. 인생이라는 비단은 알고 보면 다 기적이 짜낸 셈이다. 인류의 진보 자체가 가장 커다란 기적이리라. 마음이 자라는 모습을 보면 우리와 아이는 '같은 방향'으로 나아가고 있다. 아이뿐 아니라 우리 자신도 살얼음판에 서 있다. 아이는 우리의 '살얼음판 동반자'다. 그렇다면 아이가 살얼음판에 발을 내딛는 것은 '나가는' 것이 결코 아니다. 오히려 '들어오는' 것이다.

아이가 자랄수록 우리 삶은 더욱 시끌벅적해지고 더욱 재미나진다.

텔레비전
어린이

세 살이 되자 웨이웨이는 텔레비전을 자신의 '독보적 지위'를 위협하는 적으로 여기지 않게 됐다. 웨이웨이도 결국 빠져들고 말았다. 두 살 반에는 적이었던 텔레비전이 이제 '내 텔레비전'이 되었다. '내 텔레비전'이란 다른 사람이 보려면 몰래 봐야지 자기하고 동시에 같은 텔레비전을 볼 수 없다는 뜻이다. 그러면 자기 몫의 텔레비전이 '없어진다'는 거다. 웨이웨이가 텔레비전을 볼 때는 으레 장내가 정돈된다. 다른 사람은 침실이나 서재에 서서 거실로 목을 쭉 빼는 식으로 텔레비전을 본다. 하지만 웨이웨이가 기분이 나쁠 때만 그렇다. 기분이 좋은 웨이웨이 입에서는 이런 말이 무심코 흘러나온다. "나 오늘 엄청 신나." 그러면 누구나 대담하게 거실로 와서 웨이웨이 곁에 앉아도 된다. 웨이웨이는 조그만 손을 뻗어 그 사람의 손등을 토닥인다. 이런 뜻이다. "와도 돼. 내 옆에 앉아서 봐. 말은 하지 말고."

　웨이웨이가 텔레비전 보는 방식은 어른과 사뭇 다르다. 웨이웨이는 다른 사람이 짜놓은 대로 받아들이는 법이 없고, '평면의 결함'을 상상력으로 보충하지도 않는다. 웨이웨이는 툭하면 일어나서 텔레비전 옆으로 뛰어가 텔레비전과 하얀 벽 사이에 난 '좁은 골목'을 들여다보고 또 들여다본다. 화면 속에서 뒤돌아 나가버린 애덤의 엄마가 어떤 표정인지 보려는 심산이다. 당연히 매번 실망하면서도 귀찮아하는 법이 없다. 이런 식의 정탐이 네 살 무렵까지 이어졌다. 설명을 해줘도 아무 소용이 없었다. 웨이웨이는 이해할 수 없는 이론에 수긍해버리는 어른과는 다르니까.

웨이웨이는 텔레비전 속 사람들에게도 이런저런 요구가 많다. 그리고 대개 나에게 그런 요구를 전달하라는 임무를 맡긴다. 웨이웨이는 아직 '신화 시대'를 살고 있고, 나는 웨이웨이의 신화세계에서 뭇 신의 왕이다. 웨이웨이가 사탕을 원하면 사탕을, 귤을 원하면 귤을 내준다. 그러니 텔레비전 속 난쟁이가 뭔가 하기를 바랄 때 웨이웨이는 나한테 말하면 당연히 다 되는 줄 안다. 여덟 살쯤 되면 웨이웨이도 '평범한 속인'에 지나지 않는 내 실제 모습을 알아차리겠지. 나는 웨이웨이가 되도록 빨리 깨닫기를 기도한다. 아이를 위해 별을 따주는 일은 그다지 훌륭한 임무가 아니니까.

한창 몰입해 있을 때 오줌이 마렵다는 걸 퍼뜩 깨달은 웨이웨이는 나에게 달려와 소리친다. "아빠, 쟤네들 좀 기다리라고 해!"

돌아왔는데 화면이 바뀌어 있으면 화를 내며 나를 나무란다. "왜 놓쳤어!"

어린아이도 아름답고 보기 좋은 얼굴을 알아보고 감상할 줄 안다. 정말 놀랍고 신기한 일이다. 코의 모양과 위치, 얼굴 각 부분의 비율과 거리 등은 시각을 통과하면서 사람 마음에 '마법'을 부리고, 마음에 들거나 들지 않는다는 반응을 이끌어낸다.

"저 사람 또 나오라고 해!" 웨이웨이가 명령을 내린다. 그 사랑스러운 얼굴을 또 보고 싶으니 나더러 가서 임무를 수행하라는 뜻이다.

줄거리에 따라 가능할 때가 있다. 명령대로 그 어여쁜 얼굴이 다시 나타나면 웨이웨이는 대단히 기뻐한다. 다시는 나오지 않을 상황이면 나는 이렇게 말한다. "화났대, 이제 안 온대."

"왜 화났는데?" 웨이웨이는 이제 다른 문제를 놓고 나하고 토론을 벌인다. 이 문제는 그럭저럭 대응할 만하다.

웨이웨이는 뉴스를 싫어한다. 뉴스가 시작되면 '막을 내려야' 한다는 표정으로 자리에서 일어난다. "됐어, 이제 끄자, 뉴스 시간이야!" 이렇게 선포했는데도 다들 '슬그머니 2막을 보려 하는' 기미가 보이면 직접 가서 텔레비전을 꺼버린다. 거실에 흐르는 탄식을 들으며 웨이웨이는 자기가 '중요 인물'이라는 만족감을 맛본다.

그러나 오래지 않아 웨이웨이는 자동으로 텔레비전을 켠다. 뉴스가 끝났나 안 끝났나 검사하려는 거다. 아직 안 끝났으면 도로 끄고, 조금 뒤에 다시 켜고 또 검사한다. 웨이웨이가 기다리는 것은 '일기예보'다. 이 코너만큼은 특별히 좋아해준다. '일기예보'는 자신의 지위를 돋보이게 해주기 때문이다.

"아빠, 오늘 '흐리고 때때로 비'야. 우산 챙겨." 이렇게 말하는 웨이웨이의 표정을 보면 자기가 엄마의 지위를 넘어섰다고 여기는 뿌듯함이 가득하다. 물론 '흐리고 때때로 비'는 웨이웨이에게는 그저 '비가 온다'는 뜻인지라 웨이웨이가 한 말에는 이런 뜻도 담겨 있다. "흐리고 때때로 비라니까, 얼른 빨래 걷어야지!"

웨이웨이가 뉴스를 싫어하는 데는 합당한 이유가 있다. 뉴스를 전하는 목소리는 귀에 익지만 웨이웨이에게는 아무 의미도 없는 말이다. 웨이웨이는 뉴스를 들을 때면 짜증을 내며 언니들한테, 심지어 엄마 아빠한테도 무례하게 군다. 뉴스는 웨이웨이에게는 가장 형편없는 '어린이문학'이라고 할 수 있다. 어린이문학 작가의 고뇌를 생각하게 하는 지점이다. 만약 작가가 어린이를 상대로 어떤 의미를 만드는 글을 쓴다면, 사람들은 작가의 머리가 텅 비었다고 여기고 한심해하며 『고문관지古文觀止』*를 연구하라 권하고픈 생각이 들 것이다. 만약 작가에게 뻐기는 마음이 있어 순수문학 작가들이 보기에 거슬리지 않는 글을 쓰려 한다면, 그걸 읽는 어린이 독자들은 다들 '웨이웨이의 짜증'을 느낄 것이다.

'일기예보' 말고 웨이웨이가 좋아하는 프로그램은 뜻밖에도 광고다. 광고가 시작되면 웨이웨이는 희색이 만면해 텔레비전에서 흘러나오는 '광고 주제가'를 흥얼흥얼 따라 부른다. 가장 잘하는 곡은 '녹유정綠油精'** 광고 노래로 반주만 나오는 부분

---

* 중국 동주 시대부터 명나라 말기까지의 옛글 222편을 모아놓은 책으로 청나라 때 완성되었다.
** 두통, 복통, 근육통, 가려움증 등에 두루 효과가 있다는 초록색 오일.

까지 다 부른다. 아마 웨이웨이의 마음속에서 진정한 '텔레비전 시청'이란 녹유정 광고, 위장약 광고, 내가 좋아하는 콜라 광고, '꼬리를 흔드는 고래'가 나오는 영양제 광고가 아닐까!

반년간 텔레비전이 웨이웨이의 어휘력을 대단히 풍부하게 만들어준 것은 분명하다. 웨이웨이 입에서는 어른이 할 법한 말이 쏟아져나온다. 다 텔레비전에서 본 거다. 웨이웨이는 O형 아이로 천성이 솔직하고 호쾌해서 이런 단도직입적인 말을 쉽사리 빨아들인다. "나 오늘 엄청 신나." "엄마, 무지무지 사랑해요." "작은언니가 날 학대해." "큰언니가 최고로 귀엽다니까." "아빠, 저리 좀 가주세요." 웨이웨이가 가장 비슷하게 따라하는 것은 량 아저씨가 하는 말이다. "꼬마 친구들, 어린이 세상에 잘 오셨습니다. 다 같이 신나게 놀아요!"

이게 좋은 일이건 아니건 간에 웨이웨이는 텔레비전 곁에서 자랄 것이다. 텔레비전보다 키가 커지면 웨이웨이도 오늘날의 수많은 아이처럼 '텔레비전 어린이'가 되겠지. 입에서 텔레비전 말이 흘러나오고, 머릿속에 텔레비전 사고를 장착하고, 즐기는 취미도 텔레비전의 영향을 받으리라. 의심할 수 없는 현실이다. 한두 시간쯤 고민해봐야 할 '인생 문제'라는 생각이 종종 든다.

나무로
성탄
쇠기

얼마 전에 세계적인 명절을 쇠고 났는데, 우리 다섯 식구가 느끼기에는 오히려 시작된 지 얼마 안 된 것만 같다. 거실에 서 있는 아담한 측백나무는 조용하고 평화로이 푸르른 빛을 뿜는다. 말라붙을 기미는 전혀 없다. 우리의 명절은 아직 끝나지 않았다. 우리의 명절은 아직도 한참 남았다.

12월 25일을 2주 앞두고부터 아이들은 끊임없이 나무 소식을 알아본다. "왔어요?" "아직. 오늘 시장에 갔는데 아직 안 팔더라." 엄마가 대답한다.

평소에는 마실 물조차 엄마에게 떠달라는 게으른 첫째가 바삐 장롱을 열어 종이상자를 꺼내온다. 작년에 썼던 '성탄 도구'를 통째로 정리하려는 거다. 첫째는 상자 속 물건들을 막내의 손이 닿지 않는 '높은 곳'에 가지런히 늘어놓고, 새 것 같은 옛 물건 목록을 하나하나 작성하면서 올해 더 사야 할 물품을 가늠해본다. 평소 '꿈속인 듯 몽롱하던' 눈빛이 왕

희봉*처럼 노련한 눈빛으로 바뀐다. 첫째는 연중 오직 이때만 인간사에 관심을 보이고 속세의 일에 열중한다. 그것만으로도 부모는 '얘가 문제 있는 아이가 되지는 않겠다'는 안도감을 얻는다.

평소 첫째와 심하게 말다툼을 벌이곤 하는 둘째는 첫째의 암시를 찰떡같이 알아듣는 아이로 변한다. 둘째는 첫째가 끊임없이 내리는 명확한 지령을 믿고 따르며 연신 대답한다. "알았어." 세부 사항을 협의해야 할 때는 둘이서 귓엣말로 소곤소곤 회의를 하는데 어찌나 정다운지 모른다.

평소에는 솔직하고 격의 없던 세대와 세대 사이에 어떤 좋은 조짐이 깃든 장벽이 생긴다. 선물 교환 때문이다. 아이들 얼굴에는 영어 교과서에 나오는 '서프라이즈' 같은 신비로운 미소가 어린다. 아이들은 우리와 이야기를 나눌 때 '엄마 아빠의 서프라이즈는 무엇일지' 교묘하게 탐문한다.

이제 세 살이 된 막내는 좋은 일을 예감하는 강아지처럼 날뛰고 다닌다. 아침부터 밤까지 쉬지 않고 이리저리 뛰어다니는 놀이를 하는데 어찌나 날쌘지 곳곳에 막내의 그림자가 어른거린다. 광학의 착시 효과 때문에 막내는 마치 모든 방에

---

* 『홍루몽』의 주인공 가보옥의 외사촌이자 사촌형수. 총명하면서도 음험한 가씨 집안의 실세다.

동시에 나타나는 것만 같다. 엉엉 울다가 깔깔 웃다가, 깔깔 웃다가 엉엉 울다가, 밤에도 잠을 안 잔다.

첫째와 둘째가 아직 어릴 적에 나는 아이들을 상대로 '신을 만들어내는' 심리 실험을 했다. 나는 대단히 엄숙한 태도로 아이들에게 이런 얘기를 해주었다. 이 세상에 산타할아버지라는 분이 있는데 '아주아주 먼 곳'에 산다고. 해마다 12월 24일 한밤중이면 방울 소리에 이어 순록이 헉헉거리는 소리가 들려온다고. 이웃집 지붕에 썰매가 멈추고, 산타할아버지가 썰매에서 펄쩍 뛰어내려 거실 창문으로 들어온다고. 그리고 '아이들이 아빠한테 얘기하면 아빠가 산타할아버지한테 편지로 알린' 선물을 아이들 베개 밑에 두고 간다고. 이튿날 아침, "일어나서 베개 밑을 더듬어보렴. 원하는 선물이 있단다."

아이들은 털끝만 한 의심도 없이 이 거짓말을 고스란히 믿었다. 첫째는 심지어 2학년이 되어서도 여전히 진실하고 간절하게 이 박수무당에게 이렇게 말했다. "산타할아버지께 편지 써주세요. 올해는 지팡이사탕은 없어도 되고요, 전동기차가 갖고 싶다고요."

"그건 너무 비싸, 산타할아버지가 못 사실걸. 할아버지는 부자가 아니란다. 선물 받으려는 아이는 또 얼마나 많다고."

학교에서 '무신론자' 친구가 비웃고 '이단을 반대하는' 친구도 반대 의견을 내놓지만, 첫째는 꿋꿋하기만 했다. "사실은 누가 뭐래도 사실이야!" 원시민족의 신앙생활에 대한 설명이 되는 실험이다. 아이들이란 본디 '원시민족'이라 할 수 있으니.

그러나 현대의 개화 교육이 내 실험을 중단시켜버렸다. 이 듬해 어느 날, 둘이서 먼저 연구와 토론을 한바탕 거친 것이 틀림없는 첫째와 둘째가 서재로 와서 알현을 청했다. "아빠, 도대체 산타할아버지가 있어요, 없어요? 사실대로 말해주세요!"

"없어."

"그럼 그때 일들은 다 아빠가 한 거예요?"

"그래!"

삼부녀는 한바탕 웃음을 터뜨렸다. 웃음소리 속에서 아이들의 유년 시절 성탄절은 끝이 났다. 우리는 웃으며 산타할아버지를 떠나보냈다. 하지만 첫째가 소중히 여기는 성탄절하고는 헤어지지 않았다. 이때부터 성탄절은 우리 집 명절이 되었다. 해마다 첫째는 공부하느라 아무리 바빠도 모든 것을 내려놓고 모든 일을 주관한다. 어른은 마음 쓸 일 하나 없이 다 첫째가 알아서 한다. 엄마한테는 보기 좋고 아담한 측백나무 한 그루를 사달라고 하고, 나한테는 돈을 달랄 뿐이다.

때로는 연극 연출자가 따로 없을 만큼 지나치게 신경을 쓴다. 첫째는 모든 일을 세세히 계획한다. 아빠 자리는 어디, 엄마 자리는 어디, 둘째 자리는 어디, 막내 자리는 어디, 누가 먼저 무슨 말을 할지, 이어서 누가 무슨 말을 할지까지 다 정해놓는다. 순수한 형식주의자여! 모두들 탄식하고 아우성을 친 끝에 첫째의 꼭두각시 연극은 취소되고, 비로소 진정 편안한 시간이 강림한다.

거실 형광등이 꺼지고, 은은한 주황색 전구가 불을 밝힌다. 황금빛 불빛 아래서 첫째와 둘째가 장식한 성탄 나무를 다 함께 조용히 감상한다. 아이들 말에 따르면 나무를 휘감은 '자동 오색 조명'이 깜빡깜빡 색이 바뀌는 것이 마치 '오색 반딧불이' 같다고. 해마다 더해진 온갖 장식물이 나무를 잔뜩 치장해 분위기가 아주 성대하다. 솜으로 만든 가짜 눈, 담뱃갑 종이로 만든 은빛 별…… 정적 속에서 호구戶口 명부에 올라온 큰 입, 중간 입, 작은 입이 모두 함께 거룩한 모임을 경험한다. 몇 년이 지나면 이 모임도 흩어지겠지. 그때는 다들 추억 속에서만 이런 모임이 있었다는 걸 기억하겠지. '차정차경此情此境'*이라는 옛말처럼 얼마나 귀하고 소중한가. 부모가 자녀를 귀여워할 시간은 너무나 짧다. 인생의 여정이란 본질적으로 혼자 걸어가는 고독한 원정이리라. 우리는 마땅히 자녀를 벗처럼 대하고 벗처럼 사랑해야 한다.

* '눈앞의 정경을 보면서 드는 진심 어린 심정'을 뜻하는 성어.

'경제 상황이 좋지 않은' 아이들이 측백나무 아래서 각자 준비한 것을 꺼내 우리에게 '서프라이즈 선물'을 준다. 모두 진심이 담긴 소소한 선물이다. 우리도 우리가 정성껏 준비한 '서프라이즈 선물'을 아이들에게 건넨다. 우리의 선물은 좀더 큼직하다. 우리의 '경제 상황'은 아이들에 비하면 나날이 호황이니까.

이 거룩한 시간이 지나가면 다들 '이성'을 되찾는다. 우리는 이 명절의 분위기를 무르익게 만들고자 제자백가 논쟁을 시작한다. 음식을 먹고, 이런저런 대화를 나누고, 캐럴을 틀어놓고, 성탄 카드를 감상한다. 양 치는 목자들에게 천사가 새로운 왕의 탄생을 선포하는 이야기를 하고, 산타할아버지가 어떻게 전설적 인물이 되어 성탄절을 세계적인 명절로 만들었는지, 종교인들은 성탄절이 '산타절'이 아니라는 사실을 해마다 어떻게 밝히는지도 분석하고 설명해본다.

밤이 깊었다. 엄마가 이제 그만 자러 가라고 아이들을 재촉한다. 아이들은 엄마 아빠가 '뽀뽀해야' 자러 가겠다고 우긴다.

어느덧 종교인이 말하는 '고요한 밤'이 찾아왔다. 우리 집에서도 '성탄나무절'을 잘 쇠었다.

이 글은 한 편의 '후기'지만 사실 '후기'라고만은 할 수 없다. 12월 25일이 지났어도 우리 마음은 여전히 '명절을 쇠는' 중이니까. 거실의 성탄 나무가 푸르름을 간직할 때까지는 말이다.

예술가
집안

우리 집안에는 '그림을 적대시하지 않는' 아름다운 전통이 있다. 우리 집안에서 '그림'은 언제나 아동 교육에 꼭 필요한 요소였다. 아직 화가를 배출하지는 못했어도, '훌륭한 창작품을 무참히 짓밟는' 어리석은 논리를 내세운 적은 없다.

할아버지는 어린 시절 그림을 좋아하는 아이였다고. 화가가 되지는 않았지만 어른이 되어서도 여전히 그림을 무척이나 좋아했고 그림에 어렴풋한 향수를 품고 있었다. 할아버지의 향수병은 대대로 '유전'되었다.

아버지는 어린 시절 영국인이 운영하는 교회 학교에 다녔다. 수학여행을 갔을 때, 화가 선생님이 페리호 갑판에서 강기슭 풍경을 수채화로 쓱쓱 그렸다. 재미 삼아 하는 붓질이었지만 등 뒤에 서서 지켜보던 아버지는 그대로 빠져들고 말았다. 집에 돌아온 아버지는 할아버지에게 영국 선생님한테 그림을 배우고 싶다고 했다. 당연한 일이라 여긴 할아버지는 영어

통역을 부탁할 사람을 찾아 즉시 학교에 가서 수업비를 냈다. 이렇게 우리 집안의 첫 번째 영중英中 교류가 성사되었다.

아버지는 몇 달 동안 영국 수채화를 배웠지만 깊이 파고들지는 못했다. 역시 화가가 되지 않은 아버지가 흥미를 느낀 일은 국산 화장품 제조였다. 그런데 상표 디자인을 할 때면 화가들이 언제나 호의를 보이며 협조해주었다. 그들이 보기에 아버지는 그림에 '문외한'도 아니고 말귀를 못 알아듣는 '미개인'도 아니었다. 아버지는 대단히 기뻤고, 동시에 그림을 향한 아련한 향수병이 생겨났다.

초등학교 시절에 나와 남동생은 땅거미가 깔릴 무렵에야 집으로 돌아왔다. 아버지는 우리를 위해 넓은 마당에 낮은 탁자와 등불을 갖춰놓았다. 그리고 크레용 몇 자루와 종이 한 무더기를 갖다놓고 우리에게 스케치하는 법을 가르쳤다. 세대 간의 깊은 정은 집에서 이런 활동을 하면서 더욱 굳건해졌다. 우리 형제는 미술에서 낮은 점수를 받은 적이 없다. 수업도 열심히 듣고 즐거운 마음으로 붓을 들었는데, 아마 집에서 했던 스케치 덕분일 거다.

중학생이 되자 아버지는 우리를 화가에게 보내 그림을 배우게 했다. 우리는 한동안 산업미술을 공부했고 아쉽게도 순수회화의 세계에는 들어서지 못했다. 동생은 미술에 소질이 있는 편이라 한두 해쯤 스스로 그림 실력을 갈고닦았지만, 나중에는 역시 산업미술 분야로 갔다.

동생과 헤어지기 전부터 내 실력은 동생보다 훨씬 처져서 동생이 나를 데리고 다니는 상황이었다. 내가 집을 떠나자 우리 형제는 편지로 서로 소식을 전했는데, 편지에 늘 삽화가 곁들여져 있었다. 글로 표현하기 힘든 내용을 그림으로 대체한 것이었다. 이런 습관은 어머니한테도 영향을 끼쳤다. 어머니도 나에게 편지를 쓸 때 그림을 그려넣곤 했다. 우리 집에서 그림은 제2의 언어인 셈이었다.

이제 우리 아이들 차례가 되었다.

첫째는 유치원에 가기 전부터 내 그림 친구였다. 내가 책상 한쪽에서 삽화를 그릴 때, 첫째는 책상 위를 '조계지'로 삼았다. 그리고 내 왼팔에 기댄 채 크레용 토막으로 종이를 찍어댔다. 빨강빨강 초록초록 노랑노랑 파랑파랑…… 종이 위에 무수한 점이 찍혔다. 내가 그린 수많은 삽화는 책상에서 일어나는 작은 지진 속에서 탄생했다. 내가 소장한 첫째의 작품 1호는 눈을 어질어질하게 만드는 「오채지마도五彩芝麻圖」(오색참깨그림). 이 작품으로 첫째는 전대미문의 어마어마한 찬사를 받았다. 오늘날 신문에 실리는, 과학자를 향한 어떤 찬사보다 더 대단한 것이었다. 첫째는 내 과장된 표정에 흥미를 느끼기 시작했다. 크레용 토막을 움켜쥐고 백지에 마구 찍어대기만 하면 내가 하는 연극을 볼 수 있다는 사실을 알자 첫째는 하루에도 수없이 많은 입장권을 그려냈고, 나도 턱이 시큰해지도록 열심히 연기를 했다. 네 살이 되기 전에 첫째는 엄선된 작품 30점을 수록한 제1차 「점 그림」 화집을 완성했다.

첫째의 흥미는 '목 아래 둥그런 배가 있는' 난쟁이를 그리는 것으로 옮겨갔다. 이 난쟁이 그림들은 보통 내가 일하러 가 있는 동안 완성되어 퇴근해 집에 오면 나에게 넘어왔다. 집에 작품이 산더미처럼 쌓여갔다. '한번 붓을 들면 멈출 수 없는' 이 창작열은 일하러 나간 부모를 그리워하는 첫째의 쓸쓸한 마음에서 비롯된 것이었다. 그때 나는 일하는 시간이 길지 않았는데(정말 아름다운 시절이었다), 나에게 집에서 아이를 보는 일이란 실은 크레용 한 상자와 종이 두 뭉치를 놓고 둘이서 머리를 맞대고 '색을 갖고 노는' 것이었다. 제목은 첫째가 정한다. "엄마가 빨래 너는 거 그려줘." "내가 밥 먹는 거 그려줘." "지팡이 사탕 그려줘." 내가 그림을 그리면 첫째는 거의 추앙하는 눈빛으로 내 손을 보고, 내 눈을 보고, 다시 내 눈을 보다가 내 손을 보았다. 아이의 눈에 나는 신이었다. 우리 집안의 신비로운 '유전'은 첫째의 작은 영혼에까지 건너왔다.

내 그림 한 장을 '스스로 밥 먹기'와 교환할 수 있었다. 내 그림 한 장을 '스스로 자러 가기'와 바꿀 수 있었다. 첫째는 말 잘 듣는 순둥이로 변했다.

나중에 내가 일이 바빠지는 바람에 우리가 함께 그림 그리는 시간은 점점 짧아졌다. 첫째의 턱이 책상에 닿을 만큼 자라자 산수책을 들고 와서 2+2가 왜 4냐고 묻는 단계가 되었다. 깡충깡충 뛰면 내 앉은키를 넘어서게 된 첫째는 이제 책상에 기대 '삼각형의 넓이=아랫변×높이÷2'를 묻는 단계에 들어섰다.

"아빠, 요즘은 왜 그림 안 그려요? 나 어렸을 때는……" 하고 첫째가 물을지도 모르겠다.

'어렸을 때'란 그 애에겐 '머나먼 옛날'이다. 그렇지만 나에게는 '어제' 같기만 하다.

둘째는 첫째와 상황이 달랐다. 둘째가 크레용에 처음 보인 반응은 공포에 가까웠다. 둘째는 작은 크레용을 작은 뱀 보듯 했다. 둘째는 종이 찢는 걸 좋아했지만 만약 크레용과 종이가 같이 있으면 종이조차 밀어내버렸다. 나는 차츰 둘째가 대단히 강인한 꼬맹이라는 사실을 알아차렸다. 둘째 곁에는 이미 화단에서 이름을 날리는 적수가 툭하면 유치하다고 비웃을 준비를 하고 있었다. 그래서 둘째는 그림에 완전히 적대적인 태도를 보이며 시도조차 하려들지 않았다. 둘째의 마음속에 있는 작은 비밀을 알아차린 나는 첫째가 있을 때는 둘째에게 크레용을 갖고 놀라고 하지 않았다. 첫째가 유치원에 가고 나서야 둘째는 주춤주춤 크레용을 잡고 슬쩍 스쳐가듯이 백지에 선을 몇 번 그었다. 먼 산 같기도 하고, 안개 속 버들가지

같기도 했다. 나는 '먼 산이 웃음을 머금고 버들가지가 춤을 추는' 둘째의 작품에 어마어마한 찬사를 보냈다. 둘째의 반응이 괜찮아지면서 점점 산색이 짙어지고 버들가지가 굵어졌다. 어느 날 둘째가 나에게 작품 하나를 건넸다. 「철조망」. 가로세로 직선을 수없이 교차해 만들어낸 작품이었다. 근면성실한 둘째는 아주 천천히 작품을 만들어갔다. 말없이 관찰하고 속으로 치밀하게 계획한 다음에야 손을 댔다. 둘째의 진보한 모습은 개구리가 튀어오르듯 갑작스러워 보이지만, 사실둘째는 속으로 학습을 이어가고 있었다. 그것도 쉬지 않고, 끊임없이.

막내는 '덜렁이' 스타일이다. 막내는 두 살 반에 그림을 그리기 시작했는데 곧바로 종이를 찢어발기고 붓을 동강 내는 바람에 실망이 컸다. 그러나 분수를 모르는 승부욕과 오기 때문에 막내는 밤낮없이 특훈을 했고, 마침내 종이 한 장을 온전히 살린 '생애 최초의 걸작'을 만들어냈다. 「두드림」이라는 제목을 붙일 만한 훌륭한 작품이었다. 이어 두 번째 작품 「남藍과 흑黑」, 세 번째 작품 「무제」, 네 번째 작품 「구성」이 탄생했다. 어느 날 오후 엄마가 사람 얼굴 그리는 법을 가르쳐주자 막내는 다음 날 오전 내내 그걸 변형하더니 어느새 인물화를 그리게 됐다. 첫날, 그림 속의 사람에게는 머리만 있었다. 이튿날, 목 아래로 화성인처럼 가느다란 다리 두 개가 생겼다. 셋째 날에는 양쪽 귀에서 빈약한 팔이 뻗어나왔다. 이 인물은 지금도 계속 자라고 있다.

막내는 지금 창작에 한창 물이 올랐다. 앞으로 끝없이 발전하리라.

어느 각도에서 보아도 우리 집에는 작은 화단畫壇이 존재한다. 나와 마찬가지로, 이 화단에서 활약하는 3대 유파 역시 미래의 아련한 향수병을 엮어내느라 바쁜 건 아닐지?

막내의
'자리'

웨이웨이는 집 안 어디든 돌아다닐 수 있으니 온 집 안이 그 애의 자리라고 할 수 있다. 그렇지만 웨이웨이는 몹시 언짢다. 자기 '자리'가 없다고 늘 불만이다. 막 세 살이 된 아이에게는 어떤 '자리'가 필요한 걸까? 우리가 보기에 그 애의 '자리'는 이미 차고 넘치는데 말이다.

침실은 거의 모든 곳이 막내의 자리다. 사실 다른 사람에게 남겨진 자리는 이제 별로 없다. 막내가 엄마하고 같이 자는 커다란 침대 한구석에는 언니들이 읽던 낡은 지능테스트 책 몇 권, 언니들이 작년에 고적대에서 불던 망가진 플라스틱 피리 하나, 블록 몇 개, 막내가 『국어일보』에 투고하겠다고 파지에 그린 '대두인大頭人' 그림 몇 장이 흩어져 있다. 그곳은 누구도 건드릴 수 없는, 모두가 인정하는 막내의 자리다.

침대 밑에는 '하얀 이 아니면 검은 이가 빠진' 장난감 풍금 두 개가 있고, 풍금 사이에는 언니한테서 (막내 말에 따르면)

강탈한 '깨진 소·말·개·토끼 도자기 인형이 가득 든' 양철 과자통이 있다. 이 세 가지 물건 뒤로는 엄마가 날마다 바닥에 꿇어앉아 팔을 한껏 뻗어 걸레질을 해야 하는 '침대 밑 광장'이 펼쳐진다. 다 합치면 막내의 '작은 집'이나 다름없는, 당연히 막내의 자리로 칠 수밖에 없는 곳이다.

침대 바깥 방바닥에는 키 큰 선풍기를 포장했던 커다란 종이상자가 있다. '일찍 태어난 자들'로부터 전해내려온, 버려야 마땅할 망가진 장난감으로 꽉 찬 그 상자는 막내의 보물상자다. 막내는 그 커다란 상자 옆에 외로이 쪼그려 앉아 반나절은 놀 수 있다. 낡은 병뚜껑과 플라스틱 컵을 잔뜩 모아다가 소꿉놀이 잔칫상을 벌이고, 허공을 향해 자기가 아는 이름은 다 불러 손님을 청한다. 막내가 차린 잔칫상은 '이번 생을 헛되이 보내지 않았음'을 자각한 부자의 생일상 같다. 축구장에 잔치를 열고 온 동네 사람들을 청해 국수를 대접하는 형세다. 침대 쪽에서 방바닥 한가운데까지 퍼지더니 첫째의 책상 밑까지 뻗어간다. '고물 전시장'을 방불케 하는 대단한 위세다. 이렇게 다른 식구들은 '자리를 다 빼앗긴' 기분을 느끼게 하면서 자기 자리가 없다고 해서는 안 된다고 본다.

막내는 거실을 점령하고 서재를 분할했다. 온 식구가 세 살 아이의 생활 방식에 따를 수밖에 없는 나날이다. 우리는 막내가 일으킨 대혼란에 타협하는 태도를 취함으로써 평화를 도

모하고, 잠깐 얻은 태평한 시간 동안 할 일을 전속력으로 해치우면서 숨 돌릴 틈도 없이 바쁜 현대를 그럭저럭 살아나간다.

막내가 있기에, 학교에서 돌아온 첫째와 둘째는 대문에 들어서는 순간부터 바짝 긴장하고 괜스레 초조해진다. 가장 먼저 할 일은 책상 정리. 책상마다 '대군이 휩쓸고 지나간' 흔적이 남아 있다. 우리 집의 포악한 외톨이는 모든 책상을 사용한다. 유리 위에는 풀 자국이 나고, 빨갛고 검은 호수가 생기고, 종이 부스러기와 밥풀에 망가진 장난감까지 흩어져 있다.

첫째와 둘째는 책상에서 자잘한 진열품과 장식품, 꽃병과 책을 다 치운 지 오래다. 첫째는 무척이나 깔끔한 성격이라 막내의 정신적 학대에 '청결'로 대응한다. '견벽청야堅壁淸野'* 방책을 쓰기에 첫째의 책상은 아무것도 없는 텅 빈 황야와 같다. 현명한 방법이다. 집에 돌아온 첫째는 커다란 종이상자와 물걸레만 준비하면 된다. 책상 위 모든 쓰레기를 상자에 쓸어 담고 걸레로 유리를 깨끗이 닦으면 바로 숙제를 시작할 수 있다.

성격이 강한 둘째는 막내를 제재하려면 '좀 모질게 대해야 한다'는 주의다. 이웃집에서 '빽빽거리는 아이' 때문에 일도 못 하고 쉬지도 못해 뚜껑이 열린 사람이 옆집으로 달려가 문을 두드리며 이렇게 소리치는 것처럼. "재 좀 호되게 때려줘요, 두 대만!"

이는 아이를 전혀 이해하지 못하는 처사다. 아이를 두 대 때리는 건 간단한 일이 아니다! 어른은 절대 아이를 때리면 안 된다. '빽빽거리는 아이'는 결코 장래성 없는 아이가 아니다. 그저 여느 아이보다 부모 관심을 더 많이 필요로 하고, 개성도 강해서 그런 거다. 이런 아이는 애정도 무관심도 대단히 민감하게 느끼기에 스무 살이 넘어가면 시인이나 유명한 화가가 되어 있을 가능성이 높다. 이런 아이는 '고집과 끈기'도 엄청나다. 어릴 때 부모를 정복하려는 욕망은 장래에 세계를

* 적에게 식량을 내주지 않기 위해 들판을 싹 비우는 전술.

정복할 준비를 하는 거라서 장차 비범한 인물이 되리라. 이런 아이를 대하는 아주 쉽고 간단한 방법이 하나 있다. 편안히 앉아 아이와 이야기를 나누고, 같이 놀고, 데리고 다니면서 여러 유익한 체험을 한다면 아이는 틀림없이 조련된 사자처럼 유순해지리라.

이런 아이가 집안에 대혼란을 일으키는 원인은 부모다. 부모가 너무 바쁘기 때문이다. 무난한 아이는 부모에게 크게 신경 쓰지 않기에 부모가 바쁘다 해도 딱히 상실감이 없다. 유난한 아이는 다르다. 엄마가 밥하느라 바쁘면 부엌에 가서 이리저리 참견하며 같이 하려든다. 아니면 엄마한테 칼을 내려놓고 같이 바닥에 앉아 소꿉놀이를 하자고 한다. 이런 아이는 부모가 뭘 하는지 항상 눈을 부릅뜨고 지켜본다. 부모가 자신의 '공평 원칙'을 받아들이지 않으면 대뜸 '빽빽거리며' 말썽을 부린다.

이웃집에 가서 "쟤 좀 호되게 때려줘요!" 하고 고함치기보다는 부모더러 "꼭 그렇게 바빠야겠어요?" 하고 소리치는 것이 합당하다. 더 이성적인 방법은 그 앞날이 창창하나 불행한 아이의 엄마를 도와 잠깐 애를 데리고 있거나 밥을 해주는 것이지만, 당연히 이렇게까지는 못 할 거다. 따라서 내가 줄곧 주장하는 바는, 벽에다 가장 현대적인 방음 설비를 하자는 거다. 특히나 아이가 있는 집에는 말이다. "두 대만 호되게 때리라"는 건 안 될 말이다. 매는 아이의 '생기'를 없애버린다. 매는 '앙심을 품고, 억눌리고, 의심 많고, 남을 못 믿고, 거짓되고 비겁한' 폐물을 만들 뿐이다.

남의 아이야 '소리만 없애면' 되는 거니 '호되게 때리는' 것으로 해결되겠지만, 내 아이라면 '이도 저도 안 되는' 상황에 맞닥뜨린다. 부모 된 이들에게 나는 이렇게 권고하고 싶다. 이웃집 폭군의 어리석은 명령을 받아들이지 말자, 차라리 아이를 시원하게 울리자, 다만 방음 설비를 잊지 말자. 가정도 교육의 장인지라 '소리'와 '표정'이 있을 수밖에 없다. 다만 이웃에게 피해를 주지는 말자.

그런고로 둘째의 '모질게 대하는' 정책은 받아들일 수 없었다. 그러자 둘째는 '암흑상을 폭로'해버리겠다는 태도로 나왔다. 책상 정리를 아예 안 하기로 한 것이다. 학교에서 돌아오면 둘째는 웨이웨이가 책상에 마구 어질러놓은 물건들을 벽쪽으로 밀고, 공책을 놓을 작은 '빈터'만 마련해 고개를 처박고 숙제를 했다. 쓰레기가 나날이 쌓여 산더미가 되는 바람에 어쩔 수 없이 내가 치워줘야 했다. 그러자 둘째는 나중에는 자기 '결과물'마저 하나도 치우지 않았다. 나는 이 만만찮은 아이에게 간곡한 경고를 날릴 수밖에 없었다.

'정리' 문제 말고 '추방' 문제도 있다. 첫째는 나하고 비슷한 성격이라 그런대로 너그러운 태도를 취한다. 첫째가 숙제할 때 웨이웨이는 언니와 사이좋게 책상 앞에 앉는다. 내가 글을 쓸 때는 원고지 옆에 앉아 나하고 이야기를 나눈다. 그런데 첫째도 숙제가 급하면 웨이웨이를 무정하게 몰아낼 수밖에 없다. 내 일도 마감에 쫓기는 일이다보니 웨이웨이한테 책상을 아빠에게 다 내주라고 부탁할 수밖에 없다. 이 강인한 적을 몰아내려면 시간이 어마어마하게 든다. 웨이웨이는 동쪽에서 밀려나면 서쪽 성을 침범한다. 앞에서 쫓겨나면 뒤에서 기를 쓰고 올라온다. 일을 더 빨리 끝내려면 오히려 양보하고 타협하는 편이 나을 지경이다.

둘째는 이 문제를 그럭저럭 손쉽게 해결한다. 진짜로 때려서 몰아내버린다. 그러면 웨이웨이는 울며불며 내 책상에 기어올라와 하소연한다. "내 자리가 없어!" 둘째의 원칙에 따라 나도 좀 모질어진다. 나는 이 귀여운 공을 옆방 첫째에게 넘긴다. 첫째도 좀 모질어져 이 귀여운 공을 이마에 땀방울이 맺힌 채 저녁 짓느라 바쁜 엄마에게 넘긴다.

그러나 나는 아이를 이리저리 넘기는 걸 반대하는 사람 아닌가. 이튿날 아침, 아내와 함께 나가 세 살짜리 웨이웨이의 책상을 사온다. 이것이 곧 막내가 원하는 '자기 자리'다. 이때부터 우리 책상은 평화를 되찾았다. 이때부터 웨이웨이는 다시는 우리 영토를 침범하지 않았다.

세 살 아이의 책상은 무시무시한 물건이다. 그 나이 꼬맹이가 만들어낼 수 있는 모든 더러움과 어지러움이 거기 다 있다. 그러나 그곳은 국경 너머. 나는 아내에게 이렇게 조언했다. 우리 스스로가 눈코 뜰 새 없이 바쁠 때는 오랑캐의 생활 방식에 간섭하지 않는 게 최선이라고.

그녀

그녀는 언제나 나의 반대 당이다. 우리 집에서 이루어낸 모든 성과와 진행하는 모든 일은 합의에 따른 결과일 뿐이다.

그녀가 생각하기에는 나도 언제나 그녀의 반대 당이다. 우리 집에서 이루어낸 모든 성과와 진행하는 모든 일은 합의에 따른 결과일 뿐이다.

내가 아이들 응석을 지나치게 받아주면 그녀는 계속해서 강력하게 항의한다. 내가 아이들에게 밥 대신 아이스크림을 먹어도 된다고 하자 아이들은 열렬한 지지를 보냈지만 그녀는 냉정하게 반대표를 던졌다. 우리 집 헌법에 따라 그녀에게는 절대적인 거부권이 있었다. 가지각색 아이스크림으로 차려진 점심이라는 덧없는 꿈을 꾸던 아이들은 '동심이 부족하다'고 엄마를 탓하며 다들 한숨을 쉬었다. 기분이 안 좋은 건 안 좋은 거고, 그녀의 거부권 덕분에 우리 집 세 보배는 '8월의 설사'라는 재난 발생 가능성을 피해갔다.

나에게는 이미 하늘나라에 간, 기발한 아빠의 본보기와 같았던 절친이 있다. 언젠가 '남편식 집안일' 이야기를 나누던 자리에서 친구가 밥 안 먹는 아이에게 자기가 쓰는 좋은 방법을 남몰래 알려준 적이 있다. 친구는 나에게 '귀 좀 빌리자'더니, 오른손을 입가에 대고 '방음벽'을 만들며 이렇게 말했다. "밥에 설탕을 버무려." 우리 집 첫째, 둘째도 한창 밥을 안 먹으려 할 때라 나는 이 '남편식 편법'을 성실히 접수했다. 그리고 잔뜩 흥분한 채 집에 와서 그녀를 붙잡고 토론을 벌였고, 그러면서 수많은 과학적 근거를 날조했다(현대인에게는 과학적 신화를 조작하는 재주가 있다). 그녀는 대단히 참을성 있게 결론을 기다렸다가 대단히 냉정하게 거부권을 행사했다. 나는 뚜껑이 열렸지만 가정 헌법 앞에서 끽소리 못 한 채 울분을 삼켰다.

어느 날 '타이태닉호' 이야기를 보고 나니 아이들에게 수영을 꼭 가르쳐야겠다, 그러면 물에 빠져도 '절대로 죽지 않으리라'는 생각이 불현듯 들었다. 그러나 우리 집에는 반대당이 있다. 처리가 쉽지 않을 테니 미리 그럴싸한 이유를 만들어야 했다. 나는 이유를 두 갈래로 나누었다. 첫째는 동화스러운 이유였다. 물고기처럼 헤엄치는 아이를 보면 얼마나 흐뭇할까, 햇볕을 듬뿍 쬔 아이는 멋진 구릿빛 피부가 될 거다…… 일단 이런 이유를 들어 그녀의 반대를 누그러뜨린다.

이어 더 중요한 두 번째로 넘어가서, 인류는 열악한 환경에서 살아남을 재주를 반드시 익혀야 한다 등등의 이유를 대며 그녀의 거부권을 거부할 작정이었다!

다들 집에 돌아와 금빛 모임이 시작되자 나는 곧바로 '국회의원의 혀'를 놀릴 준비를 했다. 이번 안건은 절대 실패할 리가 없다고 믿었기에 나는 웃는 얼굴로 안건을 발의했다. 아이들의 눈빛을 보니 약소국의 지지를 단번에 얻어냈구나 싶었다.

나의 반대 당은 내 발언이 끝나기도 전에 벌떡 일어나 이렇게 선포했다. "이 일은 나한테 맡겨!" 이어지는 사흘 동안 그녀는 수영장 여러 곳에 전화를 걸어 강습비를 알아보고, 등록을 하고, 수영복을 샀다. 반대 당의 입장을 완전히 버린 그녀의 행동에 나는 오히려 당황스럽기 그지없었다. 나는 그녀의 찬성에 반대할 갖가지 방법을 궁리해봤지만 헛수고였다. 내놓을 만한 반대 이유는 사흘 전에 나 자신이 하나하나 반박해 무너뜨렸기 때문이다. 이번 일은 정말이지 승리처럼 보이는 패배였다. 이게 다 내 반대 당이 '엉뚱한 길로 샜기' 때문이다.

나에게도 반대 당에게도 '자기방어'에서 비롯된 '자긍심'이 있다. 밖에서 아무리 참담한 실패를 겪었다 해도 그건 집에서 절대 누설해서는 안 되는 기밀이다. 때때로 '사회'에서 참패를 당한 나는 얼굴에 암담한 기색을 달고 온다. 그러면 집에 와서 가장 먼저 하는 일이 비누로 세수하는 거다. 이어 전기면 도기로 말끔히 수염을 깎은 다음, 시치미를 뚝 떼고 아까부터 나에게 말을 걸 틈을 노리는 아이들과 이야기를 나눈다. 나의 반대 당은 딱 알아차린다. 퇴근해서 면도를 하다니, 내가 지닌 '미덕'이 결코 아니기 때문이다.

"오늘 무슨 일 있어?" 그녀가 탐문한다.

"일은 무슨! 나 기분 좋은데?" 나는 아닌 척한다.

"엄마는 아빠가 무슨 유리인 줄 안다니까." 아직 세상일을 잘 모르는 아이들은 '우리 집 유행어'를 쓰면서 내 편을 든다. 아빠가 어디가 그렇게 약해빠졌냐는 뜻이다.

나의 반대 당도 피고용인이기 때문에 역시 '사회'에서 참패를 겪을 수밖에 없는 운명이다. 나로서는 기뻐할 만한 일이다. 그녀의 패배가 참담할수록 나로서는 더 유리해진다. 그녀가 줄곧 반대하던 사탕을 가지고 돌아와 아이들에게 주는 모습을 보면서 나는 낌새를 맡는다. 또 그녀가 아무 이유 없이 푸짐하게 차려내는 밥상을 보고 눈치챈다.

"오늘 아무 일도 없지 않나?" 나는 부정의문문으로 떠본다.

"내가 무슨 일 있댔나?" 그녀는 의문문으로 대답한다.

"아빠는 엄마가 무슨 유리인 줄 안다니까." 아직 세상일을 잘 모르는 아이들이 엄마 편을 든다.

자긍심을 가져야 하기에 반대 당과 나는 무의식중에 냉가

슴 않는 시합을 벌인다. 나중에 자신의 발언권을 강화하기 위
해 상대방이 도움을 청해오기를 기대하지만, 누구도 그런 바
보짓을 하려 하지 않는다. 한 번의 실수가 천추의 한이 될 테
니. 여기에는 이런 속사정이 있다. 푸념하는 사람이 손해다.
밖에서 얼마나 참담하게 패했든, 괴로움은 뱃속으로 삼키는
거다. 실패의 분위기를 집에 달고 와서는 안 된다. 아이들도
이런 재간을 익혔다.

　학교에서 참담한 실패를 겪고 집에 돌아온 아이는 가만히
방문을 닫고 책을 보면서 나지막이 노래까지 흥얼거린다. 공
성계空城計로 사마의를 속이며 성벽 위에서 한가로이 거문고
를 타던 제갈공명처럼 말이다. 부모를 대하는 태도도 유난히
부드러워진다. 아이들도 안다, 눈물 한 방울이면 집안에서의
'사회적 지위'가 한순간에 천길 아래로 추락한다는 사실을.

　예전에 첫째는 집안의 '사회적 분위기' 파악을 제대로 못
했다. 어느 날 마구 내달리는 우악스러운 남자 고등학생 두
명에게 머리를 부딪힌 첫째가 눈에 진주 방울이 맺힌 채 집으
로 돌아왔다. 다들 '소임을 다해' 첫째를 달랬지만, 나중에 첫
째는 집안에서 자신의 '사회적 지위'가 상당히 추락해 있다는
걸 깨달았다. 족히 네댓새를 그랬으니 영 수지가 맞지 않는
일이었다. 결국 첫째는 매우 영리하게 태도를 바꿨다.

　내가 가장 참을 수 없는 일은 반대 당이 '함부로 법을 제정

하는' 것이었다. 그녀는 하루가 멀다 하고 새로운 무언가를 발견하고 그 즉시 새로운 법령을 선포했다. 그녀가 제정한 신법은 북송의 개혁가 왕안석王安石보다 더 많았다. 백과사전이 계속해서 증보되듯 날마다 조항이 첨가되어 기억조차 못 할 지경이었다. 그녀의 법령에 따르자면 나는 밥 먹기 전에 열여덟 가지 절차를 거쳐야 했다. 차라리 안 먹고 말지, 그러나 욱해서 밥을 안 먹는 것도 우리 집 '십계명'을 어기는 일이었다.

나는 입법 경쟁을 벌여 그녀에게 맞서기로 했다. 나의 법안은 그녀의 법안보다 익살스럽고 번잡스러웠다. 내 법안에 어처구니없어하던 그녀는 자신의 법령 역시 비슷하다는 걸 알아차렸다. 이 방법은 상당히 잘 먹혀서 한 방에 그녀의 법령 10여 조항을 폐지시킬 수 있었고, 나도 딱히 반대하지 않을 조항 하나만 남았다 — 밥 먹기 전에 손을 씻을 것.

우리 둘 다 '상대방을 위해 무한 입법'을 할 권리가 있었다. 자신의 권리를 지키려면 상대방의 인권을 침해하는 일도 되도록 피해야 했고, 차츰 '법안 부결에 서로 동의'하는 분위기가 형성되었다.

나와 반대 당의 일상 대화는 이렇게 달라졌다.

"씻으러 가야 하지 않을까?"

"그래야겠네."

"계산서 작성 좀 도와줄 수 있을까?"

"그럼."

"내일 아이들 데리고 등록하러 갈 수 있나?"

"그렇게."

"옷이 더러워졌는데, 귀찮지 않다면 좀 빨아줄 수 있어?"

"하나도 안 귀찮아."

우리 집 '대화 문법'에서 '명령형' 부분이 줄어들었다. 그렇지만 각각의 구성원을 상대하려면 '명령형이 있는 집'보다 어려운 면이 있다.

"비 올 것 같은데. 우산 가져갈 생각 있니?"

"가져갈게요. 고마워요."

"날이 차구나, 옷 좀 더 껴입는 건 어떨까?"

"그럴게요."

내 반대 당과 아이들의 대화는 이러하다.

나는 결코 반대 당에게 무심한 것이 아니며 반대 당도 마찬가지다. 하지만 서로의 정치적 입지를 잃어서는 안 된다. 가정에 절대적 권위가 생겨나면 그 가정은 행복할 수 없다. '친구처럼 편히 지내는' 여러 가정에서는 우리의 상호 견제 방식이 상당히 거북할 수도 있다. 그러나 이 정책을 쓰면 집안에 폭군이나 혼군이 나타나는 일만큼은 막을 수 있다.

사실 '집안을 다스리는 신성한 사명'만 아니라면, 나와 그녀는 사적으로는 아주아주 좋은 사이다.

헤라클레스를
떠나보내며

헤라클레스가 떠났다.

다 나 때문이다. 내가 개하고 어떻게 지내는지 몰랐기 때문이다. 개를 연구하는 학자가 있어 개 책을 써서 나에게 잔뜩 읽혔다면 이런 일은 아예 벌어지지 않았을 텐데.

한밤중, 나는 쓸쓸히 일한다. 내가 사랑하는 사람들은 모두 곤히 잠들어 있다. 며칠 전이었다면 살그머니 문을 열고 3개월짜리 강아지 헤라클레스를 거실에 들일 수 있었으리라. 헤라클레스는 소인국의 준마처럼 위풍당당하게 들어왔겠지. 웅덩이에 풀어놓은 올챙이처럼, 운동장에 들어가도 된다고 허락받은 1학년 아이처럼, 조그만 헤라클레스는 갑자기 펼쳐진 무한한 공간에서 무한한 자유를 맛보며 미친 듯 날뛰고 뒹굴었겠지. 거실을 수십 바퀴 돌고, '사방팔방으로 진군해도 닿지 않는 지구 끝을 향하는' 만족감을 얻은 헤라클레스는 서재 문 앞에서 딱 멈추었겠지. 그러고는 엉덩이를 붙이고 앉아 고개

를 갸웃갸웃하고, 눈동자를 반짝이며 꼬리로 바닥을 탁탁 쳤겠지. 정말이지 헤라클레스는 외로운 내 마음을 따스하게 만들어주었다.

거실의 테라초 바닥하고는 완전히 다른 고동색 서재 바닥은 헤라클레스를 막는 저지선이 되었다. 사실 헤라클레스는 아직 '어린아이'였다. 낯선 색깔 속으로 섣불리 뛰어들지 못하고 겁을 먹었다. 나는 이런 식으로 서재 문 앞까지 헤라클레스를 불러들여 글을 쓰고 책을 읽는 내 곁을 지키게 했다.

헤라클레스는 이런 상황이 불만스럽다. 들어오고 싶다. 축축한 혀로 다정하게 내 발을 핥으며 함께 있고 싶어한다는 걸 나는 안다. 하지만 헤라클레스는 앞발을 뻗어 바닥을 톡톡 두

드려보고는 얼른 움츠린다. 헤라클레스는 겁이 난다. 나는 들어오라고 격려하지 않는다. 내가 격려해주지 않으니 헤라클레스는 들어오지 못한다. 헤라클레스가 들어오지 않으니 내 책은 안전하다. 책이 안전하니 마음이 편안하다. 헤라클레스만 좀 불편할 뿐이다.

책을 다 읽고 원고를 다 쓰면 헤라클레스는 '울며불며' 문밖으로 쫓겨난다. 나는 문을 닫고 불을 끄고 침대맡에 놓인 불멸의 횃불을 켜고 나에게 '안경 인생'을 선사한 '누워서 책 읽는 즐거움'을 누린다. 밖에서 헤라클레스가 방충망을 긁든 말든, 왈왈 짖든 말든, 버려진 기분에 구슬픈 비명을 지르든 말든 나에게는 이제 헤라클레스가 필요 없으니. 인류는 정녕 개의 가장 의리 없는 동반자로다!

추상 관념을 능수능란하게 인격화하는 15~16세기 영국의 우의극寓意劇을 보면 '사실'도 출연해 '말을 한다'. 비생물에게 마음을 부여해 식물이나 광물을 능수능란하게 의인화하는 중국문학 작품에서는 '풀과 나무'도 '슬퍼'하고, '바람과 구름'도 '낯빛이 달라'진다. 장자와 이솝은 '동물에게 말을 하게 만드는' 방면에서 1, 2위를 다투는 대가다.

책을 읽으면 사람은 유난히 다정해지는 법이다. 생각해보자, '양심'도 사람, '사실'도 사람, '용기'도 사람, 꽃도 사람, 돌도 사람, 풀도 사람, 나무도 사람, 붕새도 사람, 여우도 사람,

거북이도 사람, 토끼도 사람, 달도 사람, 바람도 사람, 개도 사람, 사람은 당연히 사람. 이런 세상에 사는 사람에게 인정이란 대단히 무거운 부담일 수밖에 없지 않을까?

우리는 모두 이런 인류 문화의 산물이다. 우리 모두가 이런 세상 속에서 살아간다. 헤라클레스가 우리 집에 온 뒤로 '양심'이 나에게 자꾸만 말을 건다. "헤라클레스도 사람이야. 당연히 잘해줘야지. 기껏해야 태어난 지 석 달일 텐데, 이렇게 일찍 엄마 품을 떠났으니. 젖을 뗐든 안 뗐든 어제까지 엄마 젖을 먹다가 오늘 바로 죽을 먹기 시작한 셈인데도 얼마나 용하니. 딱해 죽겠네. 만약 너 자신의 아이라면(너의 잉잉, 치치, 웨이웨이만 애지중지 편애하는 인간아) 그럴 수 있겠니?"

그러나 '이성'도 한편에서 말한다. "무슨 소리야! 사람은 사람, 개는 개지, 그것도 구별 못 해? 감정이 들끓는 대로 놔둔다면 조만간 정신병자가 될걸. 임대옥*이 꽃을 묻어주니까 다들 바보라고 비웃었잖아? 네가 지금 개를 자식처럼 키운다면 임대옥보다 훨씬 더 멍청한 거라고. 사람을 대할 때와 개를 대할 때를 당연히 분별할 줄 알아야지. 그게 바로 이성을 지닌 군자야."

'양심' 선생과 '이성' 여사가 마음속에서 논쟁을 벌인다. 새

* 『홍루몽』의 여리고 병약한 여주인공.

벽에 보는 헤라클레스는 개, 점심에 보는 헤라클레스는 사람, 오후에 보는 헤라클레스는 사람, 저녁에 보는 헤라클레스는 또다시 개. 정말이지 마음이 널을 뛴다.

아내는 이렇게 말한다. "헤라클레스는 아직 어려. 당연히 철이 없지. 잘잘못을 너무 따지면 안 된다고." 아내는 헤라클레스를 사람으로 여긴다. 맙소사. 아내도 앞서 말한 그런 인류 문화의 산물이었다, 나처럼.

아이들의 태도는 나를 더더욱 놀라게 한다. 유치원에 다니지 않는 것만 빼면 헤라클레스는 그야말로 '어린이날'의 '어린이'와 똑같다. 너무나도 명백한 실제 상황이다보니 우리 집 호구 명부에 새로운 구성원으로 집어넣어야 할 지경이다.

온 집 안이 개 때문에 '떠들썩해지면서' 나는 차츰 헤라클레스에게 '우리 모두 똑같은 척추동물'이라는 감정을 느끼게 됐고, 심지어 '우리 모두 똑같은 포유류'라는 동지의식까지 생겨났다. 그러나 대단히 불행하게도 '나는 영장류'라는 우월감이 종종 못된 장난을 쳤다. 결국 나는 헤라클레스에게 불만이 생겼고, 헤라클레스가 '집을 떠나게' 만들고 말았다.

나는 헤라클레스가 복도에 똥을 싼다고 마구 탓해서는 안 되었다. 거실 문밖에 오줌 싸는 걸 보면서 아이들 눈앞에서 과장스레 이맛살을 찌푸려서는 안 되었다. 내 코 역시 마당에서 풍겨오는 야릇한 냄새에 유난히 민감해서는 안 되었다. 요

컨대, 아이들을 난감하게 만들 정도로 잔인하게 '아빠의 즐거움'과 '개의 즐거움' 가운데 선택하라고 강요해서는 안 되었다.

그런 뜻은 아니었다 해도, 무의식중에 나는 세상천지에 부모 된 자로서 지을 수 있는 가장 큰 죄를 지었다. 아이들이 사랑하는 것과 나를 나란히 놓고는 아이들에게 마음이 산산조각 나는 선택을 하라고 을러댄 것이다. 내가 실제로 이런 용서 못 할 죄를 지었다 해도 실정법상 나는 무죄다.

아내는 아이들의 목자. '헤라클레스 때문에 정신생활이 파괴되고 말았다'는 내 표정은 틀림없이 아내의 마음을 갈가리 찢어놓았으리라. 갈등 끝에 결국 '개를 보내 남편을 구하려는' 지극한 마음(나는 이렇게 저속하게 부부간의 신성한 정을 묘사해서는 안 되었다)이 이겼을 테지. 아내는 아이들을 기어이 설득했을 것이다. 그리하여 진심 어린 부탁을 잘하는 잉잉도, 이치를 분명히 따지는 치치도, '자기 요구는 다 관철된다'는 걸 아는 웨이웨이도 나를 귀찮게 하지 않았다. 세 아이는 헤라클레스를 떠나보내겠노라고 공동 선언했다.

다음 날 점심, 헤라클레스는 작은 보따리 하나 없이 떠나갔다. 우리 집 난제를 해결하기 위해 헤라클레스를 기꺼이 데려간 사람은 자애로운 장 아주머니였다. 헤라클레스는 아무런 원망도 없었을 뿐 아니라 '마음에 안 든다면 떠나주겠다, 하늘의 뜻이 그러하니'라는 가장 훌륭한 군자의 풍격을 보였다. 오히려 나는 그의 면전에서 생트집이나 잡는 속 좁은 인간이었다. 떠나는 혜라클레스에게 다가가자 혜라클레스는 편안히 꼬리를 흔들었다. 여전히 열정적으로, 여전히 충성스럽게. 고작 넉 달짜리 적수 앞에서 나는 정말 부끄러워해야 마땅했다!

나는 문 앞에 서서 그를 배웅했다. 아이들과 나는 "또 만나" 인사를 건넸고, 조그만 혜라클레스는 궁둥이를 씰룩이며 뒤돌아보지도 않고 걸어갔다. 이렇게 이별한 뒤로 나는 혜라클레스를 다시 보지 못했다.

어느 날 아이들이 아주머니 집으로 혜라클레스를 만나러 갔다. 돌아온 아이들이 내게 말했다. "혜라클레스가 우리를 아직 기억해요. 진짜로 반갑게 꼬리를 흔들었어요. 그치만 나중에는 혜라클레스도 옛 친구를 잊겠죠?"

나는 대답할 수 없었다.

아이들은 나에게 어떤 원망도 품지 않았다.

아내도 나에게 어떤 원망도 품지 않았다.

혜라클레스도 나에게 어떤 원망도 품지 않았다.

나는 행복한 사람, 깊이깊이 참회해야만 할 행복한 사람이었다.

스노

헤라클레스는 가버렸다.

세 아이 모두 공 없는 야구부, 노래 없는 연극부 같은 모습이었다. 아이스크림 없는 여름, 트리 없는 성탄절을 보내는 표정이었다.

이제 복도에 헤라클레스의 똥오줌이 없고 뜰에도 얼굴 찡그리게 하는 냄새가 없다. 그러나 이런 처량한 청결은 아이들에게 청결의 즐거움을 안겨주지 않았다. 개와 함께하는 소란스러운 나날은 미끄럼틀을 하도 타서 해진 바지처럼 즐거운 어린 시절의 상징이다. 아이들의 정신 건강 면에서 보자면 청결은 곧 빈혈이다. 낙엽 더미에서 뒹굴고 웅덩이에 종이배를 띄우고, 머리에 거미줄을 잔뜩 붙인 채 숨바꼭질하고 진흙투성이 손으로 소꿉놀이하고, 이 모든 것이 청결하지 않다. 청결하지 않으면 어떤가, 이런 놀이가 없는 어린 시절이란 말도 안 된다.

그 일은 이미 막을 내렸다. 누구도 입에 올리지 않는다.

아이들은 개를 안을 수 없는 손으로 책을 든다. 개를 싫어하는 아빠가 열렬히 추천해온 『플랜더스의 개』와 『돌아온 래시』를 읽으며, 아빠가 말하던 개는 그저 글자로만 쓰인 개였다는 걸 차츰 실감한다. 개가 아름답다고 한 건 단지 문장이 아름답다는 얘기였고, 개가 귀엽다고 한 건 단지 문법이 정확하다는 뜻이었다.

잉잉은 서랍에서 도자기 개를 꺼내 책상에 올려놓고 같이 공부한다. 한가해지면 당황스러워하는 치치는 이 말이 입에 붙었다. "뭐 재밌는 책 더 없나?" 웨이웨이는 빈 개목걸이 두 개를 들고 온 집을 뛰어다닌다. "헤라클레스, 달려! 빨리! 빨리!"

가장 민감하지 않은 사람마저 헤라클레스가 결코 멀리 떠나지 않았음을 느낀다. 개는 다른 방식으로 집에 남아 있다. 가장 세심하지 않은 사람마저 아버지를 향한 아이의 사랑의 대가가 너무 크다는 걸, 감당할 수 없을 만큼 크다는 걸 체감한다. 가정에서 아버지의 지위가 너무 숭고해서는 안 된다. 지나치게 높은 지위는 아이가 아버지의 불합리마저 진리로 여기게 만들곤 한다. 어떤 관점에서 보더라도 다 죄악이다.

오래지 않아 새로운 여론이 형성되었다. 소리는 없었지만 소리가 있는 것보다 더욱 또렷했다. "우리는 개를 원해! 우리는 개를 원해!"

태도는 단호하나 심장은 너무나도 부드러운 아이들의 엄마가 먼저 굴복했다. "아이들한테는 개가 필요해."

분위기가 며칠간 침울한 가운데 아이들과 아내의 대뇌가 부지런히 움직였다. 아이들은 아빠와 개 사이에 갈등이 생긴 원인은 개가 더러워서라는 걸 알고 있었다. 아이들은 난감했다. 어떤 개든지 간에 아빠가 싫어하는 그 '원래는 더러운 것이 아닌 더러움'이 있으니까. '원래는 더러운 것이 아닌 더러움'이 없는 개를 찾기란 쉽지 않았다.

그러나 아내는 회개하는 자를 다루는 법을 잘 알았다. 괜찮은 조건을 걸어 빠져나갈 기회를 마련해준다면 결국 양측 모두 영예로운 협의를 이룰 수 있을 터. 이것이 바로 '국제연합의 지혜'였다. 아내는 '원래는 더러운 것이 아닌 더러움'을 완전히 배제하기란 근본적으로 불가능하지만, '겉보기에는 가장 더럽지 않은 개'가 있다는 사실을 알았다. 남을 굴복시키면서도 그가 영예롭다고 느끼게 만들려면 그의 굴복을 이끌어내는 영예로운 이유를 만들어내면 된다는 사실도 알았다. 이 또한 '국제연합의 지혜'로, 강대국의 외교관이라면 모를 수가 없는 것이었다. 아이들은 엄마가 집의 강자임을 잘 알았다. 하지만 지혜를 운용하지 않는다면 근본적으로 강해질 수 없다는 사실은 알지 못했다.

아내 생각에 '겉보기에 가장 더럽지 않은 개'는 하얀 개였다. 아내는 '영예로이 굴복시키는 방법'을 만들어냈다. 영문 어린이백과사전에서 '개' 항목을 펼치고 컬러로 인쇄된 스피츠를 가리키며 개를 쫓아내 사실상 아이들에게 외면당하는 사람에게 묻는다. 이 스피츠는 스피츠일까, 아닐까? 당연히 스피츠지. 스피츠가 하얀색이면 귀여울까, 안 귀여울까? 당연히 귀엽지.

아내는 줄곧 종이 위의 개만 접수해온 사람에게 똥오줌을 안 누는 개를 한참 들여다보게 하고 이렇게 묻는다. "반대 안 하지?"

양측 모두 당시 집안의 긴장된 분위기를 충분히 감지하고 있었지만, 실생활에서 하는 대화란 극본 쓰듯 그렇게 명확하게 설명할 필요가 없는 법이다. 굴복하는 자는 대단히 영예롭게 고개를 숙이며 대단히 '애교스러운' 태도로 '문제가 될 수 없는 문제'를 살짝 제기한다. "그렇지만 그런 개를 어디서 찾아?" 여기서도 '국제연합의 지혜'가 운용되는데, 이번에는 약소국의 외교관이 반드시 깨달아야 할 부분이다.

"벌써 찾았어. 계약금도 냈어." 얼마나 독단적인 결정인가!

이것이 바로 '스노'가 우리 집에 오게 된 사연이다. '개를 좋아하지 않는 아빠' 때문에 아이들은 헤라클레스를 잃었다. 엄마가 중재에 나서주어 아이들은 스노를 얻었다. '스노'란 곧

백설인데, 개의 성을 백, 이름이 설이라고 하기는 무엇하여 '스노'가 되었다. 우리 집은 이렇게 외래어를 받아들였다.

원래 스노를 스노라고 부를 생각은 없었다. 아이들이 '개를 사랑하는 것을 이해하지 못하는 아빠'에게 '아직 스노가 아닌 스노'의 이름을 지어달라고 하자, 나는 '당첨' '월급 인상' '승진'이라는 세 가지 긴 이름을 제안하며 고려해보라고 했다.

아이들은 고려하는 것조차 고려하지 않고 말했다. "아빠, 이러지 마세요!" 사실 당첨·월급 인상·승진은 기쁨·복·부자와 똑같은 말 아닌가? '살짝' 현대화되었을 뿐.

그냥 '스노'라고 부르자.

자연 과목을 2년쯤 배운 치치는 스노의 온몸에 난 '깃털'이 눈처럼 하얗다고 묘사했다(치치는 지금껏 눈을 본 적이 없다). 스노는 이제 겨우 한 달 된 작고 연약한 하얀 스피츠다. 그런데 풍성한 하얀 털 속에 '공기를 잔뜩 품고 있어' 몸집이 꽤 커 보인다.

스노를 안고 들어오는 엄마를 치치가 힐끗 보더니 몹시 실망한 얼굴로 말했다. "텔레비전 위에 놔요."

"인형 가게에서 사온 게 아냐." 엄마가 말했다. "쓰다듬어봐. 따뜻해."

단번에 환호성이 터지며 여섯 개의 손이 일제히 치솟았다. 엄마가 어지러운 전쟁터에 스노를 내려놓자 하얀 농구공

이 된 스노를 놓고 혼돈의 쟁탈전이 벌어졌다. 승리자는 키가 1미터도 안 되는 웨이웨이. 꼬맹이는 땀범벅이 된 채 왼손으로 스노를 끌어안고 오른손으로 언니들을 밀치며 소리쳤다. "저리 비켜!"

스노는 다 쓴 밀가루 포대처럼 웨이웨이의 팔뚝에 늘어져 있었다. 스노는 털실로 만든 봉제인형이 결코 아니건만, 집에 발을 들인 그날부터 '세 살 반' 아이의 장난감이 되는 운명에 처하고 말았다.

헤라클레스처럼 스노 역시 집에 온 지 사흘 만에 '세례'를 받게 됐다. 스노를 목욕시키러 온 식구가 욕실에 들어왔다. 헤어드라이어를 준비해놓고 감기에 걸리지 않도록 따뜻한 물로 씻겨주었다. 예전에 헤라클레스는 물에 적셔도 그대로였다.

헤라클레스는 털이 짧았다. 털이 긴 스노는 하얀 털 속에 '공기를 잔뜩 품고 있을' 때는 건강미가 넘쳐 보이더니 물에 젖자 하얀 털이 몸에 착 달라붙어 꼭 하얀 생쥐 같았다. 아이들 필통에도 들어갈 만큼 조그마해 보였다.

"죽는 거 아냐!" 웨이웨이가 깜짝 놀라 소리쳤다.

아이들 말마따나 엄마가 '스노의 온몸에 있는 벼룩을 씻어내자' 세례식이 모두 끝났다. 스노가 부르르 몸을 털고, 드라이어가 작동하기 시작했다. 따뜻한 바람을 쐬어주자 7분 만에 온몸에 난 스노의 '머리카락'이 다 말랐다. 아이들은 돌아가며 스노를 끌어안고 '용감'하다고 칭찬해주었다. 이렇게 스노는 우리 가족의 일원이 되었다.

아이들은 스노를 사랑하는 마음이 깊어갈수록 스노의 운명이 걱정스러워졌다. 벌써부터 다들 '아빠와 개'의 문제를 꺼내기 시작한다.

"아빠가 스노를 안 좋아할까?"

"아닐걸. 그냥 별로 신경을 안 쓰는 것 같아."

"신경 안 쓰는 건 스노를 안 좋아한다는 거잖아!"

"신경 안 쓰는 건 스노를 좋아하는 거야!"

웨이웨이와
스노

처음 집에 와서 '세례'받은 것까지 해서 스노는 벌써 두 번 목욕을 했다. 하지만 스노의 털은 늘 더러워 보인다. 색이나 윤기가 딱 낡은 테니스화 같다.

치치는 밤에 숙제를 다 끝내고서야 엄마와 이야기 나눌 시간을 '손톱만큼' 쥐어짜낼 수 있다. 둘이 나누는 대화는 대개 이런 식이다.

"엄마, 스노 목욕시켜야겠어요."

"그러자. 얼른 자. 내일도 일찍 일어나서 학교 가야지!"

"네, 안녕히 주무세요!"

"잘 자."

잉잉은 매일 저녁 숙제를 마치면 몇 마디 '촌평'을 남기고 나서야 자러 간다.

"스노의 혈통에 다른 종도 섞여 있나봐. 하얀 털이 어째 회색으로 보일까?"

"하얀 개가 하얗지 않으니 아름다운 느낌이 사라졌는걸!"

"세상 모든 아름다운 존재는 돌보기 쉽지 않은 걸까?"

잉잉도 치치도 모른다, 아내와 내가 우리끼리 부르는 스노의 별명은 '웨이웨이의 수건'이라는 사실을.

스노가 더러운 데에는 두 가지 이유가 있다. 첫 번째 이유는 스노에게 위생 관념이 없기 때문이다. 타이베이는 바야흐로 '이갈이 시기'다. 날마다 어디선가 '젖니'가 빠지고 날마다 어디선가 '영구치'가 나온다. 곳곳이 건축으로 '떠들썩'하다. 우리 집 근처에 올라가고 있는 4층 건물만 해도 서너 동이다. 웨이웨이는 높은 곳에서 바삐 일하는 건설 노동자들을 '하늘사람'이라고 부른다. 하늘사람은 꽃잎 대신 먼지를 뿌린다. 우리 집 뜰에는 꼭 세수 안 한 아이마냥 영원히 쓸어낼 수 없는 먼지층이 덮여 있고, 화단의 꽃나무는 진정한 '몽진'蒙塵* 상태다.

스노는 집 지키는 개도 아니고 식용 개**도 아니다. 스노는 서태후가 키우던 페키니즈와 같은 '소중한 개'이며 타고난 '잡기'가 많다. 스노는 쏘아올린 화살처럼, 힘차게 솟구친 작은 '준마'처럼 펄쩍 뛰어올라 허공에 살짝 떠 있을 수 있다. 스

---

* 난리를 피해 먼지를 뒤집어쓰고 달아난다는 뜻.
** 타이완에서도 일찍이 개를 먹었지만, 1998년 동물보호법 제정을 기점으로 2017년에는 아시아 국가 최초로 개와 고양이의 식용 및 도살을 전면 금지했다.

노는 뒤집힌 바퀴벌레처럼 바닥에 발라당 눕기를 좋아한다. 웨이웨이의 표현에 따르면 스노는 '바지를 안 입은' 하얀 배를 드러내고 인류에게 호감을 표한다. 그리고 일어나면 등 색깔이 완전히 달라져 있다.

스노가 더러운 두 번째 이유는 웨이웨이에게 위생 관념이 없기 때문이다. 웨이웨이의 손은 세균학자의 도서관이자 팝아트 화가의 팔레트다. 웨이웨이는 지금 '고래처럼 다 집어삼키는 경험'을 하는 인생 단계다. 웨이웨이의 손은 귀중한 지식과 감각을 모두 더듬어내는 촉수다. 웨이웨이에게 '부들부들한 것'은 '귀여운 것'과, '거칠거칠한 것'은 '미운 것'과 동의어다.

스노가 온종일 웨이웨이한테서 벗어날 수 없는 처지이다 보니 웨이웨이의 두 손이 '충만한 경험' 또는 '과도한 경험'을 할 때 옆에 있는 스노는 가장 편리한 하얀 수건이 된다. 이것이 스노의 하얀 털이 변색되는 주요 원인이다. 스노의 하얀 털이 '먼지를 뒤집어썼을' 때는 깡충거리며 '훌라댄스'를 추면 '깨끗해질' 수 있다. 그러나 웨이웨이가 스노를 수건으로 여길 때는 스노도 방법이 전혀 없다. 개가 거울을 볼 줄 안다면 스노는 틀림없이 웨이웨이에게 크나큰 반감을 품을 것이다. '두 번째 목욕'이 아니었다면 스노는 일찌감치 얼룩개가 되었으리라.

스노의 몸에 잉크의 남색, 크레용의 초록색, 엄마 립스틱의 빨간색, 케첩의 주황색, 녹의 커피색이 생겨났다. 어느 날 집에 와서 보니 스노의 '하얀 얼굴'이 온통 시커메져 있었다. 웨이웨이의 '무죄한 학대'에 절로 분노가 치밀었다. '백설'을 감히 '흑옥'으로 만들 수 있는 자는 인류 문명을 완전히 멸시하는 '작은 야만인'뿐이리라!

분노에 찬 식구들 앞에서, 자신의 원시미술 작품이 '한껏 자랑스러운' 웨이웨이는 함박웃음을 지으며 힘들었던 창작 과정을 설명한다. "스노는 안 하려고 했어! 스노는 원래 안 하려고 했어!" 그러고는 상이라도 달라는 양 고개를 쳐들고 집 안의 연장자들을 바라보며 칭찬을 기다린다. 웨이웨이가 말하는 '선물'은 당연히 얻을 수 없지만, 치치가 말하는 '엉덩이 한 대'는 쉽게 얻는다. 다들 고개를 절레절레 흔들며 가버리자 거실에 '쓸쓸히' 남겨진 작은 야만인은 문명사회에서 자신의 지위를 깨닫는다.

아기는 인류에게 생명의 상징이다. 생명을 얻은 그날부터 아기는 자신의 생명에 강한 자부심을 품고, 연장자들이 생명을 숭배하고 대단히 소중히 여긴다는 사실을 깊이 체득한다. 이렇게 사랑을 듬뿍 받으면서 아기는 매우 자연스럽고 또 쉽게 '나만이 곧 생명'이라는 사실을 '말에 앞서 의식'한다. 아기는 말을 못 한다. 아기의 사고란 '언어가 없는 사고'라서 '붓으로는 도무지 형용할 수 없는' 것이다.

웨이웨이 같은 꼬맹이는 작은 동물에게 관심이 아주 많은데 이는 그저 '알고자 하는' 표현이다. 웨이웨이가 동물에게 불친절한 것은 '말에 앞선 의식'이 방해하기 때문이며, 새롭고 귀여운 다른 생명에 대한 질투라고 할 수 있다. '동물을 사랑하는' 마음을 갖기란 웨이웨이에게는 사실 너무 이르다. 다른 사람이 스노에게 보이는 관심은 그 애에게 커다란 위협이다. 웨이웨이는 다급하게 스노에게 알려준다. "너쯤은 내 맘대로 할 수 있어!"

두 언니와 웨이웨이의 충돌이 나날이 격화된다. 잉잉과 치치가 보기에 웨이웨이는 명백한 '동물 학대'를 하고 있다. 웨이웨이가 보기에 잉잉과 치치는 자기가 '내부 문제'를 처리할 때 무리하게 간섭한다.

다툼을 끝내기 위해 우리 집에서 스노는 다음과 같이 '분배'되었다. 잉잉과 치치가 학교에 가면 스노는 웨이웨이의 강아지다. 웨이웨이가 잘 때 스노는 잉잉과 치치의 강아지다. 세 아이가 다 같이 있을 때 스노는 엄마의 강아지다.

엄마는 '개를 대하는 도리'로 개를 대한다. 잉잉과 치치는 개를 마냥 예뻐한다. 웨이웨이는 개를 괴롭힌다.

스노가 막 왔을 때는 눈빛에서 '애티'가 났다. 웨이웨이가 스노를 꺼안아 '납작'하게 만들면 스노의 눈은 이게 대체 무

슨 상황인지 몰라 망연한 빛을 띠었다. 그러나 무수한 고통을
겪으면서 조숙해진 스노의 눈에서는 이제 '반항'과 '큰 사람에
게 도움을 청하는' 빛이 나타난다.

웨이웨이는 스노를 '안지' 않는다. '아무 데'나 '붙잡는' 게
습관이다. 때로는 귀, 때로는 뒷다리, 때로는 꼬리, 때로는 털
한 줌, 때로는 뱃가죽. 가장 무시무시한 상황은 웨이웨이가 스
노의 멋진 목걸이를 갑작스레 쳐드는 바람에 목이 졸린 스노
가 도움을 청하며 울어댈 때다. 큰 사람들이 부랴부랴 달려올
때까지 웨이웨이는 쉽사리 손을 놓지 않는다.

때로는 비닐 목줄을 의자 다리에 묶어 스노에게 끌게 한다.
그 모습을 바라보는 웨이웨이는 죽을힘을 다해 배를 끄는 인
부를 지켜보는 수 양제煬帝처럼 득의양양하다. 때로는 방석
서너 개 아래 스노를 묻고 진시황처럼 분서갱유의 즐거움을

누린다.

잉잉이 규탄하듯, 웨이웨이는 온종일 흥분해서 동물 학대 방법을 연구한다!

웨이웨이가 하는 행동을 관찰해보면 '모든 아이는 작은 동물을 좋아한다'는 흔한 이야기조차 상당히 복잡하다는 사실을 알게 된다.

스노가 웨이웨이 손아귀에 있는 모습을 '귀여운 꼬맹이가 귀여운 강아지를 안고 있다'는 말로 묘사하기란 사실상 불가능하다. 정확히 표현하자면, 심술쟁이 꼬마 깡패가 '변형 동물'을 팔뚝에 걸치고 있다.

동글동글하고 포동포동하고 부들부들한 스노는 웨이웨이의 수중에 들어가면 형상조차 변한다. 웨이웨이가 스노의 머리만 붙잡으면 스노의 몸은 뱀처럼 길고 가늘어진다. 스노의 배를 조이면 스노는 양 끝이 둥그런 아령처럼 변한다. 뒷다리만 잡으면 스노는 어린이 과학책에 나오는 거꾸로 매달린 나무늘보가 된다.

아무리 말해도 '쇠귀에 경 읽기'다. 웨이웨이가 아빠는 '개만 예뻐하고 나는 안 예뻐한다'고 느끼게 만들 뿐이다. 다행히 '개도 만만한 녀석은 아니라서' 스노 역시 반항을 한다. 스노는 '빈 소년합창단' 같은 앳된 목소리로 웨이웨이에게 왈왈 짖는다. 빵도 못 씹는 '젖니'로 웨이웨이의 바지를 앙 문다. 스노의 반항은 웨이웨이의 폭정을 멈춘다. 그러나 웨이웨이도 쉽사리 굴하지 않고 '정치'활동을 개시한다.

오늘 아침, 웨이웨이가 텔레비전 위에 놔둔 분홍색 페키니즈 인형을 서재로 들고 와서 나에게 말했다. "스노는 똥도 싸고 오줌도 싸고 사람도 물어. 얘는 똥도 안 싸고 오줌도 안 싸고 사람도 안 물어. 아빠. 우리 이 개를 더 예뻐하자!"

3부

진산
여행

시험
준비

시험 며칠 전부터 아내와 나에게는 경미한 신경쇠약 증상이 나타난다. 우리는 바늘이 바닥에 떨어지는 소리까지 들을 수 있다. 바람이 나뭇잎을 흔들면 귀가 곤두선다. 집에서 소음 관제가 엄격하게 실시된다. 텔레비전은 24시간 꺼져 있다. 노래도 안 되고 큰 소리로 떠들어도 안 된다.

첫째의 중학 입시를 위해서라는 걸 다들 안다. 하지만 소음 관제가 첫째의 시험 합격과 어떤 필연적 관계가 있는지는 아무도 모른다. 엄격히 말하면 소음 관제의 피해자는 실제로는 나뿐이다. 나는 집에 들어가기 전에 늘 스스로를 일깨운다. "조심, 흥분한 채 들어가지 말자. 지금 잉잉한테는 조용한 환경이 꼭 필요해. 잉잉의 대뇌가 엄청나게 세밀한 작업을 하고 있다고. 점 하나, 획 하나, 삐침 하나, 18/25, 3.1416. 나는 찍소리도 내면 안 돼. 아내의 명이야."

긴장한 분위기에서 아내는 자동으로 소음 관제의 집행관이 된다. 아내는 여기저기서 하는 얘기를 '큰 소리'로 금지하고, 각종 소음의 원인을 '큰 소리'로 탐색한다. 소음 관제를 '집행' 할 때 소리를 통제하는 아내의 소리는 아무런 통제도 받지 않는다. 아내를 보며 다른 식구들은 이런 인상을 받는다. 교통경찰이 과속 차량을 단속하려고 과속한다. 남이 법을 어기지 못하게 하려고 집행자는 법을 마구 어긴다.

귀염둥이 막내는 '소음 제조기'다. 소음 관제 기간에 막내는 평소보다 훨씬 더 많은 소음을 만들어낸다. 자기한테 하는 간섭은 '엄중한 경고가 아님'을 막내는 아주 잘 안다. 그래서 막내는 평소보다 더 부지런히 소음을 만들어내고 더 많은 간섭을 불러일으키면서 외로움을 점점 줄여간다. 빈 과자통을 일부러 '부주의하게' 바닥에 떨어뜨리고는 배시시 웃으며 어른이 허둥지둥 달려오길 기다린다. 긴장한 어른의 모습은 천진한 웨이웨이의 천진한 눈에는 매우 '천진난만하고' 매우 '귀여워' 보인다.

똑똑한 둘째에게는 이때가 아주 좋은 기회다. 모두의 관심이 첫째에게 쏠린 틈을 타서 둘째는 '아무 간섭도 없는' 크나큰 자유를 제대로 만끽한다. 엄마 아빠는 날마다 '시험 염불'을 중얼중얼 외느라 자신의 존재는 까맣게 잊은 모양새다. 둘째는 즐거이 책에 머리를 파묻고 아무 소리도 내지 않는다. 책상에서 냉장고로 이어지는 수송로를 바삐 오가며 먹고 마실 뿐 다른 세상일에는 신경을 끈다. 언니의 입시는 자기가 도울 수 있는 일이 아니다. 도울 수 없다면 차라리 '열성'을 덜 보이는 것이 편하다.

이 거사의 주인공인 첫째는 소음 관제에 영향을 받지 않는 유일한 사람이다. 어떻게 책을 읽든, 어떤 소리로 낭독하든 완전히 자유다. 이 기간에 첫째는 우리 집 일인자인 '자유발성인'이다.

그러나 이런 소소한 우대는 결코 첫째에게 진정한 자유를 주지 못한다. 이 며칠 동안 첫째는 부모에게 어마어마한 간섭을 받는다. 아빠는 몸이 튼튼하고 정신이 쌩쌩해야 합격한다는 생각이 뇌리를 스친다. 그러니 온종일 운동하고 쉬면서 지내라고 첫째를 들볶는다. 엄마는 신체 건강도 중요하지만 뇌가 텅텅 빈 채로 어떻게 시험을 보러 가나 싶은 생각이 퍼뜩 든다. 시험은 역도 경기가 아니잖은가. 그러니 온종일 책상 앞에 앉아 '고행'을 해야 한다고 성화를 부린다. 상황이 퍽 미묘해진다. 좋은 점을 들자면, 첫째가 늘어져 있으면 아빠가 흐뭇하고 밤을 새우면 엄마가 뿌듯하다. 나쁜 점을 말하자면, 첫째가 쉬고 있으면 엄마가 불만스럽고 밤을 새우면 아빠가 걱정스럽다. 부모도 어찌해야 좋을지 모르고 첫째 역시 갈팡질팡 헤맨다.

때로는 내 의견이 '완전히 미덥지는 않다'는 생각이 불현듯 든다. 나는 즉각 편견을 버리고 잉잉에게 엄마 말을 그대로 따르라고 격려한다. 그러나 아내 또한 자기주장이 '너무 위험하다'는 생각이 들면서 잉잉에게 아빠 의견을 따르라고 적극 권한다.

한밤중에 깨어나 이상적인 총복습 계획을 쭉 세워보기도 한다. 그리고 어떻게 하면 이 계획이 잉잉에게 먹힐까 궁리한다.

아내도 새벽에 나를 흔들어 깨운다. "잉잉이 이런 식으로 복습하는 게 효과가 있을까? 내 생각엔 이렇게 하면……." 알고 보니 아내도 자기 나름대로 계획을 세우고 있다.

잉잉에게 물으니, 잉잉도 자신의 계획이 있다. 그러나 이런 중요한 고비에 잉잉은 대단히 겸허해진다. "엄마 아빠한테 더 좋은 방법이 있으면 그대로 할게요. 내 방법대로 해서 꼭 붙는다는 보장이 없잖아요."

한바탕 논쟁이라도 벌일 수 있다면 얼마나 좋을까. 논쟁이 없으니 아무도 자기주장을 '견지'하지 않고, 그러다보니 세 사람 다 어쩔 줄 모른다.

최후의 방법은 역시 내가 생각해낸다. 그러나 시험 보는 사람이 나도 아내도 아니다보니 우리의 방법이 잉잉에게 꼭 들어맞는다고 장담할 수가 없다. 시험 보는 본인인 잉잉에게 방법이 있어야 마땅하다. 잉잉조차 방법이 없다면 그건 정말

'방법이 아예 없는' 거다.

나는 이런 결론을 내리고 만다. 잉잉은 '대장부' '호걸'이 되어야 한다(치치라면 '여장부' '여걸'로 고쳐 말할 터). 스스로 '현실을 직면'하고 스스로 몸부림쳐야 한다(두 어른은 일찌감치 긴장한 바람에 잉잉을 도와 몸부림칠 기운이 없다).

'수학 응용 문제를 국어 문제로 여기고 연구하기 시작하는데, 한번 연구했다 하면 두세 시간이요, 연구가 잘되면 사나흘 동안 신이 나 있고, 친구라도 만나면 최근에 수학 난제를 해결했다고 자랑하는' 아빠와 '한편으로는 저녁밥을 지으면서 한편으로는 수학 교과서를 요리책 자리에 놓고, 펜 대신 주판알을 굴리며 한 문제 답을 내놓는 데 한 끼 식사 시간이 걸리는' 엄마에게 잉잉이 무슨 기대를 할 수 있을까. 규정에 따르면 수학 시험 시간은 60분이지 600분이 아니다.

보아하니 잉잉이 '여장부'가 되겠다고 발 벗고 나서지 않으면 역시 안 될 일이다.

이렇게 결정을 내린 우리는 잉잉이 자기 운명의 주인공이 되게끔 잉잉을 '크게' 만들기로 한다. 우리는 모든 간섭을 거두고 잉잉에게 많은 '책임감'을 넘긴다.

아이가 스스로 운명과 싸우는 모습을 보고 있자면 가장으로서 대단히 괴롭다. 마음이 쓰라리기보다는 '가렵'달까. 걸핏하면 공짜로 '시범'을 보이고 싶고, 걸핏하면 아이들 앞에서

'솜씨를 자랑'하고 싶다. 이런 충동을 억제하기란 쉽지 않다. 내가 말하는 '괴로움'은 바로 이 부분이다.

수험생의 직계가족이 대신 시험 보러 들어갈 수 있게 규정이 바뀐다면 어떨까. 시험 날에 모든 '아빠'가 시험장에 몰려올 것이 틀림없다. 어떤 광경일까! 시험장을 꽉 채운 박사, 석사, 부사장, 주임 등이 여기저기 긁적거리며 안절부절못하고, 아빠를 '시험장에 밀어넣은' 아이들은 밖에서 초조하게 기다리겠지. 게다가 아빠들은 저마다 커피를, 담배를, 고량주를, 용정차를 필요로 하지만 이런 게 하나도 없다보니 글씨조차 제대로 못 쓴다. 정말이지 상상조차 못 하겠다. 그러니까 어른이 자기 아이를 위해 '온갖 희생'을 하고 싶어도, 합격하느냐 마느냐는 여전히 아이들의 '작은 대뇌'에 달려 있다. 그 작은 대뇌가 스스로 성숙하게 만드는 것이 무엇보다 중요하다.

이런 최후 결정이 내려지자 상황은 매우 단순해졌다. 어쩔 수 없이 간섭을 그만두고 한발 물러난 아내는 이제 아이의 위장에 간섭하기 시작했다. 아내는 각종 기발한 영양식을 쉬지 않고 공급했다. 나도 일절 간섭하지 않기로 했지만 요리조리 머리를 굴려 '헌법을 위반하지 않는' 새로운 간섭을 생각해냈다. 아이의 수면 시간에 간섭하기로 한 것이다.

이제 잉잉의 나날은 "이거 먹자!"와 "이제 자야지!"로 채워졌다. 잉잉은 그저 '자신의 대뇌를 정비'하기만 하면 되었다.

나는 병원의 남자 간호사처럼 살금살금 걷고 나지막이 말한다. 아내는 곳곳을 순찰하며 소음을 단속한다. 치치는 온종일 몸과 마음의 양식을 맘껏 섭취한다. 어린이 책과 어린이 식품을 동반자 삼아 딴 세상에 가 있다. 웨이웨이는 이것저것 때리고 부수고 하면서 적막에 맞선다.

잉잉은 책상 앞에서 '배터리'가 되어 온 힘을 다해 조용히 자신을 충전한다.

앞날이 어찌 될지는 아무도 모른다. 아무튼 '한마음 한뜻'으로 힘을 모아 다 함께 '시험 준비'에 최선을 다하고 있다.

먹이기

모든 아이는 먹여서 키운다. 엄마 젖을 뗐지만 아직 젓가락은 들지 못하는 시기에 아이들은 누군가 '먹여'주는 상황을 한껏 누린다.

'먹인다'는 말에는 위대한 뜻이 있다. '먹인다'는 건 조그만 은빛 숟가락에 생명의 음식 한입을 담는 것이다. '먹인다'는 건 자애로운 손이다. 예전에는 칼이나 붓을 들었던 손으로 작은 은숟가락을 들면, 그 손은 고결한 빛을 내뿜는다. '먹인다'는 건 사랑이 충만한 마음이다. 숟가락을 든 손은 추앙받고 찬양받아 마땅한 무한한 인내심으로 '사랑의 고통'을 참고 견딘다.

누군가 '먹여주는' 음식을 받아먹으며 아이는 선대의 사랑을 흠뻑 맛본다. 아이는 자기가 생각해낼 수 있는 온갖 방법을 써가며 이 '인생 단계'를 최대한으로 늘린다. 가능하다면 다들 늙어 죽을 때까지 이렇게 받아먹고 싶을 것이다.

'먹이는' 이야기는 대단히 풍부하다. 먹이는 일에는 인류의 모든 사랑과 온기가 들어 있다.

석양이 깔린 대문 앞. 어린 손자가 계단에 앉아 있고 할아버지는 작은 걸상에 앉아 밥 한 그릇과 작은 숟가락 하나를 들고 있다. 노인이 아이를 '먹이는' 광경, 이것이 바로 우리 마음을 움직이는 '인류'의 모습이다.

그런데 수많은 할아버지와 수많은 아빠는 '먹여본' 경험이 없다. 얼마나 유감스러운 일인가. 검만 들었지 작은 숟가락을 들어본 적 없는 손은 진정으로 위대한 손이 될 수 없다. 붓만 들었지 은빛 숟가락을 든 적 없는 손은 진짜로 불후한 걸작을 남기는 손이 아니다.

그에 비하면 내 손은 운이 좋다. 세 번이나 은빛 숟가락을 쥐어봤으니 말이다. 친구와 악수할 때면 그 손 또한 은숟가락을 들어본 손이기를 바란다. 내 손으로 친구의 손을 축복해준다.

잉잉이 막 젖을 뗐을 때, 나는 책을 들고 책상 앞에 가만히 앉아 아내가 우리의 첫아이를 먹이는 모습을 지켜보았다. 잉잉과 아내는 각각 낮은 의자에 앉아서 마주 보고 있었다. 아내의 손이 숟가락을 잉잉의 얼굴로 가져갔다. 그러자 작은 입이 아 벌어지더니, 죽 한 숟가락을 납죽 받아 물고 오물오물 씹었다. 아내는 어떻게 저리도 자연스럽게 '먹일' 수 있는 걸까. 잉잉은 어쩌면 저렇게 자연스레 '받아먹는' 걸까. 모든 것이 너무나도 신성하고 감동적이었다.

언제부터일까, 내 손은 책을 내려놓고 은순가락을 들었다. 붓도 검도 아닌 숟가락을 처음 들었을 때 아무 경험도 없던 내 손은 아무런 실수도 없었다. 잉잉이 조그만 입을 벌리고 내가 입가에 대준 첫 죽을 받아먹는 순간, 내 귓가에는 천사의 노래가 울려 퍼졌다. 나는 속으로 외쳤다. '나 아빠가 됐어!'

무릇 아름다운 일은 시작도 아름다운 법. 그러나 인생을 제대로 이해하는 사람이라면 "시작이 아름다우면 반은 성공"이라는 말이 결코 진실이 아니라는 걸 잘 안다. 세상에 널린 게 아름다운 시작이며, 동시에 '반밖에 성공하지 못한' 일도 널려 있다. 아름답게 시작했다고 결실도 아름다우란 법은 없다. 진정으로 성공하고 성취하게 만드는 것은 끝없는 인내심이다.

심지어 '사랑'조차 예외가 아니다. 윗사람을, 친구를, 내 자식을 끝까지 사랑하려면 성경에 나오는 두 구절, 사랑에 관한 그 유명한 정의를 잊지 말아야 한다. "사랑은 언제나 오래 참고" "사랑은 성내지 아니하느니라".

'먹이는' 것은 매번, 날마다 시적詩的인 일이 결코 아니다. 시작만 좀 시적이라고 인정하겠다. 그 신성한 시각이 지나가자 나는 먹이는 게 얼마나 고생스러운 일인지 깨달았다. 머리에서 김이 모락모락 났다. 시간이 지날수록 잉잉의 '받아먹는' 술수도 자꾸자꾸 새로워졌다.

먹이려면 이야기를 해줘야 한다. 대문 앞, 책상 위, 계단 위, 웅덩이 옆으로 끊임없이 진영을 옮겨줘야 한다. 사람을, 개를, 구름을, 하늘을 보면서 먹여야 한다. 한입 먹일 때마다 소원을 하나씩 들어줘야 한다. 한 그릇을 다 먹이고 나면 나는 '빚더 미에 올라앉아' 있다. 잉잉에게 온 세상을 빚진 것 같다.

잉잉이 밥 한 술을 물고 있는 시간은 5분에서 20분으로 늘 었다. 아내에게서 빼앗아온 먹이는 일이 이제 피하고 싶은 일 이 되었다. 밥을 먹이면서 "사랑은 성내지 아니하며"를 몇 번 이고 되뇌고서야 겨우겨우 한 그릇을 다 먹일 수 있었다. 나 는 『사기史記』 속 인상여蘭相如처럼 '분노로 곤두선 머리카락 이 갓을 찌르는怒髮衝冠'* 상태로 밥그릇을 들고 문틀에 기대 서 있었다. 나는 가까스로 나 자신을 타일렀다. "사랑은 언제 나 오래 참느니라."

이처럼 내 애간장을 태우던 '받아먹는 자'는 이제 공책을 들고 내 책상 옆에 서서 무엇이 자음이고 무엇이 모음이며 무

---

* 중국 전국시대에 조趙나라의 인상여가 진秦나라에 사신으로 갔다. 조나라 왕의 화씨지벽和氏之璧을 진나라의 15개 성과 맞바꾸러 간 것이었는데 진나라 왕은 성 을 주려 하지 않았다. 그러자 인상여가 옥을 들고 '분노한 나머지 머리카락이 곤두 서 갓이 벗어질 정도'였다는 데에서 유래한 성어.

엇이 반원음인지 토론하는 '국제음성기호인'이 되었다. 잉잉에게 그림을 그려 설명해주는 이 손이 바로 그 시절 그 애를 위해 은숟가락을 들었던 손이다.

다 지난 일이 되었다. 지난 토요일에 일어났던 일 같기만 하다.

풍부한 경험을 한 차례 거치며 내 손은 단련되고 내성이 생겼다. 치치가 젖을 뗐을 때 내 손은 이미 충분히 준비가 되어 있었다. 숟가락을 드는 자세는 프로 선수가 라켓을 쥐듯 정확했을 뿐 아니라 우아하고 아름답기까지 했다. 그런데 지난번과는 사뭇 다른 상황이 펼쳐졌다. 갖은 고생을 겪고 나자 난데없이 꽃길을 걷게 된 것이다.

치치의 위장은 마치 새끼 늑대의 위장 같았다. 나는 치치가 숟가락까지 물지 않게 수시로 주의해야 했다. 치치는 작디작은 입을 '쫘악' 벌리고 '아아' 하면서 재촉했다. 한 숟갈을 막 먹이고 다음 숟갈을 미처 뜨기도 전부터 성화였다.

아이에게 밥을 먹이는 일은 쓰레기를 버리는 것과는 다르다. 그 나름대로 방법과 절차가 있다. 한 숟갈 한 숟갈의 분량이 일정해야 하고, 너무 꽉꽉 누르거나 허술하게 담아서도 안 되며, 너무 뾰족하지도 납작하지도 않게 아이의 입 모양에 맞춰야 한다. 먹이는 일은 우리 마음을 훈훈하게 해주는 '할머니의 예술'이다.

그런데 치치는 아예 밥 한 술을 '뜰' 시간조차 주지 않았다. 한 그릇을 다 먹이고 나면, '영화가 너무 짧다'고 아쉬워하는 관객 같은 심정이 되곤 했다.

그때 치치는 '오빠'에서 '많이많이'를 말하는 단계로 넘어 가고 있어서 당연히 유창하게 말하지 못했다. 하지만 치치에 게 밥을 먹이다보면 이런 말이 들리는 것만 같았다. "한 입, 맛 있다, 더 주세요. 두 입, 맛있다, 더 주세요. 세 입, 맛있다. 더 주세요." 나는 조급해진 나머지 진땀이 났다.

치치와 잉잉이 둘 다 아주 어릴 때, 아내가 국수 한 사발을 만들어서 나에게 "얘네 둘 같이 먹여" 이르고는 부엌으로 갔 다. 결과는 치치 혼자 '2인분'을 먹어치웠고, 잉잉은 '한 입'조 차 제대로 처리하지 못해서 국물 한 모금을 먹이고서야 '입안 에서 진작에 발효되었을' 국수 가락을 삼키게 할 수 있었다.

치치는 젓가락질도 잉잉보다 빨리 익혔다. 밥상에서 치치 는 '기적 같은 젓가락질'로 '어른들이 절대 불가능하다고 여기 는' 일을 숱하게 해냈다. 치치는 먹는 방면에서는 아무 문제 도 없는 아이였지만, 과식이나 식중독 같은 문제는 꽤나 많이 일으켰다.

지금 치치는 벌써 주산을 배운다. 이제 나는 치치를 위해 숟가락을 들던 손으로 주판알을 굴리며 이런저런 계산을 가 르친다.

웨이웨이, '가족계획'에 따라 태어난 그 애는 영원한 막내였다. 내 손은 치치 덕분에 한없이 편해졌던지라 세 번째 숟가락이 특별히 무겁게 느껴졌다. 참을성이 대단한 아내조차 학을 뗐다. '도피 성향'이 있는 아내가 가장 두려워하는 상황은 웨이웨이가 조그만 검지를 들어 "엄마가 먹여줘" 하고 지정할 때. 삼시 세 끼 때마다 나와 아내는 운명의 향방을 기다렸다. 불행한 운명을 짊어질 가능성은 누구에게나 열려 있었다. 여기서 '불행'이란 한 시간 동안 꼼짝없이 앉아 있어야 하는 형벌, 그리고 같은 시간 동안 이야기를 들려주느라 나가떨어지게 되는 형벌이다.

아이를 감화한다는 교육 원칙에 따라 나는 '아이가 스스로 밥 먹는' 얘기를 수도 없이 들려주었는데, 사서 고생이 되고 말았다. 지금 웨이웨이는 밥을 먹일 때마다 이 재미난 얘기들을 '재방송'해달라고 조른다. 이 이야기의 '교육적 가치'는 전혀 모른 채.

'한 끼 굶기는' 것이 가장 합리적인 방법이렸다. 그러나 우리는 웨이웨이가 배고픔을 느끼는 모습을 본 적이 없고, 일단 우리 마음속에 '안 먹으면 죽을지도 모른다'는 공포심이 박여 있다. "약한 자여, 그대 이름은 부모일지니." 우리는 늘 '머리카락이 곤두선' 상태로 '더없이 유순하게' 작은 숟가락을 들고 만다.

"아빠가 먹여줘!"

한창 바쁜 낮에 이 말을 들으면 얼마나 가슴 철렁한지 모른다. 그러나 고요한 밤에는 이런 '기분 좋은 고통'과 '분노 어린 행복'을 더 누렸으면 하는 마음이 은근히 생겨난다. 아이는 자라기 마련이니까. 머지않아 막내도 유치원에 가겠지. 머지않아 막내도 은숟가락을 떼겠지.

진산
여행

　첫날에는 피부가 벌게지고 둘째 날엔 갈색으로 변하더니 셋째 날엔 온 식구가 크고 작은 숯덩이가 되어버렸다. 진산金山* 바닷가에서 온종일 뙤약볕을 쬐고 난 우리는 '피부색이 바뀐다'는 게 뭔지 단번에 체감했다.

　여름방학이 시작되면 우리는 떠들썩하게 여행 계획을 세운다. 달력과 지도와 계산기를 꺼내놓고 불 밝힌 식탁에 모여 동서횡관공로**를 연구한다. 애석하게도 인간은 달팽이처럼 집을 짊어지고 여행할 수가 없다보니, 이루어질 수도 있는 이 꿈은 집을 지킬 사람이 없어 산산이 깨져버린다. 우리는 그저 '가족회의'를 하면서 '지도 위의 동서횡관공로'를 한바탕 시끌

* 타이베이 근교에 있는 해수욕장.
** 타이완의 동쪽 화롄에서 서쪽 타이중을 잇는 190킬로미터 길이의 국도로 험한 협곡과 아름다운 명소를 굽이굽이 지난다. 장비와 기술이 부족한 상태로 힘든 공사를 무리하게 진행해 수많은 사람이 순직했다.

벅적하게 돌고 올 수밖에 없다. 아내의 볼펜 끝이 닿는 장소
가 곧 우리가 꿈에 그리는 명승지가 된다.

마음속 기차가 톈샹天祥*에 다다른다. 우리는 숙소 수영장
물속에 몸을 담그고, 외국인 몇 명을 만나고, 한 유학생이 감
탄하는 소리를 듣는다. "요기 경치 끈내주네!"

"엉터리!" 웨이웨이가 소리친다. 잉잉도 말한다. "하루 이상
걸리는 여행은 안 돼요. 밤이 되기 전에 돌아올 수 있는 곳으
로 가요!"

스먼 저수지石門水庫**가 바로 그런 곳이다. 또다시 마음속
기차에 다 같이 떠들썩하니 올라타고 지도에 있는 스먼 저수
지로 향한다. 그런데 치치가 그곳이 맘에 안 드는지 기차에서
안 내리겠단다. 우리는 다시 타이베이로 돌아온다.

스먼 저수지가 어디가 맘에 안 드는 걸까? 다른 사람은 도
무지 알 수 없다. "예전에 배웠거든요." 치치가 말한다. 전에
교과서에 스먼 저수지에 관한 짧은 글이 나왔다는 얘기다.

역시나 스먼 저수지에 별 흥미가 없는 잉잉이지만, 치치의
'말도 안 되는 논리'를 바로잡는 일에는 커다란 흥미가 생긴
다. "동서횡관공로도 배웠잖아."

* 동서횡관공로에 있는 절경 타이루거 협곡의 동쪽 끝.
** 타이완 북부 타오위안에 있는 저수지. 대규모 댐과 전망대가 있다.

"거기는 안 가봤다고."

"스먼 저수지는 가봤어?"

"거기는 배웠다고!"

잔뜩 화가 난 잉잉이 고개를 홱 쳐든다. 내 눈앞에서 둘이 팽팽히 맞설 때, 한 사람은 언제나 '고개 들어 밝은 달을 바라보는擧頭望明月'* 자세를 취한다. 내가 용감히 나서서 정의를 수호해주기를, 상대방이 '야만스러운 혀'를 놀리지 못하게 제 때 막아주기를 바라는 거다.

이런 상황을 맞닥뜨리면 나는 포청천처럼 '단호한 판결'을 내릴 수가 없다. 나는 '국제연합의 지혜'를 운용해보기로 한다.

"치치 말뜻이 이해가 잘 안 되나보구나." 내가 잉잉에게 설명한다. "치치 말은, 자기가 배웠던 곳은 다시 가기 싫다는 거야. 그렇지만 치치가 가고 싶은 곳은 예외야. 맞지?" 치치는 내가 자기 마음을 이해했다고 여기며 고개를 끄덕인다.

잉잉도 기분이 확 풀린다. 잉잉은 내가 '대단히 똑똑하다'고 생각한다. 자기가 알아차린 '상대방의 끔찍한 이성 결핍'을 나도 동시에 알아차렸을 뿐 아니라, 자기편에 서서 부드럽게 상대방을 비꼰다고 여긴다.

* 이백의 시 『정야사靜夜思』의 한 구절.

폭풍우는 늘 이렇게 잦아든다.

치치는 왜 스먼 저수지가 맘에 안 드는 걸까? 다들 영문을 모르지만 나는 안다. 그건 — 그냥 스먼 저수지가 싫으니까. 그게 이유다.

모든 아이가 이런 식이고, 모든 어른이 이런 식이다. 인간은 다 이런 식이다. 순수하게 이성적인 '인간'은 단 한 사람도 없다. 인간은 그저 '자기가 받아들일 수 있는 이성의 범위 안에서만 이성을 추구하는' 고차원 동물에 지나지 않는다. 그러나 인간이 귀여운 것도 바로 이런 면 때문이리라.

비교를 해보자면 인간을 '심리학적 동물'이라 일컫는 것이 더 타당하지 싶다. '남을 사랑하는 자는 남에게도 늘 사랑받는다愛人者 人恒愛之'는 맹자의 말은 대단히 심리학적이다.

어릴 때 나는 토마토를 좋아하지 않았다. 영양학 측면에서 나에게 토마토를 먹으라고 설득할 사람도, 논리를 내세워 강요할 사람도, 코를 틀어막고 입에 쑤셔넣을 사람도 없었다. 그런데 우리 어머니는 내가 토마토를 안 먹는다는 걸 아예 모른 채 껍질 까서 설탕 뿌린 토마토를 무심코 나에게 건넸고, 나도 무심코 내가 싫어하는 토마토를 기분 좋게 먹었다. 나중에 나는 '토마토 인간'이 되었다. 영양학적 '사실' 때문도, 논리적 '필연' 때문도, 폭력에 굴복했기 때문도 아니었다. 그저 어머니도 그걸 드시기 때문이었다. 아이가 스먼 저수지에 놀러 가고 싶지 않다고 하면 나는 성급하게 이유를 캐묻지 않는다. 그 대신 얼른 지도 위에 좋아하는 곳과 싫어하는 곳을 자유로이 표시하라고 한다. '도무지 맘에 안 드는데 왜 그런지 설명은 할 수 없다'는 곳에는 아이들을 데려갈 수 없다. '이론상으로는 꼭 가봐야 할' 그런 곳은 나부터가 가야 할 가치를 못 느끼니까.

아이들이 엉터리없이 자기네가 좋아하는 진산해수욕장을 고르자, 우리는 신나게 진산으로 향했다. 이치에 맞지도 않고, 설명할 수도 없고, 과학이나 지리나 철학이나 역사하고는 아무 상관도 없는 곳이다. 하지만 저마다 마음속에 '스위스의 로빈슨 가족'*처럼 '다 같이 모험을 떠난다'는 희열이 가득했다. 나로서는 이 여행이 '멋진 풍광을 즐기는' 여행이 아니라 실상은 '땀이 뻘뻘 나는' 여행이었다고 털어놓지 않을 수 없지만.

1년 내내 '대로변에 솟은 고층 건물들이 만든 깊은 고랑'에서 기어다니던 '도시 쥐'가 교외에 나가자, 눈에 들어오는 모든 것에서 뭔가 '기묘한 느낌'이 솟아났다. 언젠가 단체 관광을 하면서 술 공장을 견학한 적이 있다. 즐거운 마음이 흥분

---

* 『로빈슨 크루소』의 영향을 받은 모험소설로 오스트레일리아로 이민 가던 스위스 가족이 난파되어 섬에서 생활하는 모습을 그렸다.

과 호기심으로 변하면서 천진난만해진 사람들은 쉬지 않고 "저건 뭐죠?"를 연발했다. 모든 것이 새로워 보였다. 다 같이 긴 복도를 걸어갈 때, 몰아의 경지에 이른 한 관광객이 모퉁이에 놓인 물건들을 부지런히 가리키며 가이드에게 경건하게 물었다.

"저건 뭐죠?"

"빗자루입니다."

"어디에 쓰는 거죠?"

"바닥을 쓸지요."

"여기서 특별히 만든 거예요?"

"시장에서 샀는데요."

"정말 대단해요!"

"대단하긴요."

기차가 교외에 이르자, 우리 아이들 입에서도 '단체 관광객' 같은 탄성이 터져나왔다.

"사람이다!"

"집이야!"

"산이다!"

"풀이다!"

"나무야!"

"멍멍이!"

나도 '펜을 놓고 휴가를 얻은 손'을 뻗어 창밖의 허공을 가리키며 다들 짐작하는 대로 유치한 말을 외쳤다. "하늘이다!"

아내는 다 이해했다. 덜컹덜컹 규칙적인 기차 소리 속에서 아내는 빙그레 웃으며 고개를 끄덕여 그런 행동에 민망해할 것 없다는 위로를 건넸다. 아내에게 보답하고자 아내가 "자전거!" 하고 소리칠 때, 나 역시 튀어나온 말에 부끄러워할 것 없다고 공감하는 미소를 지으며 고개를 끄덕였다.

한 꿰미에 엮인 크고 작은 게처럼, 비집고 밀치고 뒤쫓고 줄을 서는 모든 움직임을 온 가족이 함께했다. 우리는 드디어 진산해수욕장에 이르렀다. 커다란 파라솔 아래, 검은 모래밭 위, 파도 속, 가장 평범한 '평범' 속에서 나는 무척이나 평범하지 않은 경험을 했다.

숙련된 작가들이 남발하는 '마치 어린 시절로 돌아간 것 같았다'는 한 구절을 써넣으려는 게 아니다. '대단히 평범하지 않은 경험'을 했다는 뜻이다. 내가 진정으로 하려는 말이 뭐냐면, 나는 그때 갑자기 '시간이 사라진' 상태를 경험했다. 발밑에 깔린 검은 모래사장이 내 고향 구랑위鼓浪嶼*의 백사장이라는 걸 분명히 느꼈다. 내 아내가 내 동생으로 어머니로 아이로 외할머니로 친구로 교장 선생님으로 담임 선생님으

---

* 중국 푸젠성 샤먼시에 속한 작은 섬.

로, 진산이 구랑위로 홍콩으로 고베로 사이공으로, 20년 전이 작년으로 어제로 지금으로.

나는 '나이'가 없는 사람이다. 너무나도 놀랍다.

"아빠가 모래밭에서 무릎 꿇고 모래성 만드는 모습이 ─ 아빠가 아빠라는 걸 잊어버린 것 같아요!" 잉잉이 와서 일깨우고서야 나는 '반쯤' 깨어난다.

고개를 들자 한 중년 부인이 눈에 들어온다. 수영복을 안 가져왔는지 맨발에 양산을 쓰고 긴 원피스를 입은 채 바닷물이 허리까지 차도록 넋 놓고 걸어가는데, '바다 위에서 묵상'이라도 하는 건가 싶다. 또다시 마구 헷갈린다.

이런 힘은 아무래도 어떤 특정한 순간에 느닷없이 나타나는 듯하다. 그렇게 나타나 시간을 몰아내고 우리를 '나이가 없는 상태'에 빠뜨린다.

그날 저녁, 집으로 돌아온 우리는 어른 아이 할 것 없이 모두들 상쾌하기 그지없었다. 적당히 몸을 움직인 덕분에 다들 금세 잠들었다. 잘 생각이 없는 사람은 나뿐이었다. 나는 종이와 펜을 꺼내 부호를 잔뜩 그리면서 인간의 '나이가 없는 상태'를 연구했다. 도대체 그건 정신병일까, 아니면 행복한 심경일까?

분실
사건

아버지는 아이가 잃어버린 물건을 찾아줄 책임이 있다. 남편은 아내가 잃어버린 물건을 찾아줄 책임이 있다. 나는 아이들의 셜록 홈스 아빠요, 아내의 셜록 홈스 남편이다. 집에서 누가 물건을 잃어버리면 다 내가 책임지고 조사한다. 사건 해결율은 무려 99.9퍼센트. 해결하지 못한 사건은 오직 하나뿐으로, 웨이웨이가 땅콩 한 알을 잃어버린 일이다. 추측건대 아무래도 한밤중에 우리 집에 출몰하는 검은 쥐가 먹어치운 듯하다.

나는 그 검은 쥐를 세 번 보았다. 꼬리를 빼고 몸길이만 15센티미터쯤 되며 상당히 묵직해 보인다. 천장 위에서 내달리면 고양이처럼 기세가 대단하다. 그 녀석은 벽을 타고 내려오는 절묘한 재주가 있는데, 내려오면서 고개를 삐딱이 하고 인간을 바라보는 모습이 참으로 도도하다. 눈이 마주치면 내가 길을 비켜줘야 하나 싶어 마음이 불편해지고 만다. 웨이웨이한테는 다음 날 다시 찾아보자고 했다만, 아무래도 그놈이 먹은 것이렷다? 아무리 생각해도 그놈 짓이다!

한번은 잉잉이 '눈시울이 벌게진 채' 서재로 와서 사건을 의뢰했다. 교복비 영수증이 없어졌다는 거다. 영수증을 잃어버리면 다음 날 교복을 찾을 때 번거로워진다고.

나는 잉잉을 위로한다. "저녁 먹기 전에 아빠가 찾아줄게. 마음 푹 놓고 가서 공부하렴."

"그치만 이번엔 힘들걸요. 책가방 속 물건을 다 뒤집어봤는데 못 찾았어요. 지금 찾아주시면 안 돼요?"

"그럼 여기서 찾아주마."

"그치만 여기서 잃어버린 게 아닌데요."

"그치만 여기서도 찾을 수 있단다. 일단 가서 숙제하고 있어. 아빠가 금방 찾아줄게."

잉잉이 자기 방으로 돌아가자, 나는 5분간 생각하고 나서 벽 너머를 향해 소리친다. "차표 넣는 케이스 가져와봐!"

그리고 케이스에 넣어둔 학생정액권 뒤에서 교복 영수증을 꺼내 잉잉에게 건넨다.

탄복한 잉잉은 '앞으로 뭘 잃어버려도 안심'이라는 듯한 함박웃음을 지으며 서재를 떠난다.

나는 잉잉에게 이런 사소한 물건을 찾아준 경험이 아주 많다. 사건을 의뢰받을 때마다 잉잉의 '세심한' 성격에 근거해 잃어버린 물건의 향방을 추리해낸다. 사실 그건 어딘가에 아주 '안전하게' 있다. 서랍을 뒤집을 필요도, 가방을 뒤집을 필요도 없이 '척' 알아낸다.

　교복 값을 낸 날, 잉잉은 정액권 케이스만 갖고 있었고 그날 입은 옷에는 주머니가 없었다. 영수증을 받은 잉잉은 그 종잇조각을 어디다 넣어야 하나 망설였을 거다. 그러다 정액권 케이스가 가장 좋겠다고 생각했을 터. 잉잉은 학교에서 집에 올 때 꼭 버스를 타고, 버스를 탈 때는 반드시 정액권이 있어야 한다. 정액권을 잃어버리지 않았다면 영수증도 잃어버렸을 리가 없다. 잉잉은 이렇게 주도면밀하지만, 안타깝게도 기억력만큼은 세심한 성격과 어울리지 않아서 만사를 참 쉽게 잊는다.

　잉잉의 물건을 찾아줄 때는 움직일 필요가 없다. 상상력만 발휘하면 된다. 상상력으로 물건을 찾는 것은 손발을 움직이는 것보다 훨씬 더 빠르고 효과적이다. 생각이 '공간적 거리를 정복하는' 속도는 광속을 넘어선다.

　치치는 또 다른 유형이다. 치치는 시각 방면에서 물건을 분실하는데, 실은 잃어버린 게 아니고 그냥 눈에 띄지 않는 것뿐이다. 치치의 가장 큰 특징은 물건을 다 책상 위에서 잃어버린다는 거다. 치치는 '중요한 걸 써놓은 쪽지' '조금 전까지 여기 있던 연필' '방금 필기한 공책'을 잃어버린다.

공부할 때 치치를 보면 정말 놀라운 인내심을 발휘한다. 한 번 앉으면 일어나는 법이 없다. 치치는 피곤하다고 어른들이 일어나서 왔다 갔다 하는 것도, 잉잉이 복도로 나가 강아지하고 노는 것도 이해를 못 한다. 피곤하면 치치는 서랍에서 크레용을 꺼내 그림을 그리거나, 칼과 색종이를 들고 뭔가를 만든다. 치치의 책상은 혼돈의 도가니다. 이렇게 정신을 일깨우는 2차 작업을 하다가 치치는 문득 중요한 물건이 없어졌다는 사실을 알아차린다.

치치의 물건을 찾으려면 시각을 활용해야 한다. 상상에만 의지해서는 안 된다. 나는 내 둥지를 떠나 치치 방으로 가서 책상을 좀 보여달라고 한다. 시야를 넓혀 둘러보던 나는 혼돈 상태인 책상에서 물건이 쌓인 전후 순서를 알아내 세심하게 분석하고, 이어 '질서를 되찾는' 작업을 한다. 크레용을 치우고, 도화지를 치우고, 칼을 치우고, 색종이를 치우고, 치치가 '뇌를 쉬게 하려고' 보는 오래된 신문을 치운다. 책상에 쌓인 물건을 줄이다보면, 어느 순간 찾던 물건이 친절하게 주인 눈앞에 슥 나타난다.

"이상하다, 나도 한참 찾았는데 왜 못 찾았지?"

"물건에 가려져 있었잖아."

아내는 또 다르다. '아무 데나 두는' 스타일이다. 아내는 우리 집에서 가장 중요한 인물로, 퇴근해서 집에 와도 '더욱 긴장되는' 또 다른 격무가 이어진다. 방해받지 않고 한 가지 일을 마치기란 쉽지 않다. 부엌에서 저녁을 준비하는데 느닷없이 웨이웨이가 소리친다. "똥 다 눴는데 휴지가 없어!" 아내는 부랴부랴 방으로 가서 어제 사다놓은 휴지를 가지고 나와 화장실에 있는 웨이웨이에게 건넨다. 부엌으로 돌아와보니 생강이 보이지 않는다.

고민에 휩싸인 아내는 서재로 와서 사건을 의뢰한다.

"이상해!" 아내가 말한다.

"너무 이상해!" 아내가 또 말한다.

아내는 우리 집의 다른 구성원들에게 초조하게 묻는다. "내생강 가져간 사람?"

사건을 해결하기 위해 나는 아내에게 지금까지 한 일을 시간을 거슬러 말해보라고 한다. 그렇게 경위 조사를 마치고, 나는 아내가 새로 산 물건을 넣어두는 장롱으로 아주 자신 있게 걸어간다. 그리고 장롱 속에서 생강을 들고 나와 주인에게 돌려준다.

아내를 긴장하게 만드는 주요 원인은 웨이웨이다. 애들 먹이려고 사온 빵이 없어진다. 애들 보여주려고 방금 들고 온 사진이 보이지 않는다. 이런 분실 사건을 나는 모두 '역탐지' 방법으로 해결한다.

웨이웨이에게 '소유권' 관념이 없다는 얘기는 틀렸다. 웨이웨이는 오로지 자기 소유권이 너무 적다고 불만스러워한다. 그 애는 다른 사람 소유물을 '강점'하는 것으로 이에 항변하곤 한다. 그래서 잉잉과 치치가 의뢰한 사건이 너무 기이해서 영감을 발휘해도 해결이 안 되면, 어쩔 수 없이 웨이웨이를 찾아간다.

"큰언니 도화지 봤어?"

웨이웨이가 고개를 끄덕인다.

"어디 있어?"

"내 서랍에. 그치만 내가 써야 돼!"

"아빠가 가져가서 언니한테 돌려준다." 내가 단호히 말한다.

"안 돼!" 웨이웨이가 소유권을 주장하기 시작한다. "내 서랍이야. 맘대로 뒤지면 안 돼."

이런 상황이지만, 웨이웨이 역시 자기 물건을 잃어버린다. 웨이웨이는 너무 어려서 그 애의 분실 사건이 가장 해결하기 힘들다. 웨이웨이는 아무 물건을 아무 데나 놓는다. '상상력 해결법'이 통하지 않는다. 자기만의 동화 같은 질서에 따르기 때문에 '질서 해결법'도 통하지 않는다. '역탐지 해결법'은 더더구나 통하지 않는다. 웨이웨이에게는 시간관념이나 선후 개념이 아예 없으니까.

웨이웨이가 잃어버린 물건을 설명하는 방법은 뒤죽박죽

이다.

"아빠, 그거 못 봤어?"

"어떤 거?"

"빨간 거."

"어떤 빨간 거?"

"노란 거 있잖아."

"어떤 노란 거?"

"하얀 거."

"도대체 뭐 말이니?"

"그거!"

내 해결책은 웨이웨이한테 이렇게 말하는 거다. "도대체 뭘 잃어버렸다는 건지 가져와봐." 그런데 놀랍고 신기하게도 이 방법이 매번 성공한다. 그야말로 '동화 해결법'이라 할 만하다.

나 또한 물건을 영원히 잃어버리지 않는 사람이 결코 아니다. 나는 사람들 물건을 잘 찾아주고, 남들도 기꺼이 나를 도와 내 물건을 찾아준다. 나는 우산을 가장 잘 잃어버리기 때문에 도로 찾은 우산도 많을 수밖에 없다. 벌써 네 개 넘게 찾았는데, 그게 다 새 우산을 사고 나서야 찾은 거라는.

50시간
정전

그날 태풍 엘시가 전선을 끊는 바람에 이 도시의 수많은 지역이 정전되었다. 도시에 사는 현대인에게 정전은 아름다운 정취라 할 수 있다. 촛불이 속된 전등불을 대체한다. 촛불이 밝혀주는 범위는 넓지 않다. 촛불 아래서 우리는 서로 더 다가붙고 유난히 친밀해진다. 누군가 볼일이 생겨 불빛 밖으로 나서면, 암흑 속으로 들어가는 그를 온 식구가 눈빛으로 배웅한다. 발소리가 들려오면 다들 못 참고 고개를 번쩍 들고 눈을 크게 뜨고 암흑 속을 탐색한다. 눈앞에 친밀한 얼굴이 슥 나타나 불빛 속으로 돌아온다. 그러면 다 같이 '집에 돌아온' 사람을 맞아 자리를 내주어 앉히고 촛불 밖 암흑세계의 상황을 열심히 탐문한다.

"십자매는 잘 있어?"

"내가 새장 들고 화장실에 갔다 왔어."

"방금 쨍그랑 소리 났는데, 무슨 소리야?"

"옆집 창문이 깨졌나봐."

"그 양철판 말고 우리 뜰에 떨어진 거 또 없어?"

"커다란 종이상자가 날아왔어!"

모두 평화로이 웃으며 가만가만 이야기를 나눈다. 집은 '바깥세상'이 되고, 촛불 안이 진정한 '집'이 된다.

집에는 집안일이 있기 마련. 이부자리를 펴려고 침대로 가면 온 식구가 따라간다. 두 번째 침대로 향하는 촛불을 또 다 같이 따라간다. 그렇게 세 번째 침대로, 네 번째 침대로 이어진다.

설거지를 하느라 촛불이 부엌으로 가면 또다시 다 같이 부엌으로 따라간다. 똑똑 떨어지는 수돗물이 단수를 예고한다, 폭포도 없고 강물도 없고 그저 물방울뿐이다. 이튿날은 '가뭄'이 들겠구나. 하지만 아무도 걱정하지 않는다. 얼마나 얻기 힘든 시간인가. 아빠는 촛불을 들고, 엄마는 그릇을 씻고, 아이들은 지켜보고.

온 식구가 빛을 내는 작은 배를 타고 깜깜한 바다를 항해한다. 촛불은 참으로 아름답고 더없이 따사롭다.

작은 배의 승객이 하나하나 '침대섬'에 상륙해 잠자리에 든다. 작은 배의 사공인 나는 촛불을 높이 밝힌 채 텅 빈 배를 저어 나의 무인도로 쓸쓸히 돌아온다. 침대로 뛰어들어 촛불을 조준하고, 후우! 촛불이 꺼지자 온 집 안이 어둠에 잠긴다.

기와지붕에서 북장단이 쉬지 않고 울린다. 머나먼 곳에서 온 거센 바람이 기공을 하는 소림사 큰스님처럼 뜰에 있는 포인세티아에 일장을 날리고 또 일장을 날린다. 포인세티아는 뼈가 으스러지고 만다.

나는 암흑 속에 누운 채 바깥에서 벌어지는 '파괴'에 가만히 귀를 기울인다. 큰스님이 헉헉 숨을 몰아쉬고 가사를 펄럭이며 왔다 갔다 하는 소리를 조용히 듣는다.

오늘 밤은 실로 가장 기묘한 밤이다. '내가 정의한 밤'과는 완벽하게 다른 밤. 차 한 잔도, 펜 한 자루도, 원고지 더미도, 책도 없는 밤.

처음으로 책을 보지 않고 자는 연습을 한다. 무척이나 힘겹다. 그렇다고 불면을 걱정하지는 않는다. 잠에게 진 빚이 산더미 같은지라 그의 손아귀에 떨어지기만 하면 도저히 풀려날 수 없을 테니. 완전한 암흑이란 참으로 무시무시하다. 그 속에서는 잠에 대한 저항력이 힘을 잃는다.

생각하기 좋아하는 사람은 평온한 어둠을 틈타 남들이 쉬이 놓쳐버리는 즐거움을 누린다. 사람 사이의 진정한 거리감을 되찾고, 나 한 사람의 진정한 고독을 되찾는다. 그런 다음 부인할 수 없는 인간의 온기, 부인할 수 없는 벗의 온정을 고마운 마음으로 깊이 음미한다.

나하고 완전히 상관없는 사람은 사실상 아무도 없다. 인간이란 본질적으로 완전히 고독한 개체이건만, 나는 이미 '낯선 사람'으로서 얻어야 할 것보다 훨씬 더 많은 것을 얻었다. 심지어 이 고독해야 마땅한 사람이 감기라도 걸리면, 누군가의 눈에 간절한 금빛이 어리며 영원히 듣지 않을 법한 특효약을 알려준다.

이어 또 다른 불행한 사람이 떠오른다. 인간이 본래 고독하다는 사실을 인정하기 두려워하는 사람. 심리적으로 보면 그는 폭군이다. 그는 남에게 이래라저래라 요구한다. 남이 원하건 원치 않건 오로지 자신의 필요에 따라 남을 보듬고는 이렇게 말한다. "내가 널 보듬어줄 때 너는 벅찬 감격을 느껴야 해." 이어지는 말은 다음과 같다. "이제 네가 나를 보듬어야지, 보답으로."

그는 자기가 보듬어준 많은 사람이 보답하지 않는 것을 알아차린다. 다른 의미의 고독을 체감한 그의 마음에 원망이 깃든다.

사람은 당연히 남에게 잘해야 하고, 남이 나에게 잘해주면 고마워해야 한다. 그러나 내가 얼마나 마음을 쓰고 힘을 들였든, 남도 나한테 잘해야 한다고 요구할 권리는 없다.

사랑은 그 자체로 금빛을 뿜는다. 사랑은 보답을 원하지 않는다. 사랑은 교역이 아니다. 장사가 아니다. 보답을 바라는 사랑에는 차용증이 붙는다. 다른 사람이 이자를 내지 않거나 기한이 지나도 갚지 않으면 그 사랑은 원망으로 변할 것이다.

사랑은 백만장자가 헬리콥터에서 뿌려대는 돈과 같다. 줍는 사람의 것이다. 돈이 모두 되돌아오길 바란다면 이런 쓸데없는 일을 왜 하겠는가? 그에게 사람을 들볶을 권리가 어디 있다고?

반드시 명심하자. 사랑에 대해 허튼소리를 하는 많은 사람은 사실 마음이 좁디좁은 고리대금업자다.

'고마운 마음으로 가득한 고독', 내 생각은 이렇다.

더 이상은 생각할 수가 없었다, 잠의 마수에 꼼짝없이 걸려드는 바람에.

첫날 밤은 이렇게 지나갔다.

이튿날에도 여전히 바람이 불고 비가 내렸다. 출근해서는 평소와 별반 다를 바 없었다. 유리 건물로 들어오는 빛 덕분에 원고지 격자는 잘 보였다. 그런데 집에 돌아오니 왠지 눈썹이 처마처럼 빛을 가리는 것 같다. 뭘 봐도 빛이 모자란 느낌이다. 집에 전등불이 없다.

처음에는 밤에 집에 들어온 줄 알았다. 예전에는 밤이란 창밖과 문밖에만 있었다. 집에는 전등 불빛이 있었으니까.

도시인이 노란 촛불 아래 일을 하려니, 원시의 감각이 이미 퇴화한 바람에 몸이 자꾸만 균형을 잃고 마음도 초조하고 긴장된다. 밥을 먹는데 웨이웨이가 숟가락을 바닥에 떨어뜨린다. "세세평안歲歲平安(해마다 평안하기를)!"*

집안 '여론'이 들썩이기 시작한다.

"오늘 밤에 숙제는 어떻게 하지?" 잉잉이 말한다.

"오늘 밤에 일기는 어떻게 쓰지?" 치치가 말한다.

"나는 초급반이라 숙제가 없지롱." 웨이웨이가 말한다. 그리고 곧바로 덧붙인다. "오늘 밤에 텔레비전은 어떻게 보지?"

촛불이 코끝 하나하나를 환히 비춘다. 금빛 코를 갖게 된 사람들은 원망스러운 눈초리로 촛불을 바라본다.

아내가 프라이팬으로 요리를 한다. 전기밥솥은 탁자 위에서 한가로이 휴식을 즐긴다. 냉장고는 썩은 음식을 만들어내

---

* 중국에서는 그릇 따위를 깨뜨리면 질책 대신 '깨지다'라는 뜻의 碎碎(suìsuì)와 발음이 같은 歲歲가 들어간 덕담을 건네며 괜찮다고 달래주는 풍습이 있다.

는 하얀 상자가 되었다. 거실에 놓인 텔레비전과 전축은 겉만 번지르르한 장식품이다. 다리미는 웨이웨이의 구겨진 앞치마 옆에서 꾸벅꾸벅 졸고 있다. 초인종도 울리지 않는다. 스노, '소년'으로 성장한 우리의 하얀 스피츠가 초인종의 임무를 맡는다.

가장 답답한 것은 등불이 없다는 사실이다. 잉잉과 치치는 숙제를 꼭 해야 한다는 고집을 꺾지 않는다. '안 했다가는' 선생님이 뭐라뭐라 잔소리를 한다는 거다.

비바람을 뚫고 가서 양초를 잔뜩 사온다. 곧이어 '독서인'의 책상마다 촛불이 대여섯 개씩 켜진다. 모든 책상이 생일 케이크가 된다.

나는 물리학의 '촛불'을 생각한다(시에서 말하는 촛불이 아니다). '60촛불' '100촛불'을 떠올려본다. 정말로 그렇게 한다면 책상 위에 얼마나 놀라운 광경이 펼쳐질까. 2000년 전의 광형匡衡*도 생각난다. 아마도 재상이 되었을 때 광형은 이미 심한 '근시'이지 않았을까.

역시나 아내는 아이들이 촛불 몇 자루 아래서 사전을 찾아가며 숙제하는 일에 반대 의사를 표한다. 아내는 그게 대단히

* 중국 전한 시대의 학자·정치가. 집이 가난해서 이웃집 벽을 뚫어 스며드는 불빛으로 책을 읽었다고 한다.

'비위생적'인 일이라고 여긴다. 하지만 아이들은 하나같이 불만스러워한다. 숙제도 못 해, 텔레비전도 못 봐, 도대체 뭘 하라고요?

"거실에 앉아 있어. 아니면 일어나서 걷든지." 아내가 말한다.

아이들은 우르르 거실로 가서 앉아 있다가 일어나서 걷는다. 다시 앉아 있다가 또다시 일어나서 걷는다. 아이들은 지금 일종의 시위를 하고 있다. 백악관 문 앞에서 팻말을 들고 있는 시위대처럼.

나도 뾰족한 수가 없어서 전기만 탓한다. 나도 골치가 아프다. 오늘 밤에 원고 한 편을 반드시 마쳐야 한다. 나는 아내에게 선언한다. 내가 쓰는 한 글자는 자전에 달린 주석 글자의 16배 크기이고, 게다가 나는 '일찌감치 근시가 되었다'고. 아내는 더는 반대하지 않고 그저 촛불을 자꾸만 더 갖다놓는다. '12촛불' 아래에서 땀을 뻘뻘 흘리며 원고를 완성하고 나니 코끝이 까맣게 그을려 있다.

정전이 시작된 시간부터 헤아려보니, 사흘째 저녁까지 모든 집이 이런 눈부신 시간에 멈춰 있었다. 우리 집은 마침 딱 50시간 동안이었다. 전등불을 밝히고 이 후기를 쓰다보니 아무래도 기억이 가물가물하다. 다시금 촛불을 밝히고 쓰면 글이 더 나아지려나.

새벽

거실 밖 복도에 서서 동트는 하늘을 바라본다. 복도에서 밤을 보내는 스노가 화들짝 놀라 깨어나더니 누구일까 유심히 살펴본다. 외부인이 아닌 것을 알자 스노는 다시 눈을 감고 잠에 빠져든다. 밤새 신경을 곤두세우느라 정신적 피로가 극에 달한 개는 자기편이 옆에 서서 대신 망을 봐주자 마음을 푹 놓는다. 이런 잠은 개에게는 진정한 꿀잠이다. 이런 잠은 개에게는 사치이자 좀처럼 얻기 힘든 것, '일각이 천금과도 같은' 것이다.

짹짹짹! 맑고 상쾌한 소리. 맞은편 집 뜰에 허리가 휘지도 않고 등에 낙타처럼 혹이 나지도 않은 야자수가 서 있다. 그 꼭대기, 길쭉한 잎들이 사방으로 포물선을 이루며 늘어진 그곳에 참새가 수없이 숨어 있다.

잎이 늘어진 모습이 마치 뇌호雷虎 부대*의 주특기인 '폭탄

---

* 1953년에 창설된 타이완 공군의 곡예비행단.

꽃' 같다. 보금자리에서 노래를 부르던 참새 떼가 '꽃 한복판'
에서 날아오른다. 눈앞에 가득한 작은 점들이 파닥파닥거리
니 눈이 어질어질하다. 그믐달을 되찾으러 가는 걸까, 참새 떼
가 멀리멀리 날아간다.

양쪽 이웃집의 야간 등은 아직도 창백하게 빛나고 있다. 밤
새 눈을 뜨고 있느라 그 '빛'도 이미 상당히 지친 기색이다.

지금은 하루 중 가장 조용한 시간. 이 시각 이전의 캄캄한
밤은 결코 조용하지 않다. 곳곳에서 '마작 소리'*가 들린다. 어

---

* 중국어로 '참새'도 '마작麻雀'이다. 마작 패를 섞을 때 나는 소리가 대나무숲에서
참새 지저귀는 소리와 비슷해서 그런 이름이 붙었다는 설이 있다.

른 장난감이 내는 시끄러운 소리를 들으면, 평소에 관찰한 바가 결코 틀리지 않았다는 믿음이 더욱 확고해진다 — 어른은 생리적으로 성숙한 아이일 뿐이라는 믿음.

이 시각 이후의 낮은 더욱 시끄럽다. 낮은 빛과 소리로 이루어져 있다. 지금 이때만이 하루 중 가장 조용한 시간이다. 정적을 비단에 비유하고 소리를 칼에 비유한다면, 새 지저귀는 소리가 새벽의 정적을 '확' 베어버린다.

이 근처에는 닭치는 집이 없다. 여기 이사 오고 나서는 도시에서 닭 울음을 들어본 적이 없다. 예전 동네에서는 이웃집 할머니가 암탉 떼와 잘생긴 수탉 두 마리를 키웠다. 낮에는 암탉 소리가 요란하다. 수탉의 꼬끼오 못지않은 응원단의 함성이다. "순산! 순산! 나 또 알 낳았다!"

새벽에는 수탉이 시끄럽다. 두 마리 모두 임무를 성실히 수행하고 성격은 고지식한 '사내'다. 가느다란 발목에 시계라도 찼나, 심지어 그리니치 표준시간을 따르는 시계인가 싶다. 새벽마다 어떤 규정에 근거한 시간이 왔다고 여기면 그들은 위풍당당하게 날개를 퍼덕이며 단전에서부터 '기적 소리'를 뽑아낸다. 귀를 찌르는 소리에 깊이 잠들었던 사람들이 침대에서 벌떡 일어난다. 너 한 번 나 한 번, 두 마리 수탉이 번갈아 이웃을 위해 봉사한다. 이와 비교하면 아무래도 '오리를 치는 이웃'이 나을 터.

닭 울음소리가 없는 이곳에는 학대를 맛볼 일도 더는 없다. 아름다운 옛 시절은 한번 가면 다시 오지 않는다. 너그러운 사람은 각박하고 고집스러운 것을 그리워한다. 각박하고 고집스러운 것이 없으면 너그러움도 의미를 잃으니, 공허한 너그러움이 되어버리니. "돈은 두 푼이 아니면 짤랑거리지 않는다." 얼마나 사랑스러운 민난 속담인지. 그 짜증스러운 닭들이 없었다면 그 옛날 온갖 다채로운 일이 내 기억에 이토록 또렷이 남아 있을까?

이곳에는 닭 울음소리는 없지만 역시 성질을 돋우는 사랑스러운 소리가 있다. 다만 지금은 그 소리가 나기엔 아직 이르다.

대문 밖 가로등이 꺼진다. 나는 전력공사에서 가로등 켜고 끄는 일을 맡은 남자를 떠올린다. 그는 스위치를 내리고, 일어나서 하품을 한번 하고, 또 스위치를 내리고, 양팔을 '무한히' 뻗어 기지개를 켜겠지. "야간 근무 끝!" 그러고는 냉차를 들고 알로하셔츠 주머니에 담배를 넣고 숙소로 자러 가겠지. "낮, 어서 와! 낮, 이따 봐!"

이웃집 야간 등도 하나둘씩 꺼진다. 이번에는 가운을 걸치고 뜰로 나오는 주부를 떠올린다. 고생하는 남편이 깰까봐 살그머니 나온 그녀는 가장 먼저 도둑을 막아주는 야간 등을 끈다. 뜰을 둘러보니 낙엽은 전날 모습 그대로 땅바닥에 붙어 있다. 하룻밤이 평안히 지나갔다. 하루의 기쁨은 '평안'에서 비롯된다. 그녀는 헝클어진 머리로 부엌으로 간다. 식구들을 돌볼 때는 화장도 안 한다.

담장 밖에서 종이 표창 하나가 날아들어 뜰의 돌바닥을 때린다. 픽! 조간신문이다. 광고란에 새 책이 잔뜩 보인다. 광고란에 새로 개봉하는 영화도 가득하다. 기사 면에는 기자들이 쓴 '사흘 일정으로 방문하는' 여러 외빈 소식이 있다. 그 밖에도 수많은 소식이 실려 있다. 첫 번째 소식을 보면 분노하게 된다. 두 번째 소식을 보면 웃음이 나온다. 세 번째 소식을 보면 슬픔에 젖는다. 네 번째 소식을 보면 탄식이 흘러나온다. 문제없다, 어떠어떠한 일에 우리가 어떠어떠하게 대처해야 하는지 신문이 우리 대신 알아서 잘 안배해놓았다. 사람들은 날마다 자기 일이 아닌 수많은 일을 알아야 한다. 우리는 이미 '현대'에 진입했으니까.

새벽 공부 하는 학생들이 일과를 시작한다. 어느 집에서 수학 공식을 시 낭송하듯 읊는다. 어느 집에서는 삼박자 리듬에 맞춰 영어 불규칙동사를 외운다. 어느 집에서는 '샤오화와 샤오밍' 이야기를 더듬더듬 읽는데 중간중간 추임새도 들린다. "엄마, 이 글자는 어떻게 읽어요?"

이 몇몇 집에는 보기 드문 '고풍'이 있다. 현대 아이들은 이렇게 공부하지 않는다. 현대 아이들은 밤늦게까지 공부하기를 좋아한다. 등불 아래서, 밤을 새워가며, 얼굴을 찌푸린 채.

현대 아이들은 아침을 긴장되는 시간이라고 여긴다. 붐비는 버스를 타고 운이 좋으면 겨우겨우 지각을 면한다. 그러니 아침은 '돌격하는 시간' '허둥지둥하는 시간' '100미터 경주를 하는 시간'이다.

새벽에 낭랑하게 책 읽는 소리를 듣노라니 오늘이 '휴일' 같은 착각이 든다.

꽤 오래전에는 방울 소리가 곧 두부 파는 소리였다. 이제 두부 파는 소리는 높은 여자 목소리로 바뀌고, 방울 소리는 쓰레기차 소리가 되었다. 쓰레기차도 차츰 「소녀의 기도」 음악으로 바뀌고 있다만, 여기는 아직 '개발 중'이거나 '개발이 덜 된' 골목이라 그런가? 아직 방울을 울리고, 사람이 끌고, 더러운 상자 하나에 커다란 바퀴 두 개가 달린 그런 쓰레기차가 다닌다. 땅바닥에 쓰레기를 엄청나게 흘리고 가는지라 쓰레기차가 사라지고 나면 다시 나가 집 앞을 쓸곤 한다.

하늘 빛이 황홀하게 바뀐다. 우리 동네 널찍한 골목에는 하얀 건물이 하나 있다. 밤에 그 건물은 '스카이라인' 속에 있는 까만 건물이다. 참새가 깨우기 전에는 회색 건물이다. '아침 바람'이 불어올 때는 붉은 건물이다. 그리고 한순간 그것은 눈부신 금빛 건물이 된다. 금빛은 순식간에 지나가고, 다시 본래 모습대로 하얀 건물이 된다. 정말이지 오색 건물이라 불러야 마땅하다.

"두부 사려", 여인의 고음과 함께 두부 장수가 나타난다. 그녀는 언제나 그렇게 총총히, 바람처럼 나타났다 사라진다. 그녀의 목청이 들리는 바로 그때 그릇을 딱 들고 문가에 경건하게 서 있어야 한다. 그렇지 않으면 문을 열고 나가려 할 때 이미 그녀는 그녀의 두부와 함께 골목을 나섰으리라. 그녀는 영원히 우리에게 시간을 주려 하지 않기에 잃는 매상이 늘 얻는 매상보다 많다. 그녀는 매우 '현대적인' 사람이라서 골목을 지키며 가만히 기다리느니 움직이는 일에 에너지를 쏟으려 하는지도 모르겠다. 현대인은 에너지가 넘쳐나지만 시간은 모자라니까.

순두부 파는 소리는 남자의 저음이다. 순두부 장수는 아침 햇살 속에서 저녁처럼 묵직하게 고함을 친다. 저녁노을 속에서 아침처럼 팔팔하게 소리치는 취두부 장수와는 정반대다.

향기로운 기름을 살짝 친 피단두부,* 달콤과 짭짤 두 가지 맛이 있는 순두부. 모두 아침 별식이다. 다만 하나는 우리가 문가에 서서 기다려야 하고, 하나는 문밖에서 우리를 기다린다.

---

* 피단(오리알이나 달걀을 진흙·왕겨·재 반죽에 밀봉해 몇 달간 삭힌 음식)에 두부를 곁들인 중국 전통 음식.

이제 새벽은 지나간 셈이다. 등 뒤에서 그림자가 어른거리고 양치컵이 달그락거리고 욕실 배수관이 끼끽거린다. 집집마다 대문 밖에서 오토바이가 포효한다. 쌩 하는 소리와 함께 연립주택에 사는 부부가 출근하고, 또 쌩 하는 소리와 함께 연립주택에 사는 또 다른 부부가 출근한다. 헬멧과 두건이 짝지어 질풍 속을 질주한다.

포효가 잇따라 들린다. 성질을 돋우지만 사랑스러운 소리의 오케스트라. 새벽은 진짜로 다 지나가고, 기계가 온 도시를 장악한다.

다들 바쁘다.

우리의 속도는 대단히 빠르다. 우리 모두가 너무나도 바쁜 사람이다.

흰머리
소동

첫 번째 흰머리를 발견했을 때는 일요일이었다.

그날 오후 욕실에서 안경을 벗고 그날의 두 번째 세수를 하는데, 창틀을 하얗게 페인트칠한 '셀프 인테리어'가 일으킨 말썽이 문득 눈에 들어왔다.

"가위 좀! 당신도 와줘!" 나는 방을 향해 소리친다.

"아빠가 가위랑 엄마가 필요하대요!" 잉잉이 말을 전한다.

잠시 후 아내가 가위를 들고 욕실에 들어온다. "어딜 자르게?"

나는 거울 속 사람을 가리킨다. "머리카락 한 올에 페인트가 묻었네. 다행히 딱 하나야. 미안하지만 좀 잘라줘."

"거울 그만 보고. 돌아서야지. 거울 속에 들어가서 머리를 잘라줄 순 없잖아." 아내는 가위를 들고 다시 묻는다. "어디야?"

거울을 못 보니 손가락으로 대충 적당한 경위도를 가리키며 찾아보라는 수밖에 없다. 헬리콥터에서 흑해에 빠진 흰옷 입은 사람 하나를 찾는 거나 마찬가지다.

진상을 찾아낸 아내는 "암이야!" 같은 비통한 표정이나 무거운 어조가 아니라, 치치 바지가 짧아진 걸 보고 "키가 컸네!" 하듯이 웃으며 말한다. "흰머리야."

"흰 뭐라고요?" 귀가 대단히 밝은 잉잉이 기자처럼 잽싸게 달려온다. 즐거운 눈빛으로 내 머리카락을 들여다본 잉잉은 흥분하고 또 부러워한다. 마치 내 몸에서 제3의 팔이라도 돋아난 것처럼.

"치치!" 잉잉이 소리쳐 부른다.

치치와 웨이웨이가 몰려온다.

치치가 손가락 하나를 경건하게 뻗는다. 나는 허리를 살짝 틀고 고개를 수그린다. 동물원에서 호기심에 가득 차 당나귀 코를 조심스레 건드려보듯 치치가 손가락으로 그 새로 돋아난 것을 만져본다. 그러고는 고개를 끄덕이며 씩 웃는다. 이렇게 말하는 것만 같다. "멋진데."

웨이웨이, 우리 집의 꼬맹이는 자기가 관찰할 수 있게 허리를 '더' 구부리고 고개를 '더' 숙이라고 한다. 웨이웨이는 조용하다. 나는 기다린다. 웨이웨이에게 보여주느라 나는 웨이웨이를 볼 수가 없다. 조금 뒤, 웨이웨이가 내 머리를 툭 치며 감상을 말한다. "아주 예쁜데!"

흰머리 한 올에 온 식구가 즐겁게 웃는다. 그야말로 행복의 흰머리다.

흰머리를 다 본 아이들은 길거리에서 싸움 구경을 하고 난 군중처럼 떠들썩하다. 아이들이 신나게 토론하다가 뿔뿔이 흩어지자 욕실에는 아내와 나만 남는다.

정월 초하루, 사장이 또다시 승진시켜준 직원이 새해 인사를 하러 가면 사장은 친근한 미소를 머금은 채 직원을 바라본다. 눈빛은 분명 따뜻한데 한편으로는 조각품을 감정하는 감정가처럼 냉철하고 심지어 냉혹하기까지 하다. "잘했어. 또 승진했군. 운이 좋아. 자네 앞에 깔린 꽃길을 걷어차지 않으려면 어떤 노력을 해야 할지 생각해봤나? 나는 자네가 나를 속여서 나한테 잘 보인 건지 어떤지 몰라. 알고 싶어도 알 도리가 없지. 나는 재판관이 아니라네. 앞으로 자네의 성패는 자네 스스로의 행보에 달려 있네."

어릴 때, 해마다 나이를 한 살 더 먹는 그날이면 어머니도 앞서 묘사한 사장 같은 눈빛으로 나를 보곤 했다. "한 살 더 먹었구나! 네 앞길도 더 크고 더 넓어졌어. 네가 어떻게 걸어가느냐에 따라 네 앞날이 달라진단다. 나는 점점 간섭을 덜할 거야. 완전한 자유의 날이 곧 올 텐데, 준비됐니?" 어머니의 눈빛은 친절하면서도 내 간담을 서늘하게 했다.

지금은 그녀가, 내 아내가 내 앞에 서서 앞서 묘사한 어머니 같은 눈빛으로 나를 바라본다. 그렇게 다정하게, 그러나 또 그렇게 '내 일 아니라는' 눈빛으로. "'당신' 조금 더 늙었네. '당신' 앞에 새로운, 안개에 뒤덮인 미지의 세계가 다시 펼쳐졌어. '당신' 어쩔 셈이야? 잊지 마, 그건 '당신' 일이야. '당신'은 어떤 느낌이 들어? '당신'의 새로운 심정을 나한테 말해줄 수 있을까?"

나는 한순간 나약해진 것만 같다. 아내의 눈빛에 드러난 모든 '당신'이 평소처럼 '우리'로 바뀌기를 얼마나 간절히 바라는지 모른다. 그렇지만 불가능한 일이다. 사람은 모두 고독한 존재, 모두 하나의 행성이다. 지구에게 달이라는 동반자가 있긴 하지만, 지구의 문제는 지구 스스로 해결해야 한다.

흰머리 한 가닥이 마치 미래로 통하는 하얀 다리 같다. 나는 하얀 다리 위에 외로이 서 있다. 나 혼자다. 혼자 떠나는 여행과 같은 인생길에서 나는 지금 하얀 다리를 건너고 있다. 하늘이 또다시 아름다운 기회를 내려주어 또 하나의 새로운 경계로 들어서고 있다. 앞길은 멀리, 넓게 펼쳐져 있다. 하지만 나는 주저한다.

1초도 안 되는 시간에 생각한 것들을 형용할 길이 없다. 평소에 쓰는 언어로 진행된 그런 사고가 아니기 때문이다. 마음에 불이 번쩍 켜지더니 휙 지나갔다. 법력이 어마어마한 스님에게 찾아올 법한 그런 '깨달음'일 거다.

내가 깨달은 바는 이러하다 — 큰바늘이 한 바퀴를 가면 작은바늘은 한 칸을 간다. '나아감'은 '변화'를 만든다. 변화는 곧 나아간다는 증거다. 멈추지 말고 나아가라, 나아가라, 나아가라. 멈추지 말고 변화하라, 변화하라, 변화하라. 모든 것이 잘되리라. 애당초 모든 것이 잘될 터였다. '감상'에 젖어봤자 뭐 하겠나! 촌스럽게 한바탕 슬퍼하거나 스스로 격려하는 법을 배운들 뭐 하겠나! 애당초 모든 일이 잘될 텐데.

나는 깨어났다. '다시 집으로' 돌아왔다.

"저녁에 소고기 먹고 싶은데."

"내일 웨이웨이 입고 갈 유치원 앞치마 다렸나?"

"다음 일요일에 산책하러 어디로 갈까?"

"다음 달에 책 살 돈 좀 남겨줘."

"연말에……."

"내년에……."

통근 차량은 모두 평소대로 운행한다.

그러나 그렇게 간단하기만 한 상황은 아니다. 나는 '내가 알아서 잘해나갈' 수 있지만 아이들이 내 머리 위 무릉도원에 쳐들어오기 시작한다. 아이들은 자꾸만 검사하러, 숫자를 세어보러 온다. 내 머리카락은 식물원에 있는 특정한 나무처럼 '관상용'이 되었다.

"오늘 새로 났어요, 안 났어요?" 아이들은 묻고 또 묻는다.

'났고 안 났고'는 어느새 일과가 되었다.

아이들은 일주일에 한 번 쓰는 일기에 일곱 가닥도 안 되는 내 흰머리를 '백발이 성성하다'고 묘사할 날을 기다리느라 마음이 급하다.

은발의 노신사에게는 그 나름의 멋이 있지만, 아이들이 나를 너무 '일찍 늙게' 만들려는 것은 역시 탐탁지 않다. 때로는 살짝 부아가 치민다. 하지만 다시 생각해보면, 아이들이 춘하추동 사계절의 변화를 즐기는 것이 무슨 잘못이랴? 내 흰머리를 보면서 들뜬 아이들의 모습은 북쪽 지방에서 어느 겨울날 아침 창문을 열어본 아이가 신나게 소리치는 것과 다를 바 없다. "눈이다! 눈이 왔어!" 그 순간 아이는 '대자연에 가장 가까이' 다가선다. 언젠가 내가 서재에서 뭔가 쓰고 있는데 웨이웨이가 갑자기 자기 '자리'에서 뛰쳐나왔다. 웨이웨이는 내 몸을 계단 삼아 책상에 기어올라 나와 마주 보고 앉더니, 네 살 먹은 눈동자를 반짝이며 대단히 '철학적'인 말을 했다. "아빠, 우리가 크면, 아빠는 죽지. 그치?"

"그래!"

악의 없는 눈빛으로 말똥말똥 나를 바라보던 웨이웨이는 다시 내 몸을 계단 삼아 책상에서 내려가 퍽이나 비밀스러운 태도로 자기 '자리'로 돌아갔다. 나는 웨이웨이가 무슨 생각을 하는지 알 수 있었다. 그 애는 아빠가 뭐든 다 할 수 있다고 굳게 믿었다. 그렇기에 내가 자기한테 대자연의 또 다른 대변화를 보여줄 거라는 탐욕스러운 희망을 품고 있었다.

　교육의 관점에서 본다면 이런 과정은 웨이웨이에게는 너무 이르다. 굳이 지금 가르칠 필요가 없다. '나 자신의 행복' 면에서 본다면, 내가 왜 내 소중한 생명으로 웨이웨이의 호기심을 충족시켜줘야 한단 말인가? 아무리 내가 그 애를 사랑한다 해도.

반쪽
인간

결혼하기 전에 나는 '온전한 인간'이었다. 그런데 결혼하고 나자 어느새 반쪽 인간이 되어 있었다. 때때로 아내가 서재에 와서 몇 마디 의논을 한다. 때로는 내가 부엌에 가서 무언가를 상의한다. 그러다 퍼뜩 깨닫는다. 우리는 서로 '심하게' 의지하고 있음을, 이미 '극심한' 지경이 되었음을.

퇴근길에 익숙한 거리 풍경을 우연히 새로운 각도에서 만난다. 그 모습은 참으로 낯설고도 아름답다. "믿을 수 있겠어? 우리 골목이 얼마나 아름다운지 몰라." 내 입에서 이런 말이 흘러나오지만 내 곁에는 사실 아내가 없다. 나 홀로 바삐 움직이고 있다. 007 가방을 가뿐히 들고 당구를 치러 갔다가 얼른 집에 돌아와 저녁을 먹는다. 혼자 덩그러니 남은 처량한 신세라 해도 이런 느낌이 든다 — 내가 뭔가 새로운 걸 발견할 때 아내는 반드시 내 곁에 있어.

나는 무당처럼 불쑥불쑥 곁에 있는 나보다 10센티미터 작은 투명인간과 이야기를 나누곤 한다. 그러면서도 '혼잣말'이라고는 절대 인정하지 않는다.

이런 생각을 종종 한다. 우리 두 사람 가운데 누가 먼저 '너무나도 사랑스러운' 사람 곁을 떠나 달보다 더 먼 곳으로 가든지 간에, 이곳에 남은 '늦게 떠나는 사람'은 '곁에 그 사람이 있다'는 참으로 순수한 착각을 하려들겠지. 적어도 두 달은, 아니 두 달도 모자라고 석 달은 할 거라고 본다.

우리 둘 다 '떠나가는' 것은 두렵지 않다. 가면 가는 거다. 먼저 가는 사람이 그곳에 집을 구해놓으면 좋겠다. 돈이 넉넉하다면 집을 사면 좋겠다. 그리고 하늘나라 공항에서 다른 사람이 오기를 기다리면 된다. 하지만 우리를 은근히 불안하게 만드는 문제가 있다. 결혼한 뒤로 우리의 '독립 능력'이 퇴화해버렸다는 거다. 남은 사람 혼자서 '기를 쏙 빼놓는' 세 아이를 상대할 수 있을까? 이 문제만큼은 상당히 회의적이다.

하늘나라에서 인간 세상까지 뻗어 상대를 도와줄 만한 긴 팔은 누구에게도 없다. 한 사람은 '국외', 한 사람은 '국내'에 있는 셈이라 급한 일이 생겨도 서로 도울 수가 없다. 가벼이 생각할 일이 결코 아니다. 우리는 사실 '떠나가기'를 두려워한다, 심하게 두려워한다. '가는 것' 자체는 전혀 두렵지 않다. 사랑스러운 곳에서 더욱 사랑스러운 곳으로 가는 셈인데 뭐가 두려울까? '혼자서는 뭘 할 줄 모르는' 상대방이 쩔쩔맬까

봐 마음이 놓이지 않을 뿐이다.

'퇴화 문제'를 토론하며 웃을 때는 둘 다 '벅찬 행복'을 느끼며 감개 어린 목소리로 이렇게 탄식했다. "우리가 언제 이렇게 쓸모없어졌지?"

'떠나가는' 문제로 넘어가니까 토론이 심각해지며 둘 다 감정이 격해졌다. '내가 충분히 오래 살 수만 있다면 내 소중한 생명을 기꺼이 바쳐 희생하겠다'는 모순된 호기가 가슴 가득 차올랐다.

나는 본디 양말을 찾아 신을 줄 알았다. 총각 시절에는 양말이 어디 박혀 있는지 잘 알았고, 쥐구멍 속에 있다 해도 스스로 찾아서 신고 나갔다. 이제는 퇴화했다. 아내가 도와주지 않으면 아내처럼 맨발에 가죽구두를 신고 나갈 줄 알아야 하는 상황이니 심사가 좀 뒤틀린다. 그래서 나는 양말을 찾는 더 좋은 방법을 익혔다. "내 양말은?" 미안한 듯 웃으며 이렇게 말하는 거다.

입만 벌리면, 미안한 기색을 띠기만 하면, 웃는 얼굴만 보이면 양말이 나타난다. 사정이 이렇게 됐다. 지금 우리는 '가정'을 이루었기에.

나는 차를 우릴 줄 알았다, 결혼 전에는. 양철통에서 향기로운 찻잎을 한 꼬집 집어 찻잔 바닥에 한 겹 깔고, 뜨거운 물을 붓고 얼른 찻잔 뚜껑을 덮고 5분쯤 기다리면 '글쓰기용 차'

우리기 성공. '외로운 총각의 차' 한 잔쯤이야 손쉽게 만들어 냈다.

지금 내가 마시는 '가장의 차'나 '아빠의 차'는 완전히 다른 식으로 만들어진다. 이런 차는 찻잎도 끓는 물도 필요 없다. 그냥 서재에 앉아 기다리면 된다. 기다리기만 하면 내가 마실 차가 나온다. 이건 결혼하고 나서 발견한 '7대 불가사의' 가운데 하나이자 당나라 육우陸羽가 『다경茶經』*에 빼먹고 안 쓴 차 제조법이다 — 기다려라!

예전에 나는 세상 어떤 물건도 다 샀다. 지금은 한 가지도 못 산다. 한번은 아내가 출근 복장으로 부엌에서 요리를 하고 있었다. 불 조절 문제 때문에 몸을 뺄 수 없었던 아내는 어쩔 수 없이 몹시 불안한 눈초리로 넌지시 나를 살피며 집에 파가 없다는 사실을 암시했다.

당연히 나만 알아차릴 수 있는 암시였다. '재료들'은 도마에 잘 다듬어놓았는데 늘 파를 놔두는 곳이 비어 있다. 장바구니를 뒤적이던 아내가 고개를 갸웃거리며 장 본 과정을 '역추적'해보는데, 얼굴에 '망했다'는 표정이 떠오른다. 아내는 이마를 찌푸리며 파를 안 넣어도 될지 생각해본다. 그리고

---

* 다선茶仙·다성茶聖·다신茶神으로 추앙받는 육우가 쓴 차 전문서. 차에 대한 내용을 집대성하고 다도를 체계적으로 정립한 차 경전으로 꼽힌다.

'아무래도 넣어야 되겠어'라는 기색으로 나를 힐끗 보다가 얼른 눈을 돌린다. 아내는 '저이를 보내도 될까?' 하는 문제를 고려하고 있다. 이 모든 과정이 바로 내가 말한 '암시'다.

이런 과정을 스크린에서 연기하려면 1분 30초가 걸리지만, 현실에서는 1초 반이면 된다. 스크린 속에서 이 순간은 대화도 음악도 없이 쥐 죽은 듯 고요하다. 모든 소리가 사라진 가운데 재잘대는 것은 냄비 속 기름과 채소뿐이다.

"내가 갈게!" 내가 말한다. 무대에서 "소장이 있지 않사옵니까!" 하고 외치는 듯한 비장한 태도다. 나는 '권토중래'의 마음으로 겉옷을 걸치고, 마침내 내 '비상금'을 바칠 기회가 왔다고 기뻐하며 총알같이 대문을 나선다.

나는 대파 몇 뿌리와 함께 돌아온다. 그런데 이어지는 상황에 그만 기가 팍 죽고 만다. 아내 입에서 나온 말 때문이다.

"제대로 샀네. 파 맞네, 부추 아니고."

"길에서 천천히 다녔어? 길가로 다녔지?"

"피곤하지? 얼른 가서 쉬어."

"이번만이야. 다음엔 빼먹지 말아야지. 이제 신경 쓸 일 없을 거야."

이는 일종의 정중한 무시다. 내가 진즉에 물건도 살 줄 모르게 됐음을 깨달았어야 했다. 이제 내가 내세울 만한 가치는 딱 하나뿐이다. 헌책 값만큼은 내가 아내보다 훨씬 더 잘 안다는 것. 내게 남은 전문성은 이 정도뿐이다. 헌책 말고는 모든 것이 아내의 '세력권'으로 들어갔다.

우리 집에는 상당히 효율적인 '관리 체계'가 있다. 나는 이 관리 체계의 관리 대상이자 책임자다.

나는 관리 대상이기 때문에 내 옷이 어디 있는지, 언제 밥을 먹는지, 언제 샤워해야 하는지는 알 필요가 없다. 내 생활은 매우 규칙적이지만 내가 어떻게 이렇게 해내는 것인지는 알 필요 없다. 여기에는 다윈의 학설이 유용하겠다. 이는 일종의 '진화'로, 그냥 자연스러운 거다. 나는 적응했다, 고로 나는 존재한다, 비록 '모든 것이 퇴화한' 존재로 진화했다 할지라도.

나는 또한 관리 체계의 책임자이기 때문에 '어떤 답도 정답'인 '선택 문제'를 날마다 수없이 풀어야 한다. 예를 들면 다음과 같은 문제다.

"찹쌀이 있는데 뭐 좀 만들어 먹어야겠어. 단거 먹을까, 짠거 먹을까?"

내가 답한다. "단거."

아내가 말한다. "웅!"

내가 다른 답을 내놓는다. "짠 거."

아내는 똑같이 말한다. "웅!"

'다른' 예도 들어보겠다. "일요일에 애들 데리고 나갈래?"

내가 답한다. "그럴게."

아내가 말한다. "응!"

내가 다른 답을 내놓는다. "바쁜데,"

아내는 똑같이 말한다. "응!"

나는 미국 대통령 닉슨처럼 '시비를 따지는' 무시무시한 문제를 잔뜩 풀 필요가 없다. 그저 선택만 하면 되고, 어떤 답을 골라도 정답이다.

아이들은 나날이 커간다. 아이들은 이미 '엄빠'라는 호칭으로 우리를 부른다.

"일요일에 선생님 댁에 가야 되는데요. 엄빠, 가도 돼요?"

"엄빠가 맨날 절약해야 한다면서요? 그래서 자선냄비에 5 '위안'밖에 안 냈어요."

아이들 눈에는 우리 둘 다 '온전한 사람'이 아니다. 한번은 어떤 일에 비준을 받기를 기다리던 치치가 잉잉에게 이런 담화를 발표했다. "아빠한테 먼저 물어보면 아빠는 꼭 엄마한테 물어봐. 엄마한테 먼저 물어보면 엄마는 꼭 아빠한테 물어봐. 그러니까 그냥 엄빠가 같이 있을 때 한번에 물어보는 게 제일이야."

치치 말이 옳다. 사실이 그러니까.

건물

조용하던 이 골목은 이제 그렇게 조용하지 않다. 깨끗하던 이 골목은 이제 그렇게 깨끗하지 않다.

맑은 날에 이 골목은 전쟁영화 촬영장 같다. 하늘은 먼지로 뿌옇고 곳곳에 사람 흔적이다. 비 오는 날에 골목길은 온통 진흙탕이다. 신발은 검은 진흙에 겹겹이 싸인 오리알이 되고 만다. '커다란 쇠공을 매단' 공사 차량이 날마다 드나들고, 돌과 시멘트와 함께 기세등등하게 모터가 돌아간다. 철근에 벽돌에 목재에, 온갖 자재를 운반하는 차량이 도로를 봉쇄한다.

날마다 각양각색 '건축 인물'도 만난다. 먼지 속에서도 먼지 한 톨 묻지 않은 말끔한 건축사는 매우 신중해 보인다. 자신이 설계한 건축물과 상당한 거리를 유지하며 냉정하게 살펴보더니, '급한 회의라도 있는 양' 총총히 자리를 뜬다. 공사 감독은 손에 든 설계도를 '교편' 삼아 이것저것 지시를 내리

는데, 얼굴에 '이 집은 내가 지었다'는 기색이 역력하다. 그 모습을 보며 사람들은 그가 '모두를 불편하게 해서' 미안해하는 마음도 조금은 가져야 한다는 생각이 든다.

현장을 지키는 남자는 맏아들처럼 의젓해 보인다. 험상궂은 얼굴로 몽둥이를 들고 다니는 스타일이 아니다. '얼굴이 벌겋지도 목이 굵지도 않은' 그는 다다미 한 장짜리 좁은 가건물에 한가로이 앉아서 큼지막한 법랑 그릇과 대나무 젓가락으로 밥을 먹으며 스스로 위엄을 세운다. 아이들도 그의 가슴속 성채가 중국의 옛 수도 낙양이나 장안처럼 매우 견고하다는 사실을, '이상한 나라의 앨리스' 같지 않다는 사실을 아는 듯하다. 그래서 아이들은 함부로 모래산을 파헤치거나 벽돌 더미를 무너뜨리거나 철근을 뽑지 못한다. 그의 얼굴이 '위험, 관계자 외 출입 엄금' 팻말을 대신한다. 밤이면 그는 나무판자로 된 좁은 공간에서 라디오를 손에 들고 음악을 듣는

데, 시끄러울까봐 아주 작게 틀어놓는다. 낯선 동네에 와서 홀로 밤을 지내지만 소음 문제를 일으키지 않도록 주의한다. 그래서 주민들은 그와 이야기 나눈 적 없더라도 다들 그를 좋게 생각한다. 가건물의 나지막한 문 바깥에서 공사장을 비추는 강한 조명은 '지혜의 등대'처럼 따사로운 느낌이다.

건물주들도 그들이 평생을 힘들게 일해 얻은 마지막 보수를 보러 종종 찾아온다. '이토록 깊은 구덩이가 나를 위해 파지고, 이토록 높은 비계가 나를 위해 세워졌어. 이토록 많은 벽돌과 모래도 다 나를 위한 거야. 이 모든 게 결국 다 내 거

라고.' 자신의 집이 될 건물을 보면서 기쁨을 감추지 못하는 그들은 펄 벅의 소설 『대지』에서 자신들의 땅을 보며 기뻐하는 왕룽과 아란 같다. '낟알' 하나하나가 쌓여 이루어진 성공이기에, 현대의 관념으로는 아직 중년인 60대 부부는 유난히 감개무량한 표정이다 — 역시 절약이 답이었어, 앞으로 더더욱 절약하자!

건설 노동자는 요 몇 년 사이에 고소득자가 되었다. 그래도 그들이 일하러 오는 곳에는 선원과도 비슷한 은은한 애수가 딸려온다. 그들이 흥얼거리는 유행가는 사랑 노래지만 드러나는 마음은 향수다. 대울타리를 둘러친 작은 초가집을 떠난 그들은 대도시에 와서 다른 이들을 위해 높은 개미집을 짓는다. 날이 저물면 일손을 놓고 높은 곳에 서서 수만 개의 반짝이는 입방체로 이루어진 도시의 야경을 바라본다. 고향 집이 떠오르겠지. 개울가에서 쪼그리고 빨래를 하는, 자신의 아내가 된 '아란'이 떠오르겠지.

그들은 가슴에 품은 낭만을 노래로 표현한다. 그러나 그들의 낭만을 불러일으킨 번화한 도시에 사는 사람들은 불안하고 초조하다. 노동자들이 부르는 '유랑'과 '방황'과 '하늘 끝 바다 끝'에 관한 노래는 '도시민 청중'의 마음을 어지럽힌다. "지긋지긋한 도시살이, 미쳐버리겠어!" 도시민 청중은 이렇게 원망하며 귀를 틀어막는다.

이것이 바로 도시의 특징이다 — 도시는 그 누구의 고향도 될 수 없다, 영원히!

어느 날 누군가가 투자해서 연립주택 한 동을 지은 뒤로, 이 골목은 바야흐로 '건축의 계절'에 들어섰다. 첫해 섣달그믐에 흙먼지 속에서 제야 음식을 먹으면서 생각했다. '내년 이맘때는 좋아지겠지. 건물이 다 지어지면 골목길도 깨끗해지고 예전처럼 조용하고 아름다운 정취를 되찾을 거야!'

이듬해 섣달그믐, 여전히 흙먼지 속에서 제야 음식을 먹었다. 두 집에서 개축과 신축을 진행했기 때문이다. 3년째에 또 두 집에서 공사를 하고, 4년째에 또 두 집에서 공사를 했다. 지금은 먼지 속에서 지내는 것이 일상이 되었다. 어수선한 것이 어수선하게 느껴지지 않고 어느새 생활의 리듬이 되었다.

건물 하나가 다 지어지면 간절히 바란다. "이제 끝이겠지. 다 같이 빗자루 들고 나와 골목을 깨끗이 쓸자. 먼지가 겹겹이 쌓인 꽃밭도 정리하면 꽃이 필 거야. 골목길 나무들도 다 목욕시켜줘야. 먼지 속에서 사는 것도 오늘로 끝이야."

그런데 그게 아니다. 짓고, 또 짓고, 계속 짓는다. 조용하고 아름다운 골목길이 돌아올 거라고? 골목에는 이미 나무가 거의 없다. 꽃도 어쩌다 한두 송이 눈에 띄는데 얼굴엔 때가 가득, 머리엔 먼지가 가득이다. 그들은 말라붙은 연못에 마지막

남은 몇 마리 물고기다. 먼지가 되어 바람에 흩날려 사라지는 것이 그들의 운명이다.

조용하고 아름다운 골목이 돌아온다고? 그러나 골목 바깥에서 들어오는 '이주민'이 해마다 늘어난다. 이제는 머리 위에도 사람이 산다. 2~3년 전만 해도 어떤 남자가 가발을 쓴다는 사실은 사사로운 비밀이었다. 이제는 감출 수 없는 일이 되었다. 2~3년 전만 해도 거실에서 뭘 입고 지내든 초인종을 눌러 들어가보지 않고서는 알 수가 없었다. 지금은 자기 집 거실에서도 옷을 갖춰 입는다. '높은 건물 사람들' 눈에 보이기 때문이다.

집집마다 사방에 구름 속으로 높이 솟은 커다란 관중석이 있다. 아이와 마당을 몇 바퀴 뛰려 해도 운동복으로 갈아입어야 할 판이다.

고요? '예전'에나 있던 거다. 지

금은 고요는커녕 '관람을 피할' 자유마저 잃었다.

세 살 적에 웨이웨이는 비계 위와 건물 꼭대기에서 바삐 일하는 사람들 구경하기를 가장 좋아했다. 그들은 웨이웨이의 '하늘사람'이었다. '공중개미'에게 흥미를 잃은 웨이웨이는 이제 뒤뜰로 옮겨가서 높은 건물을 올려다본다. "저것 봐!" 웨이웨이가 말한다. "사람이 다른 사람 머리 위에서 밥을 해, 그 위에서 또 다른 사람이 밥을 해, 세 사람이 '다른 세 사람' 위에서 밥을 해!"

2층 주부가 만두를 찐다. 그녀의 머리 위에서 가정부가 채소를 볶고, 가정부 머리 위에서 또 다른 주부가 달걀을 깨서 탕을 끓인다. 집에 냄새가 밸까봐 4층 건물의 가스 불은 모두 뒤쪽 공간에 설치되어 있다. '사람 위에 사람'이 일직선으로 이어지며 한 폭의 집안일 풍속화를 이룬다.

3년 전만 해도 우리 동네 새벽 공기는 그런대로 신선했다. 거실 방충문을 열고 신문 배달부가 던진 종이 표창을 주우러 나가서 숨을 깊이 들이마시면 가슴속까지 상쾌해졌다. 지금은 새벽에 뜰에 나가면 '이산화탄소' 냄새가 난다. '하늘사람'이 필요 없어 내뱉은 거다. 3년 전만 해도 뜰 한편에 푸르른 양배추가 자랐지만 이웃이 집을 수리하면서 '시멘트탕'을 흘려보내는 바람에 다 죽었다. 힘들여 심은 수많은 꽃도 먼지에 겹겹이 파묻혀버렸다.

머리 위에서 누군가 기침하고, 머리 위에서 누군가 양치하고, 머리 위에서 누군가 다툰다.

전에는 앞뜰에서 고개를 들면 쪽빛 하늘이 펼쳐졌다. 하얀 구름이 지나가고 새도 날아갔다. 지금은 고개를 들면 온통 칙칙한 고층 건물이다. 하늘이라, 쬐금 남긴 했다. 하늘에 넘실대던 파란 호수는 말라붙어버렸다.

3차원 공간 도처에 눈이 있음을 느낀다. 다들 선한 눈이다. 나를 방해하려는 눈은 아무도 없다, 내가 그들을 방해하고 싶지 않듯이. 서로의 눈이 '서로서로 길을 양보'한다. 그러다보니 내 코끝 말고는 '눈 둘 곳'이 없다.

전후좌우에 이미 고층 건물 10여 동이 들어섰다. '꽃도 나무도 없는' 세상이 맹렬히 건설되고 있다. 머지않아 이곳은 시멘트와 유리와 금속으로 이루어진 새로운 세상이 되리라. 모두 공중에서 잠을 자고 공중에서 움직이고 공중에서 출근하고 공중에서 사업 논의를 하고 공중에서 회의하게 되겠지. 골목에는 산책하는 노부부도, 잠옷 바람으로 개를 데리고 나온 사람도, 취두부 파는 사람도 없겠지. "다녀오겠습니다!" 아이들이 학교 가면서 외치는 소리도, '철컥' 대문 따는 소리도 들리지 않겠지. 진달래도, 일일초도, 포인세티아도, 종려나무도 보이지 않겠지. 양쪽에 늘어선 고층 건물 사이에서 이 골목은 햇빛이 들지 않는 깊은 고랑이 되겠지. '차량 행렬'만 흘러오고 흘러가겠지…….

잘 가, 조용한 골목!

건물이 왔거든!

4부

쓸쓸한 공

쓸쓸한 공

웨이웨이 말에 따르자면 두 언니는 '구세대'나 다름없다. 터울이 가까운 작은언니도 자기보다 2190일 이상을 앞선 사람이다. 큰언니는 거의 팽조彭祖*급이다. 2920여 일이나 먼저 태어났으니! 웨이웨이가 쓸쓸해하는 것도 당연하다.

웨이웨이는 늘 혼자 창턱에 앉아 '뽀뽀하는' 자석 강아지 네 마리하고 놀고 있다. 얼마나 집중했는지 소리조차 없다. 이따금 내가 옆을 지나가면 웨이웨이는 고개를 쳐들고 예의 바르게 웃어 보인다. "나 애들이랑 놀고 있어요."

"재미있어?" 나도 다른 일로 바쁘지만, 작은 역에 어쩔 수 없이 정차한 디젤 특급열차마냥 멈춰 서서 막내와 안부를 나눈다.

"재미없어." 웨이웨이가 솔직히 말한다. "아빠 지금 시간

---

* 상商나라 말기에 이미 760세였다는 전설상의 도인.

있어?"

"없어." 나는 급히 해야 할 일이 있다는 얼굴로 대답한다.

"그럼 안녕." 막내는 또 고개를 숙이고 뽀뽀하는 강아지들을 데리고 논다. 남북으로 기다랗게 장사진을 치고, 흐트러뜨리고, 이번에는 동서로 장사진을 쳤다가 흐트러뜨리고, 다시 남북으로……

아내와 나는 잉잉과 치치를 우리와 '함께 자라는' 동반자라고 느낀다. 넷이 함께 인생의 여러 일을 겪어오고 헤쳐가고 있다고. 넷이서 이런저런 옛일과 앞으로의 일을 이야기할 때면 분위기가 뜨겁게 달아오른다. 이런 상황은 웨이웨이에게 위협처럼 다가온다. 웨이웨이는 자기가 '낄 자리가 없다'는 느낌을 받는다. 그래서 웨이웨이는 어려서부터 한 가지 진리를 깨달았다 — 공격이 곧 '존재'다.

국제연합에서 약소국의 대표는 신랄하고 모진 발언을 끊임없이 할 수밖에 없다. '막무가내'로 '어거지'를 부리는 기술을 대거 운용해야 한다. 그래야 강대국에서도 '상대'를 해준다. 사람들이 자기를 '상대'하게 만들려다보니 웨이웨이도 이런 '공격 성향'을 갖게 됐다.

웨이웨이가 혼자 조용히 있으면 다들 이렇게 생각한다. '너무나도 정상이야. 너무나도 안정적이야. 너무나도 질서 있어!' 다들 얼마나 좋아하고 다행스러워하는지 모른다. 웨이웨이는 참 착한 아이라면서. 소리도 냄새도 없는, '존재하지 않는' 듯한 착한 아이. 다들 웨이웨이에게 너무 일찍부터 이런 기대를 한다 — 아무도 귀찮게 하지 마라.

그러나 웨이웨이도 '사람'이다. 의자나 전등이 결코 아니다. 웨이웨이에게도 남들의 관심이 필요하다. 다들 그 애와 접촉하지 않는 것이 가장 유지할 만한 관계라고 여긴다면 웨이웨이가 어찌 견딜 수 있을까! 당연히 공격적이 될 수밖에 없다.

웨이웨이는 내가 원고 쓰느라 몰두해 있을 때 느닷없이 쳐들어온다.

"종이 두 장만!"

"엄마한테 달라고 해."

"싫어, 아빠가 줘!"

"아빠 바쁜 거 안 보이니?"

"종이 두 장!"

"거실에 나가 놀지 그러니?"

"종이 두 장!"

"대체 뭐 하게?"

"종이 두 장!"

나는 어쩔 수 없이 서랍을 열고 종이 두 장을 꺼내 대단히 짜증스럽게 웨이웨이에게 건넨다. "자, 이제 네 책상에 가서 그림 그려."

"싫어, 여기서 그릴 거야."

나는 뚜껑이 열리고 만다.

"그래, 여기서 그려라. 내가 네 책상에 가서 일할게."

"아빠 가는 데 따라갈 거야."

"아빠 화낸다." 내가 경고한다.

"그럼 나랑 놀아!"

"지금 너하고 놀 틈이 어디 있어?"

"그럼 여기서 그림 그릴래."

부녀간 감정이 악화 일로를 걸을 때, 엄마가 나타나 중재한다. 엄마는 이 '쓸쓸한 공'을 넘겨받아 부엌에 놔둔다, 겨우겨우. 엄마는 지금 '요리 로봇'이 되어 있으니까. 조금 뒤에 그 로봇이 소리를 빽 지른다. "다듬기도 전에 생선을 냄비에 넣으면 어떡해? 저리 비켜, 얼른!"

얼마 뒤에 로봇이 또 소리를 지른다. "가만 놔둬, 두부잖아. 맙소사, 이게 뭐니? 두부가 엉망이 됐잖아!"

벽 너머에서 의자 미는 소리가 들려온다. 잉잉이 일어나 부엌에 가서 쓸쓸한 공을 넘겨받는다. 잉잉이 유치원 선생님처럼 말한다. "착하지, 잉잉한테 와, 여기서 잉잉 공부하는 거 보자." 웨이웨이가 큰언니를 늘 잉잉이라고 부르는 바람에 큰언니도 자기를 잉잉이라고 한다. 하지만 쓸쓸한 공을 책상 옆에 놔둔 건 잉잉의 크나큰 실수다.

"잉잉!"

"응."

"잉잉! 나 어젯밤에 꿈꿨어."

"응."

"꿈에서 어디 갔게?"

"응."

"알아맞혀봐."

"응."

"꿈에서 종이 한 장을 봤는데."

"응."

"잉잉."

"응."

한편으로는 교과서를 보면서 한편으로는 계속 응, 응, 대답을 해준다. 학습적인 관점에서 볼 때 잉잉이 한눈을 팔고 있으니 나는 아무래도 불안하다. '관심을 받지 못한다'는 사실을 알아차린 웨이웨이도 잉잉이 한눈을 파니까 좀 화가 난다.

벽 너머에서 불길한 정적이 흐른다.

"웨이웨이!" 잉잉이 책상을 쾅 치며 소리를 지른다.

"무슨 일이니?" 나는 경보벨처럼 신속히 반응한다.

"얘가 얘가 얘가, 내 공책을 다 망쳐놨어요!" 잉잉이 비통한 목소리로 대답한다.

나는 경찰차 출동하듯 부랴부랴 잉잉 방으로 간다. 책상에 잉크가 흘러 웅덩이가 생겨났다. 잉잉은 눈물이 그렁그렁하다. 웨이웨이는 사고를 치고 난 서부의 총잡이처럼 '순수하게 방어'하는 표정으로 차분히 나를 바라본다.

집안의 관례에 따라 나는 웨이웨이를 거실로 데려가 '조용히 앉아 반성'하게 한다. 하지만 요새 웨이웨이는 '조용히 앉아 반성'하는 일에 이미 반감이 생겨서 그걸 가장 큰 모욕으로 여긴다. 내가 자리를 뜨면 웨이웨이는 곧바로 돌아다니며 놀지 전혀 반성하지 않는다. 나도 너무 세게 나가지는 않는다. 그 애가 한 모든 '잘못'은 사실 '아빠의 잘못'이니까.

과연 얼마 뒤, 의탁할 데가 없어진 막내는 대담하게 호랑이 굴로 들어간다. 바로 작은언니 방이다. 외로움이 극에 달하면

원수라도 찾아가 장기를 두자고 하는 법이다.

치치가 정한 '규칙'에 따라 웨이웨이는 치치를 '치치'라고 부를 수 없다. 여섯 살에 '막내'의 권리를 잃은 치치는 4년간 탈환을 도모해왔다. 지금 우리 집은 막내가 둘 있는 상황이다. 하나는 큰 막내, 하나는 작은 막내. 작은 막내는 반드시 큰 막내를 '작은언니'라고 불러야 한다. '치치'는 안 될 말이다.

"작은언니!" 웨이웨이가 사무실 문 앞에서 보고하듯 조심스럽게 부르는 소리가 들린다.

"왜?" 작은언니 목소리는 이미 '우세'를 점한 투다.

"들어가도 돼?" 웨이웨이가 조심스레 탐색 해본다.

"들어오려면 들어오면 되지. 내가 무슨 고양이냐."

'작은 생쥐'는 작은언니가 열심히 공부하는 방으로 살그머니 발을 들인다.

"작은언니, 내 말 좀 들어봐!" 용기를 얻은 생쥐가 고양이 옆에 붙어 서서 말한다. "나 어제 꿈에서 종이 한 장을 봤거든."

"재미없어."

"언니랑 안 놀아." 웨이웨이는 좌절감을 맛본다.

"나야 좋지."

"아빠한테 가서 이를 거야, 언니가 나 괴롭혔다고."

"야, 거기 서!"

다급한 발소리와 함께 웨이웨이가 호랑이굴에서 도망쳐 나온다. 이게 그 유명한 웨이웨이의 '삼십육계 줄행랑'이다. '조용히 앉아 반성'과 맞먹는 유명세랄까.

웨이웨이는 누군가와 함께하는 것이 가장 필요한 나이에 하필 집안의 대건설 시대를 맞고 말았다. 다들 온 힘을 다해야 하는 처지라 한눈팔 겨를이 없다. 웨이웨이에게 이는 유년 시절의 '빙하기'가 아닐 수 없다. '책 더미에 파묻혀 코끝과 펜 끝만 보이는 아빠' '팔이 여덟 개라도 모자랄 만큼 바쁜 엄마' '단어 외우느라 여념이 없는 잉잉' '대꾸도 없이 쉬지 않고 뭔가 쓰는 작은언니', 그리고 자기. 웨이웨이의 '집'은 이렇다. 웨이웨이는 이 상황을 깨뜨려보려고 애쓰고, 그러다보니 날마다 작은 '충돌'이 일어난다.

역시 웨이웨이가 옳다. 천국에서 온 지 얼마 안 된 웨이웨이는 아담과 이브가 살던 에덴동산이 우리 집처럼 긴장된 분위기가 아니라는 걸 알고 있다.

어차피 '훔칠' 거라면, '최초의 부부'는 왜 하필 지혜의 열매인 선악과를 훔쳤을까? '시간의 열매'를 훔치는 게 더 좋지 않았을까? 아마 웨이웨이도 이 '돌이킬 수 없는 지난 일'에 항의하는 것이리라.

여름방학
단상

"말아, 기운 내! 며칠만 더 달리면 매미 마을이야, 연꽃 연못이야!"

'다그닥다그닥' 소리에서 경쾌함이 사라진 지 오래다. 말발굽 소리는 이미 힘이 다한 행진곡이다. 시골길을 달리는 말발굽 소리는 목화솜 위를 달리는 쇠붙이 소리에서 목화솜 위를 달리는 목화솜 소리가 된다. 명마, 준마, 천리마의 말발굽 박자가 점점 느려진다. 졸린 야경꾼이 두드리는 딱따기 소리처럼, 비 그친 뒤 뙤약볕 아래 떨어지는 낙숫물 소리처럼 어떤 소리도 마지막 소리가 될 수 있다. 모든 말이 지쳤다. 우리 집 모든 말이 다 지쳤다. 우리 집 모든 사람이 다 지쳤다.

학기가 끝나갈 무렵이면 질주하던 말들이 느려진다. 다들 하루빨리 방학이 오기만을 목이 빠져라 기다린다. 다들 쉬고 싶다. 더는 이렇게 살고 싶지 않다.

고문에 나오는 연꽃 연못이 다들 그립다. 고시를 즐겨 읽는 사람이라면 연꽃 연못 그림 몇 폭쯤은 슥슥 그려내리라. 『코란』을 낭송하는 이슬람의 이맘처럼 연꽃 연못을 술술 묘사해내리라. '가장 영광스러운 걸작 문집'의 '구절마다 출처가 달린' 고문 속 연꽃 연못이여, 우리는 네가 그립다! 우리는 이미 지쳤다. 창작할 기운이 없다. 고문에 나오는 연꽃 연못이라도 좋다. "푸르른 연잎 가운데 피어난 쓸쓸한 연꽃涼荷高葉碧田田"*, 학식으로 창작을 대신하자. 우리는 연꽃 연못이 미치도록 그립다. 매미 소리 또한 너무나도 그립다. '음파로 최면을 거는' 매미의 특기가 그립고, 그런 음파를 만들어내는 매미의 능력이 부럽다. 매미는 조그만 나일론 가운을 입은 법사다. 매미의 그 유명한 날개는 '얇고 가벼운' 것을 상징하는 고전적 은유가 되어 있다. 냉방 시설이 없던 먼 옛날에는 마땅히 '매미 날개'를 입고 여름을 나야만 여름을 제대로 누렸다 했겠지!

한 학기가 어찌나 긴지, 다들 나가떨어지겠다.

우리를 가장 불안하게 하는 것은 스노다. 스노의 하얀 두루마기는 한 학기 내내 '물에 닿지 않았다.' 스노를 '하얀 스피츠'라 부를라치면 다들 속으로 몹시 부끄러웠다. '하얀 개가 누레지기' 전에 급히 목욕을 시켜야 할 텐데, 안 그랬다간 웨

---

* 남송 시인 진조陳造의 『초여름早夏』의 한 구절.

이웨이 말처럼 될 테니까. "스노는 벌써 까매졌지롱!"

피곤한 아빠와 피곤한 엄마 때문에 웨이웨이가 유치원에 '끌려다닌' 지도 어느새 한 학기다. 웨이웨이는 노련한 무임승차객이 되었다. 유치원 앞치마가 웨이웨이의 승차권이다. 웨이웨이가 가장 좋아하는 '좌석'은 버스 차장 언니의 '칸막이 자리'다. 웨이웨이는 버스에 오르자마자 칸막이 자리로 비집고 들어가 두 손으로 철기둥을 꼭 잡으며 옆에 있는 거인 언니를 올려다본다. 거인 언니는 웨이웨이를 내려다보며 웃어준다. '허가'를 얻어 의기양양해진 난쟁이는 버스 안에 '단단히 끼여 있는 아빠'에게 눈짓으로 신호를 보낸다. "나 여기 얌전히 있을게." 그러고는 마음 푹 놓고 버스 승객이 된다.

유치원 앞 정거장에 버스가 서면 나는 얼른 내릴 준비를 하고 웨이웨이도 칸막이 자리에서 나온다. 나는 역기 들듯 웨이웨이를 번쩍 안아 내려준다. 웨이웨이는 능숙하게 두 발을 구르며 폴짝 뛴다. 부녀가 평안히 착지하자 버스가 커다란 바퀴를 굴리며 모퉁이를 돌아 사라진다. 나는 가로수 아래서 허리를 수그려 웨이웨이 옷을 잘 매만져준다. 웨이웨이도 손을 뻗어 쭈글쭈글해진 내 '재킷 스타일' 알로하셔츠를 펴준다. 그러고는 손에 손을 잡고 큰길을 건너 웨이웨이를 '원'에 들여보낸다.

웨이웨이는 이렇게 바삐 다니는 데에 이미 익숙해졌다. 이런 분주함 속에서 커가며 버스에 끼겨 다니는 웨이웨이의 표정에는 의연함이 깃든다. 웨이웨이는 이런 등원을 '당연하게' 여기는 아이다. 유치원에 간 첫날부터 웨이웨이는 집에 오자마자 '못마땅한' 기색으로 '유치원에서 오늘 친구 세 명이 울었다'고 보고했다.

"바닷가 또 언제 가?" 웨이웨이가 자꾸만 묻는다. 웨이웨이는 벌써 여름이 왔다고 여긴다.

잉잉은 공부 부담에 짓눌려 이미 '허리가 부러질' 지경이다. 집에 와서 저녁밥을 먹고 나면 바로 엄마한테 고속 온수기를 틀어달라고 해서 부리나케 씻고 나온다. 그러고는 작은 칠판에 "공부해야 되니까 오늘 저녁 몇 시 몇 분에 꼭 깨워주세요"라고 써놓고 방에 들어가 이불을 뒤집어쓰고 잔다. 밤새 우는 게 특기인 아빠가 칠판에 쓰여 있는 시간, 즉 '야밤삼경'에 잉잉을 깨운다. 잉잉은 연거푸 하품을 하고 몽롱하게 웃으며 고맙다고 한다. 그러고는 나가서 따뜻한 우유와 빵을 챙긴다.

"오늘 공부할 거 많아?"

"네."

"집에 와서 바로 하면 안 돼?"

"안 돼요. 시험이에요. 근데 너무 피곤해서 다 못 했어요. 한숨 자고 나니까 훨씬 나아요."

이 얼마나 비정상적인 생활인가. 사실 잉잉도 '정상적'으로 해봤다. 정상적인 방식대로 억지로 공부하자 잉잉은 '책상에 엎드려 자는' 불쌍한 학생이 되었다. 그리고 그 결과, 서재로 가져와 '비밀 서명'을 해달라는 '미안한' 시험지가 갈수록 늘었다.

잉잉은 '굴복하지 않기'로, 자기가 '그런 바보'라는 걸 인정하지 않기로 했다. 분발한 잉잉은 '야학'을 하기로 했다. 잠이 문제라면 잠을 새로운 방법으로 '처리'하기로 한 것이다. 나는 잉잉의 이런 고심을 이해했다. 아직 내가 잉잉을 보살펴줄 수 있는 지금, 잉잉 스스로 극복할 계획을 세우는데 막을 이유가 없었다.

'올빼미' 생활을 하면서 잉잉은 이웃의 숱한 비밀을 알게 됐다. 맞은편 연립주택에 사는 대학생의 창문 가운데 어느 창문이 새벽 2시에 '잠들고' 어느 창문이 3시에 '잠드는지' 잉잉은 다 알았다. 불빛은 사람의 생활을 말해준다.

공부하느라 '텔레비전 세상'을 잃고 말았지만 잉잉은 '야학 세상'을 찾아냈다. 지금 잉잉이 텔레비전을 보는 것은 숙제 때문이다. 선생님이 '텔레비전 속'에서나 찾을 수 있는 작문 주제를 내면 어쩔 수 없이 텔레비전을 켜고 자료를 수집한다. 잉잉은 이 커다란 상자와 갈수록 서먹해지는 대신, 밤늦게까지 빛나는 주변 창문 10여 개와 점점 더 친밀해진다.

치치에게는 자기만의 공부법이 있다. 치치는 잠을 '두 토막' 내는 잉잉의 생활 방식에 전혀 찬성하지 않는다.

"그건 아예 불가능해!" 치치가 비평한다. "집에 와서 바로 공부하고, 다 해놓고 바로 자고, 그게 좋지 않아? 왜 먼저 자고 다시 일어나서 공부하지?" 그렇지만 '다 하고 잔다'는 치치의 철학에 차츰 문제가 생긴다. 밤 11시까지 수학 공부를 하고 있을 때가 많아진다. 중요한 시험 전날, 치치는 어쩔 수 없이 칠판에 메모를 남긴다. 방심하지 않으려고 특별히 서재에 와서 '등기'까지 한다. "진짜 졸려요." 치치가 말한다. "깨워주는 거 절대로 잊지 마세요. 그랬다간 내일 시험 망해요. 그럼 몇 점 맞든 서명해줘야 돼요. 내 잘못 아니에요!"

그날은 치치의 창문도 한밤중까지 불빛이 환하다.

아내와 나 모두 당직 간호사가 된다. 한 사람은 새벽빛 속에서 자러 가고, 한 사람은 새벽바람 속에서 깨어난다. 각자 맡은 임무가 있다. 우리는 시험이 빨리 끝나기만을 간절히 바란다. 시험이 끝나기 전에 우리가 끝장날 것 같다. 새벽닭이 우는 가운데 '교대'하던 우리는 참지 못하고 웃음을 터뜨리곤 한다. '완전히 지쳐버린' 우리를 보며 웃고, 마침내 온 식구가 모든 걸 젖혀놓고 푹 자고 일어나보니 립 반 윙클처럼 20년이 지나 1990년일 거라며 웃는다. 다들 머리가 하얗게 세어 있고, 자면서도 한바탕 '공부 흑사병'을 겪었을 거라며.

다행히 여름방학이 혹 왔다. '시험'은 자연스럽게 지나갔다. 성적이 좋든 나쁘든 근심걱정이 한순간에 사라졌다. 연꽃 연못, 있다. 매미 소리, 있다. 웨이웨이의 바다, 역시 있을 것이다. 우리는 고비를 넘겼다. 그리고 '여름방학'에 들어섰다.

모든 말이 쉴 수 있다. 아이들은 다시 아이들처럼 되었다. 날마다 '돈'과 '시간'을 듬뿍 쓰며 먹고 자고, 굶주린 늑대처럼 텔레비전을 보고, 온종일 '우량아동도서'를 들고 있다. 영화 관람, 수영, 나들이, 아이들은 열심히 '계획표'를 짠다.

아이들이 단번에 '본모습'을 되찾은 걸 보니 마음이 이루 말할 수 없이 따스해진다. 가슴 가득 행복감이 차오른다. 아이들 웃음소리 속에서 마주친 아내와 내 눈빛은 의기양양하다. "우리는 역시 애들을 키워!"

개
산책

아이들의 건의에 따라 스노를 데리고 산책하기로 한다.

세 아이 모두 개와 산책한 경험이 풍부한지라 금세 준비를 마친다. 웨이웨이는 채찍을 든다. 치치는 담장에 걸려 있던 목줄을 푼다. 잉잉이 들어와서 보고하면 출발이다.

이 모든 일의 본질은 '내가 개를 데리고 나간다'는 것이어야 한다만, 실상은 훨씬 더 복잡하다.

웨이웨이는 고사리 같은 손으로 혼자 외출복을 갈아입고 끙끙대며 조그만 양말을 신는다. 지금 웨이웨이는 '내가 그 애를 안 이래로' 스스로는 절대 안 하려들던 일을 하고 있다. 그러면서 말도 많아지고 '유머 감각'도 풍부해진다. "봐요, 이 바보가 신발을 반대로 신었네." "이것 보래요, 이 게으름뱅이가 머리 빗는 것도 까먹었어." "스노, 요놈아, 너 때문에 내 꼴이 이게 뭐니!"

웨이웨이의 '심경' 변화를 보노라니 전에 알던 어느 주부의 변화가 떠오른다. 그녀는 집에서 줄곧 짜증 제조기였다. 그러나 '마작에 한 사람이 모자라다'는 전화를 받은 뒤로 딴사람이 되었다. 얼굴빛이 환해지고 낭랑하게 웃으며 좋은 말만 했다. 그녀의 남편은 놀란 가슴이 진정되지 않았다. 지금 내가 '꿈속에 있나' 싶고, '탐탁지는 않지만' 어쩔 수 없이 그 '스산한 가을 기운을 화창한 봄볕으로' 만들어준 '어른의 장난감'을 찬미하게 되었다.

내가 산책시키려는 대상은 스노지만, 아무래도 스노뿐 아니라 웨이웨이까지 포함시켜야 한다는 느낌이 든다. 역시 아니다, 근본적으로는 웨이웨이뿐 아니라 스노도 아니다. 비록 웨이웨이가 자기는 '개 산책시키는 사람'이고 스노는 자기가 산책시키는 대상이라는 것을 '말투'를 통해 거듭 표명하고 있지만.

과묵하고 진중한 치치는 감정을 쉽게 드러내지 않는다. 치치가 친구와 통화하는 걸 들어보면 전보처럼 짧고 굵다. 한 마디도 허투루 하지 않는다. 전화기가 울리면 웨이웨이가 굴러가다시피 달려가 가장 먼저 낚아챈다. 이건 웨이웨이가 '꽉 움켜쥔' 권리가 되었다. 심지어 욕조에 있다가도 뛰쳐나가 받으려 한다. "여보세요. 누구 찾아요? 작은언니? 작은언니 지금 공부하는데. 네, 잠깐만요." 그러고는 말투를 바꿔 아주 부드럽게 치치를 부른다. "작은언니, 언니 전화."

치치가 가서 전화를 받는다. 대부분 공부 내용을 물어보는 친구 전화다. "여보세요!" 치치는 일단 저쪽에서 상대를 착각하지 않게끔 자기 목소리를 분명히 전달한다. 그러고는 말없이 '들으며' 통화를 한다.

"응." 치치가 대답한다.

"안녕." 치치는 딱 세 마디로 '전화 한 통'을 마친다.

"나 좀 바꿔주지!" 웨이웨이가 원망하곤 한다. 웨이웨이는 두 언니의 친구들과 '전화로 사귄 정'이 있다. 웨이웨이는 우리 집 '교환수'니까.

이렇게 '할 말만 딱 하는' 치치 같은 사람이 편지는 오히려 완곡하면서도 치밀하게 쓴다. 600자는 늘 넘어간다. 치치의 '대뇌 구조'는 나에게 대단히 흥미로운 관심사다.

치치는 말없이 깨끗한 외출복으로 갈아입고 말없이 신발을 챙겨 신는다. 이어 목줄 한쪽을 잡고는 '들떠서 몸이 근질근질'한 '준마'가 된 스노를 감상한다. 팽팽해진 목줄이 철근처럼 꼿꼿하다. 스노는 사람처럼 벌떡 일어나 몸을 앞으로 심하게 숙인다. 치치는 두 손으로 목줄을 꼭 붙들고 몸을 뒤로 젖힌다. 아이와 개가 '줄다리기'하는 모습이 꼭 알파벳 V자 같다. 두 '사람'의 '지렛목'이 같은 지점에 있다.

"아부지!" 치치가 빙긋 웃으며 말한다. "얘 좀 보세요."

집에서 아이들은 나를 "아부지" 하고 소리쳐 부른다. 동생

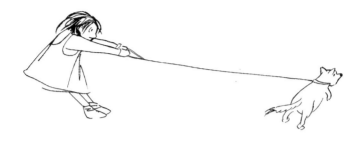

을 "아우야"라고 부르는 것과 같은 일종의 유행어다. 내 경험
상, '웨이웨이의 교육 문제'를 놓고 토론할 때 치치는 나에게
'호칭'을 쓰는 법이 없다. '아부지'는 치치가 무척 신이 났음을
알리는 화려한 서곡이다.

잉잉의 통화는 내가 아는 어느 유명한 여성 작가만큼 기나
긴 '장거리 전화' 스타일이다. 그러나 잉잉이 쓰는 편지는 대
단히 짧다. 몇 문장으로 끝이다. 집에서 기분 좋을 때 잉잉은
'왜'로 시작하며 줄줄이 이어지는 '서술 형식'을 즐겨 쓴다. 잉
잉의 기묘한 '읊조림' 방식은 오로지 식구들만 알아듣는다.

"왜 이리 스노가 신났을까?"

"왜 웨이웨이가 기꺼이 혼자서 양말을 신을까?"

"왜 이렇게 치치가 기분 좋을까?"

엄마는 때때로 잉잉의 '언어 습관'을 잊어버리고 질문마다
아주 성실히 대답해준다. 그러다가 버럭 짜증을 낸다. "너 왜
그렇게 '의미 없는' 질문을 줄줄이 하는 거니?"

그러면 이런 대답이 돌아오곤 한다. "질문한 적 없는데요!"

잉잉이 '왜'라고 하면 그냥 빙그레 웃으며 고개를 끄덕이면 된다.

잉잉 같은 방식으로 글을 쓰는 작가가 있다. 그런데 독자가 그걸 '일반 지식'을 묻는 질문으로 여겨 성실히 '대답'한다면 독자는 글을 읽다가 '진이 빠지고' 말 것이다.

"밝은 달은 언제 뜰까? 술잔을 들어 하늘에 물어보자. 하늘에 궁궐이 있나 모르겠구나, 오늘 저녁은 몇 년도일까?" 이런 구절을 만나거든 "매달 보름에 뜨는 달이 가장 밝다. 올해는 1970년!" 하고 서둘러 대답할 필요가 없다.

사람 셋과 개 하나가 준비를 마치면, 나는 부엌에 가서 아내에게 이별을 고한다. 이것이 우리 집의 '가규'다.

집을 나설 때.

나서는 사람이 말한다. "다녀올게!"

집에 남는 사람이 말한다. "잘 다녀와!"

집에 돌아와서.

집에 있던 사람이 말한다. "잘 다녀왔어?"

돌아온 사람이 말한다. "잘 다녀왔어!"

이는 심리학에 근거해 설계한 '안전 장치'로, 다들 열심히 훈련한 결과 '본능적인 반응'처럼 몸에 익었다. 세대 간에 감정이 악화되기 시작하고 부부간에 의견이 날카롭게 대립할 때, 무의식중에 입에서 흘러나오는 이런 말은 신비로운 작용을 일으킨다. 다들 '체면'을 잃지 않으면서 '선한 마음'이 발현되고, '격정'이 식으면서 따뜻한 '인간미'를 품게 된다.

아이들이 눈물을 머금은 채 "다녀오겠습니다" 한다든지 어른이 노기를 띤 채 "잘 다녀와라" 하는 상황이 아예 벌어지지 않는 것은 아니다. 이 간단한 대화는 '충돌'을 '순화'한다.

"그래, 다녀와." 아내가 말한다. "애들하고 '정말 한참' 시간을 안 보냈잖아. 나는 집에서 저녁 준비할게."

"다녀올게!" 내가 말한다.

"잘 다녀와!" 아내가 말한다.

문을 나서는 순간 스노는 다리가 짤막한 백마가 되어 광분한 채 치치를 끌고 간다. 토실토실한 '엉덩이'를 씰룩거리는 모습이 뒤에서 보면 꼭 부르르 떠는 하얀 공 같다. 치치의 팔뚝과 목줄이 일직선을 이룬다. '흥분한 개'가 얼마나 '광기'를 부리는지, 얼마나 힘이 센지 알 만하다!

"스노! 스노!" 웨이웨이가 등나무 채찍을 휘두르며 부랴부랴 쫓아간다. 발뒤꿈치로 자기 엉덩이를 찰 정도로 팔짝팔짝거리며 조용한 골목길로 단숨에 뛰쳐나간다.

어른스러운 잉잉은 서너 발짝 뛰어가다 말고 멈춰서 나를 기다린다. 그리고 나와 나란히 천천히 걷는다.

"스노한테 채찍질을 하다니, 너무 '잔인'한 거 아니니?"

"그게 아니에요." 잉잉이 말한다. "채찍은 스노를 보호하는 거예요. 채찍을 안 들고 다니면 스노는 진작에 들개한테 갈가리 찢겼을걸요."

개를 키우지 않는 사람은 개와 산책할 일이 없다. 오로지 '개와 산책하는 사람'만이 아는데, 개한테 관심이 생기면 길거리가 온통 개투성이라는 사실을 알아차린다. 다른 사람이 생각하는 산책과 달리 '개와 함께하는 산책'에는 '적진 잠입'과 비슷한 긴장감이 있다.

골목 어귀를 나서서 얼마쯤 가니까 맞은편에 스노보다 몸집이 두 배는 되어 보이는 '몸짱 개'가 나타난다. 온몸이 시커먼 그 녀석이 스노에게 다가온다.

웨이웨이가 채찍을 휘두르며 고함을 지른다. "스노, 도망쳐!"

몸짱 개가 멈칫하는 사이에 세 아이가 잽싸게 스노를 에워싸고 한 고비를 넘는다.

조금 뒤에 평범한 몸집의 바둑이가 나타나고, 조금 뒤에는 '동족을 질투하는' 하얀 스피츠가 나타난다. 철딱서니 없는 작은 개도 스노에게 접근하려 한다. 스노가 작은 개의 안색을 살피려 하지만 치치가 다른 쪽으로 이끈다. 길을 걷는 우리 눈에는 개만 보일 뿐 사람은 눈에 들어오지 않는다. 우리는 개의 세상에서 긴장한 채 '산책'을 한다.

한 살 반이 된 스노는 풀밭에서 마음껏 뒹굴며 '어린 시절'로 돌아간다. 우리는 스노를 호위하며 즐거이 지켜본다. 스노는 세대와 세대를 잇는 백색 가교가 되어준다.

"아빠는 스노한테 너무 관심이 없어요!"

잉잉이 했던 말을 떠올린다. 잉잉이 말하는 스노는 그저 스노만이 아닌지도 모른다. 두 세대가 푸르른 풀밭에서 하얀 개를 보며 웃고 있을 때, 잉잉이 또다시 읊조린다. "아빠, 아빠는 왜 그렇게 스노를 좋아할까요?"

싸움
교육

"아빠가 집에 있을 때는 아빠가 가장이다." 내가 말한다.
"아빠가 집에 없으면 엄마가 가장이다. 아빠 엄마가 다 없으
면 잉잉이 가장이다. 아빠도 엄마도 잉잉도 집에 없으면 치치
가 가장이다. 넷 다 집에 없으면 웨이웨이가 가장이다. 웨이웨
이까지 집에 없으면 스노가 가장이다. 만약에 우리 하얀 스피
츠도 우리랑 같이 나가면 마당 새장에 있는 샤오추추가 가장
이다."

알고 보니 나는 '수신제가치국평천하修身齊家治國平天下'라
는 고문 구절을 신봉하는 사람이었다. 나는 장유유서長幼有序
법칙을 생활에서 실천하고자 한다. 나는 심리 현상에 정통한
'유가'다. '옛날 사람'이다.

잉잉과 치치가 한바탕 통쾌하게 싸우고 나자, 나는 두 아이
에게 우리 집 '정치 제도'를 선포했다.

원칙적으로 나는 애들이 싸우는 걸 반대하지 않는다. 집에

서 '자기네끼리'는 싸워도 괜찮다는 뜻이다. 하지만 다른 집 아이하고 싸우는 건 결사반대다. 그런 일이 생기면 반드시 제지한다. 형제자매끼리 싸우는 건 일종의 '교육', 상당히 유익한 '싸움 교육'이다. 그런데 다른 집 아이와 싸운다는 것은 인류의 평화를 깨뜨리는 일이니 그냥 놔둬서야 되겠는가!

'싸움 교육'은 형제자매처럼 극도로 친밀한 관계에서나 실시해야 한다. 관계가 달라지면 싸움은 해로운 것이 된다. '관계'란 싸움과 대단히 깊은 관계가 있다.

나는 우리 아이들이 남에게 '주먹질'하기를 바라지 않는다. 그러나 '주먹질'이 어떤 일인지는 알았으면 한다. 우리 애들이 남을 때리지는 않았으면 하지만 맞는 경험은 좀 해봐도 괜찮다고 본다.

물론 아이들에게 태극권과 금나술을 가르쳐 오후마다 뜰에서 무예를 겨루게 하면 될 테다. 그러나 이런 '경연 무술'로는 인생 경험이 조금도 풍부해지지 않는다. 무술을 할 때는 분노도 없고 격동도 없다. 가식만 조금 있을 뿐 제대로 된 구석이 하나도 없다. 진짜로 싸울 때에야 분노하고 격동한다. 분노와 격동의 학문은 반드시 분노하고 격동하면서 배워야 한다.

군자는 사람을 때리지 않는다. 그러나 군자의 수양에서 중요한 것은 이 부분이 아니다. 군자의 참모습이란 맞을 때 꿈쩍 않는 거다. 몸이 휘청거려도, 심지어 쓰러져 일어나지 못해도 의지는 태산과 같이 굳건해야 한다. 진정한 강자가 되려면 일단 정복되지 않아야 한다. 남을 정복하느냐 마느냐는 근본적으로 중요한 문제가 아니다.

어릴 때 '싸움 교육'을 제대로 못 받은 사람이 한 대 맞으면. 갑자기 얼굴이 사색이 되고 입술이 창백해진다. 천지가 무너지며 세상 종말이 왔나 싶다. 분노가 폭발하고 수치스러워 죽을 것만 같다. 이런 사람은 큰일을 할 수 없고, 작은 일도 마찬가지다. 그저 그를 위해 세상에 아무 일 없기를 기도할 수밖에 없다.

군자는 말을 하지 손을 쓰지 않는다. 그러나 미친놈이 자기와 같다는 보장은 못 한다.

군자는 한 대 맞았다고 비천해지지 않는다. 따귀를 갈기는 것은 상대를 비천하게 만드는 '전통 무기'다. 그러나 군자에게는 아무런 힘도 못 쓴다. 군자는 한 대 맞는다 해도 여전히 존엄과 기백을 잃지 않는다. 그는 담이 작아 '감히' 남을 깔보지 못하고 감히 남을 '비천하게' 여기지 못한다. 그러나 꿋꿋하기 이를 데 없어 열 대를 맞는다 해도 고상한 신념을 잃지 않는다.

나는 우리 아이들이 고귀한 생각을 품길 바라지만, 또 충분히 굳세지 못할까 걱정이다. 앞으로 커가면서 뺨을 한 대 맞는다면, 그때 온몸에 오물을 뒤집어썼다고 느낀다면, 스스로를 '비천하게' 여기기 시작한다면 그건 큰일이다. 그래서 아이들은 '맞는 것'을 배워야 한다. 맞아도 더럽혀지지 않는 존엄함을 길러야 한다. 진창 속에서 얻어맞아도 아이들은 순결한 연꽃이다. 이게 바로 적절한 '싸움 교육'이 필요한 이유다.

'싸움 교육'의 목적은 '맞는 경험을 해봄으로써 육체의 고통과 자기 비하 간의 연결을 끊고, 교육받는 자에게 폭력으로 굴복시킬 수 없는 굳건함과 모욕으로 더럽힐 수 없는 존엄함을 심어주는' 것이다.

잉잉과 치치가 싸워도 나는 전혀 속상하거나 불만스럽지 않다. 오히려 아이들을 위해 교육을 완수했다는 사실에 마음이 놓인다. 아이들 싸움은 품격을 해치지 않는 작은 상처만 남기는데, 그건 싸움이 가져온 교육적 가치에 비하면 아무것도 아니다.

둘 다 차분해지고 나면 나는 약상자를 꺼내와 반창고를 나눠준다. 두 아이는 나하고 이야기를 나누며 똑같이 겸연쩍어한다. '생각은 하되 붓으로는 표현이 안 되는' 아이들의 언어 속에는 이런 뜻이 담겨 있는 듯하다. "아빠 안 계실 때 이렇게 우리끼리 난리를 치면 절대 안 되겠어요."

내가 집에 있으면 아이들이 '싸움 교육'을 받아들일 기회도 생기는 거겠지.

어디를 다쳤냐고, 어디가 아프냐고 묻자 두 아이는 냉정하게 '얻어맞은 전과戰果'를 보고한다. 빨간약, 테레빈유, 약솜이 동원된다. 모든 교육에는 교육비가 드는 법이다.

처음에 아내는 아이들이 벌이는 '전쟁'을 받아들이지 못하고 마음 아파했다. 내가 집에 들어섰을 때 아내는 이미 훈계를 하고 있다. 때마침 나를 본 아내는 이 막중한 임무를 즉시 나에게 넘기고, 훈계는 중단된다. 아내의 보고를 들어보니 교육 상황이 발생한 것뿐이라 나는 마음이 놓인다.

잉잉과 치치는 내가 자기들이 쓴 '전쟁사'를 읽어주길 바라지만 그건 유치한 생각이다. 본질적으로 싸움은 '전쟁'이 아니라 '교육'이다. 나는 아이들에게 이 사건의 진정한 의미를 똑바로 알아야 한다고 말해준다.

이 '전쟁 아닌 전쟁'은 우리 집에 '이루 말할 수 없이 풍성한 수확'을 안겨준다. '싸움 교육'을 거친 두 아이는 자기네가 '성장'했음을 동시에 발견한다. 그리고 전보다 '더' 서로를 존중한다.

동시에 두 어른도 아이들에게 소홀했던 점을 발견하고 이 기회에 고친다.

잉잉은 소위 '외동아이의 미덕'을 갖춘 순한 아이다. 그러나 '군웅할거' 정세에서 잉잉은 국제 문제를 해결하는 '열쇠'가 되고 만다. 잉잉은 저도 모르게 '시비를 따지지 않은' 채 '약자에게 양보하는' 교육을 받는다. 잉잉은 영원히 '작은 과

일을 먹어야 하는 맏이의 운명'이다. 어린아이가 '굳세게 일어서기' 전부터, '자기 자신을 발견하기' 전부터 '양보 교육'을 받는 것은 대단히 위험하다. 이런 교육이 아이의 성격에 점점 스며들면서 '환경을 정복하는' 능력을 잃게 만들 수 있다.

우리는 일찌감치 여기에 생각이 미쳤어야 했다. 치치는 어려서부터 과묵하고 한결같이 노력하는 아이였다. 우리는 치치의 끈기와 참을성에 깜짝 놀라곤 했다. 가끔 고집이 너무세서 야단맞을 때가 있긴 하지만, 공부 문제로는 걱정을 끼친적이 없다. 치치가 분발해서 잘해나갈 것을 알기에 우리 두 어른은 차츰 사소한 일을 문제 삼지 않게 됐다. 그러자 뜻밖에도 치치가 잉잉에게 버릇없이 굴고 양보하지 않으려 했다.

잉잉이 생각하기에 집안에는 이미 뚜렷한 '불공평'이 자리잡고 있었다. 이것이 이번 '전쟁 아닌 전쟁'이 터진 이유였다.

이번 글의 '서두'에서 이미 묘사한 바와 같이, 나는 제때 우리 집 '정치 제도'를 선포했다. 목적은 잉잉에게 다음과 같은 합법적인 지위를 부여하려는 것이었다 ─ 부모가 집에 없으면 '헌법'에 따라 잉잉에게 책임과 권력을 부여하고 치치는 그에 따른다.

그러나 내가 잉잉과 치치에게 진정으로 말하려는 바는 다음과 같은 나만의 철학이다. 노력해서 발전하지 않고 남에게 인정받지 못하는 사람이라면 그가 겸손하든 겸손하지 않든 아무 의미가 없다. 그러나 남들이 인정할 만한 뛰어난 사람이 겸손을 모른다면 그의 뛰어남도 딱히 중요하지 않게 된다.

　인류사회에서 인정받는 사람이란 사실상 겸손하면서도 뛰어난 인물이다. 오직 이런 사람에게 우리는 우리가 지닌 '희귀한 진심'을 기꺼이 바친다 — 존경과 사랑을.

달과
어린이

1200여 년 전 당나라 현종이 달나라 월궁에 놀러 갔다. 월궁에는 '황한청허지부廣寒淸虛之府'라는 현판이 걸려 있었다. 요즘 말로 하면 '광활하고 차갑고 깨끗하고 공허한 건물'이라는 뜻이다.

여러분이 현대의 우주과학자 때문에 짜증이 난다면, 얼른 『천보유사天寶遺事』* 내용을 인용해 '통신사 소식'을 발표하라. "지금으로부터 대략 1200년 전, 음악과 연극에 조예가 깊은 중국 황제 당 현종이 스스로 달 탐사를 해냈다. 그의 소견이 미국 우주비행사 암스트롱의 소견과 별반 다르지 않다는 것은, 중국인의 달 탐사가 저들이 발명한 로켓과 유사하다는 사실을 충분히 증명한다. 실로 서방의 과학자보다 훨씬 더 앞서 있는 셈이다. 이 일의 경과는 앞서 말한 황제 치세의 전설을

---

* 당말~오대 시기의 문인 왕인유王仁裕가 당 현종 시대의 풍문과 일화를 엮은 책.

기록한 『천보유사』에 실려 있다."

그런데 문학의 각도에서 보면, 당 현종이 월궁에 가서 놀았다는 얘기를 쓴 오대 시기의 문인은 '육안 천문학자'의 객관적 시각으로 상상력을 운용하고 있다. 실로 경이로운 일이다.

중국 시인은 예로부터 가장 쓸쓸할 때 달을 벗 삼았다. 안데르센의 동화 『그림 없는 그림책』 역시 달에게 '인류의 친구'라는 색채를 입힌다. 16세기 영국 시인 필립 시드니는 '사랑의 번뇌'를 느낄 때 밤하늘에 뜬 달을 올려다보며 함축적이면서도 애상적으로 달과 이야기를 나눈다. "달이여, 그대의 발걸음은 얼마나 애수에 젖었는지, 그대는 얼마나 말이 없는지, 그대의 얼굴은 얼마나 초췌한지!"

달에 상륙한 암스트롱은 비록 당나라 유물은 발견하지 못했지만 '황한청허'의 인상을 전 세계에 전했다. 그는 '휘영청 밝은 달'이 '광활하고 차갑고 깨끗하고 공허한 건물'임을 입증했다. 중국인이 보기에 이는 인류의 진일보가 아니라 '퇴退'일보다!

예전에 중국 어린이는 달 밝은 밤이면 마루에 앉아 '흑옥석' 두 알을 말똥거리며 '항아'라는 '매릴린 먼로'를 볼 수 있기를, 호주의 캥거루만큼 커다란 토끼를 볼 수 있기를, 성이 오씨인 '우주의 나무꾼'을 볼 수 있기를 열렬히 바랐다.* 지금 아이들은 성이 '암'씨인 미국인의 큼지막한 발자국을 볼 수 있기를 열렬히 바란다!

거리를 정복하는 '가장 빠른 교통수단'은 상상력이다. 어린이는 아마 가장 일찌감치 달에 다녀온 우주인일 것이다. 우리집에도 이런 '조기 우주인'이 세 명 있다.

잉잉은 이미 물리 공부를 '시작'한 아이다. 그래서 잉잉은 '우연찮게 가족이 될 수도 있었던' 달의 세 주민에게 이미 흥미를 잃었다. 에덴동산에는 아담과 이브와 뱀이 있고, 월궁에는 오강과 항아와 토끼가 있다. 얼마나 멋진가!

낱말을 많이 모르던 '말 배우는 시기'에 잉잉은 오강이 항아의 남편이, 항아가 오강의 아내가, 토끼가 그들의 자식이 되기를 간절히 바랐다. 지금은 이미 마음이 식었다. '셋이서 가족이 되는' 일에는 별 관심이 없다.

잉잉에게 이 지난일을 꺼내는 것은 유명해진 작가가 4학년 때 '크지도 작지도 않고 뚱뚱하지도 마르지도 않다'고 쓴 「우리 엄마」라는 작문을 언급하는 거나 마찬가지다.

하지만 잉잉도 이런 이야기를 좋아하지 않는 건 아니다. 그저 그런 철없던 일들을 '신화'처럼 머나먼 일로 여긴다. 그래서 그냥 담담히 웃으며 들어넘긴다.

* 중국 전설에 따르면 달에는 옥토끼, 혼자 신선이 되려고 남편 몰래 불로장생의 영약을 먹은 벌로 유배 온 여신 항아, 달에서 영원히 되살아나는 계수나무를 베야 하는 형벌을 받은 오강이 살고 있다고 한다.

지금 잉잉의 최대 관심사는 인간들이 이곳에 이룬 가정이다. 잉잉에게 '평생 못 잊을' 일은 우리가 이 집에 막 이사 와서 처음 맞이했던 중추절 풍경이다.

그날 저녁 잉잉의 '상대성 이론'에 따르면, 바람이 세차게 불기 때문에 하늘에서 달이 빨리 움직인다고 했다. 구름도 멋진 공연을 선보일 거라고. 잉잉은 다기와 등나무 의자를 뜰에 가져다놓고 노천 거실처럼 꾸몄다. 그리고 온 식구를 불러 앉히려 했지만, 꼭 미끄럼틀에 올린 사과 같은 꼴이었다. 을이 와서 앉으니 갑이 자리를 뜨고, 병이 와서 앉으니 을이 자리를 뜨고, 갑이 와서 앉으니 병이 자리를 뜨고. 자리에 못박아놓지 않고서는 한자리에 모일 길이 없었다. 웨이웨이는 아직 태어나지 않아서 당연히 참석 못 하는 상황이고, 치치는 집 안에 있는 블록 장난감에 관심이 쏠려 있고, 나는 언제 서재로 숨어들어 원고를 마치면 좋을까 궁리하고 있었다. 아내마저 부엌에 쌓인 설거지가 신경 쓰여 '하늘을 나는' 옥쟁반에 집중을 못 했다.

찻상에 가지런히 놓인 차와 유자와 월병이 우리를 기다렸지만, '가을바람 속에 온 식구가 함께' 있는 시간은 정말이지 1분이나 되었을까. '지금 이 시간'을 미화하는 가장 좋은 방법은 3년 후에 회상하는 것. 오늘은 그날로부터 6년이 지났고, 그 덕에 잉잉에게는 그날의 아름다움이 '두 배'가 되었다.

"그때 그 중추절 분위기를 잊을 수가 없어요." 잉잉이 말한다. "너무너무 아름다웠어!" 잉잉은 그때 그 싸늘하던 중추절을 싹 잊었다. 우리가 달을 본 시간은 고작 1분이라는 걸, 달은 나는 듯이 사라져버렸다는 걸.

잉잉은 달을 무척 좋아한다. '진정한 감동의 순간에는 오히려 무슨 말을 할지 모르는 법'이다보니, 잉잉이 달에게 바치는 송가는 영원히 변치 않을 터. "너무너무 아름다워!"

치치는 어릴 적부터 하늘의 별과 행성에 관심이 많았다. "하늘에는 해님이 두 개 있어. 하나는 아빠를 비추고 하나는 나를 비춰"라는 잊지 못할 말을 남기기도 했다. 유치원 초급반에 들어가기 전의 치치는 지붕에 앉아 가만히 달을 바라보는 검은 고양이 같았다. 그러나 '나이를 먹은' 치치는 달에 아무 감정도 없어 보인다.

창가 책상 앞에서 치치가 열심히 공부할 때면 창밖에서 달이 치치의 옆모습을 은빛으로 곱게 단장해준다. 그러나 치치는 전혀 관심이 없다. 나는 처마에 걸린 등롱 같기도 하고 야자수에 열린 커다란 야자열매 같기도 한 달을 가리키며 좀 보라고 한다.

"어, 참 예쁘네요." 치치가 말한다. 달 감상 기준치를 초과한 나를 보며 비위를 맞춰주려는 말이다.

달이 옆에서 치치를 정탐하는 것처럼, 나도 옆에서 치치에게 달이 어떤 인상을 주는지 정탐해본다. 그 결과는 곤혹스럽다. 치치에게 달이란 그저 '돌' 아니면 '사막'이다. 치치는 달빛이 휘영청 밝아 전등을 켜지 않아도 책을 볼 수 있을 때에나 흐뭇한 기색을 살짝 드러낸다. 그러나 그때도 치치는 책에 코를 박고 있지 절대 고개를 들어 달을 바라보지 않는다. 치치에게 달 찬가란 단지 사람을 대하는 '예절'일 뿐이다.

웨이웨이는 어릴 때 달을 사람으로 여겼다. 달은 바깥에서 우리 집 뜰을 굽어보는 낯선 사람, '둥근 얼굴 아저씨'였다. 복도에 나갔다가 달을 보면 웨이웨이는 소스라치게 놀라서 문을 꼭 닫고 부엌이나 서재로 달려와 거인이라도 나타났다는 듯 엄마나 아빠에게 경보를 울렸다. "'그 아저씨' 왔다!"

하늘에 걸린 그 커다란 은쟁반은 웨이웨이에게 공포심을 불러일으켰다. 아마 웨이웨이는 일찍부터 엄마가 '그 아저씨'를 쫓아내기를, 아빠가 '그 아저씨'에게 몽둥이를 휘두르기를 간절히 바랐으리라. 하지만 '엄마도 아빠도 신경 안 쓰는' 괴물이 허옇고 커다란 얼굴로 자신을 노려보며 떠나지 않았겠지.

방 안 가득한 달빛은 한밤중에 어른을 깨어나게 하고, 깊이 잠든 옆사람까지 함께 감상하자고 흔들어 깨우게 만들곤 한다. 그 시절 웨이웨이에게 그 상황은 '그 아저씨가 들어오려 한다'는 공포, 은빛 공포였으리라.

하지만 함께 살다보니 익숙해진 걸까, 최근 한두 해 사이에 웨이웨이는 차츰 '그 아저씨'를 친근히 여기게 되었다. 더는 머리 위에 있는 그 '사람'에게 신경 쓰지 않았고, 머리 위에 있는 '물건' 때문에 불안해하지 않았다. 오래전부터 웨이웨이를 위해 '둥근 얼굴 아저씨'라는 이야기를 쓰려고 했지만, 그때는 시작을 못 했고 지금은 너무 늦었으리라. 유치원 중급반에 다니는 '학생'은 더는 동그란 용안* 두 알을 초롱초롱 빛내며 아빠에게 감동적인 이야기를 종알거리지 않는다.

이 글도 그만 마무리를 지어야 하는데, 정겨운 옛 시 두 구절을 간단히 인용하며 멋지게 마치고 싶다. 하지만 그런 충동을 억누르고 이렇게 끝맺기로 한다. 암스트롱이 옥쟁반에 남긴 커다란 발자국을 떠올리지는 말자.

오늘은 중추절이니.

---

* 중국 남방에서 나는 포도알 크기의 탱글탱글한 열매로, 하얀 과육에 검은 씨앗이 박힌 모습이 용의 눈알과 비슷해 '용안龍眼'이라는 이름이 붙었다.

웨이웨이의
일상

웨이웨이는 이불 덮기를 싫어한다. 그러나 요에는 악감정이 없다. 그 애는 여름에는 물론이고, 다른 계절에도 윗도리를 까고 배를 내놓은 채 아침까지 푹 잔다. 겨울에도 소나무처럼 추위를 잘 견뎌서 배에 수건 한 장 덮지 않는다. 웨이웨이의 다리 힘이 유난히 좋은 것은 다 '이불을 걷어차며' 단련한 덕이다.

잠자리에 들 때는 웨이웨이에게도 베개가 있고 이불이 있어 여느 아이의 잠자리와 다를 바 없다. 하지만 반 시간만 지나면 위胃에 열이 올라온다. 참다못한 웨이웨이는 꿈을 꾸면서 자신만의 '동화 요법'을 써서 이불 위로 기어 올라간다. 덮었던 이불은 몸 아래 깔린 요가 된다. 배에 늘 차가운 공기가 닿게 하느라 몸에 아무것도 덮지 않는다.

이런 상황에 대처하는 엄마의 방법이 있다. 엄마는 웨이웨이를 위해 작은 이불 대여섯 장을 더 꺼내놓는다. 자다가 깼

는데 웨이웨이가 이불을 덮지 않은 걸 보면 아무 이불이나 하나 집어 덮어준다. 밑에 깔린 이불을 당기면 웨이웨이가 깰 수도 있으니까. 그런데 '관통술'이라도 쓰는 걸까, 반 시간 뒤에 웨이웨이를 보면 두 번째 이불 위에 올라가 자고 있다.

이불이 자꾸만 높아진다. 동틀 무렵이면 웨이웨이는 제단 위에서 자는 모양새다. 배에는 여전히 수건 한 장 없고 말이다.

*

웨이웨이는 '뜻풀이'를 아주 잘한다. 사전 편찬부에 들어가도 될 정도다.

아침에 내가 화장실에서 큰 볼일과 함께 신문을 보고 있을 때, 웨이웨이가 세수하고 양치하러 들어온다. 웨이웨이는 엄

마가 준비해둔 작은 걸상에 올라가 수돗물을 틀고 하얀 세숫
대야에 물을 받는다.

웨이웨이가 나를 돌아보며 묻는다, "아기 코끼리가 포동포
동해지면 어떻게 되게요?"

"서커스반에 팔려가겠지."

"서커스반이 아니라 서커스단, 알겠어요? 서커스단, 따라
하세요!"

"서커스단."

"참 잘했어요." 웨이웨이가 고개를 끄덕인다, "아빠는 '단'이
무슨 뜻인지 알아요?"

나는 신문 보랴 이야기 나누랴 정신이 없어 대충 대답한다,
"단은 무슨 조직 같은 거야."

"틀렸어요!" 웨이웨이가 말한다. "단은 단체예요, 알겠어요?
단체, 따라 하세요!"

"단체."

*

웨이웨이의 기나긴 낮잠을 줄일 대책을 마련해야 한다. 웨
이웨이는 유치원 '오전반'이라서 오후 낮잠을 마음껏 즐길 수
있다. 웨이웨이의 낮잠 시간은 오후 3시부터 7시까지다. 일어

나서 저녁 먹으라고 아무리 소리쳐도 비몽사몽, 여간해서는 일어나려 하지 않는다.

이렇게 낮잠을 실컷 자다보니 밤에는 말똥말똥하다. 피곤에 찌든 어른들이 차례차례 자러 간 뒤에도 웨이웨이는 혼자 거실에 남아 활동을 한다. 강제로 잠자리에 밀어넣으면 웨이웨이는 어른들을 재운 다음 살그머니 거실로 돌아온다.

새벽 한두 시에 침실 문이 열린다. 웨이웨이가 나를 흔들어 깨운다. "텔레비전이 고장 났어. 아무도 안 나오고 별빛 같은 것만 나와. 폭발하는 거 아닌가?"

이럴 때도 있다. "방금 아빠 회사로 전화했는데, 아빠가 전화를 안 받아."

*

웨이웨이는 가루비누에 관심이 대단히 많다. 일요일이면 엄마가 침대보를 빨려고 초대형 대야에 비눗물을 받는다. 투명한 포도알 같은 비누거품이 퐁퐁퐁 생겨난다.

옆에서 관찰하던 웨이웨이는 너무나 부러운 나머지 '범행 동기'를 품고 만다.

어느 날 부엌에서 커다란 소금 봉지가 사라진다. 뒤이어 엄마가 뒤뜰에서 소금물 한 대야를 발견한다.

어느 날 부엌에서 밀가루 한 포대가 사라진다. 저녁 무렵 엄마는 뒤뜰에서 걸쭉한 밀가루 반죽 대야를 발견한다.

첫 번째 사건 때 웨이웨이는 '소금 갖고 장난치면 안 된다' 며 야단을 맞았다. 두 번째 사건 때 웨이웨이는 '밀가루 갖고 놀면 안 된다'며 꾸지람을 들었다. 서재에서 나와 함께 웨이웨이의 '범행 동기'를 연구하던 아내가 불현듯 뭔가 떠오른 듯 허둥지둥 부엌으로 달려가더니, 가루비누통을 들고 돌아와 나에게 말한다. "이것 좀 맡아줘. 웨이웨이가 두 번을 허탕 쳤네. 고 녀석 목표물은 이거였어!"

*

웨이웨이는 '문맹'이다. 그래서 귀하고 입이 유난히 예민하다. 어떤 말이든 두 번만 들으면 '그대로 새긴다'. 정말 놀랄 만한 기억력이다.

유치원 초급반에 들어간 웨이웨이는 알록달록한 단체사진을 보면서 친구 40명의 이름을 줄줄이 읊는다. 우야치, 양이밍, 저우리더, 천이신, 스쯔전, 인중밍, 옌후이쥐안……. 비교적 특이한 이름인 치제유, 딩비룽도 있다. 헝빈이라는 친구도 있고 천융이라는 친구도 있다. 천런정과 왕성언도 있다. 무치싱도 있고 쉬즈광도 있다. 천둔위안도 있고 베이허우린도 있다.

그걸 다 어떻게 기억하냐고 묻자 웨이웨이는 이렇게 대답한다. "출석 부르는 거 들으면 저절로 알게 돼."

*

웨이웨이는 벌이가 없지만 저축을 한다. 웨이웨이의 수입원은 내 007 가방 속 동전이다.

퇴근해 집에 오면 웨이웨이가 거실에서 내 가방을 받아든다. 그러고는 가방 속에 든 물건들을 와르르 쏟아놓고 난장판이 된 바닥에서 동전을 찾는다. 어

느 날은 3위안, 어느 날은 5위안, 어느 날은 7위안. 웨이웨이는 날마다 동전을 모아 통통한 돼지저금통에 넣는다. 나는 웨이웨이가 저축하는 걸 좋아한다. 그 애의 돼지한테는 '문'이 달렸다. 나는 동전이 필요할 때마다 거기서 꺼내간다. 웨이웨이는 장부는 전혀 안 쓰니까.

*

웨이웨이는 밥을 먹을 때 꼭 이야기를 들어야 한다. 그래서 아내와 내가 번갈아 들려준다. 내가 이야기할 때 아내는 서둘러 밥을 먹는다. 아내가 '배턴을 넘겨받으면' 내가 밥을 먹는다. 밥 한 끼 먹는 데 보통 한 시간이 넘게 걸린다.

지금은 녹음테이프가 대신한다. 밥을 먹을 때 탁자에 이야기 테이프를 틀어놓는다. 어른들은 마음 놓고 밥을 먹고, 웨이웨이도 '이야기 한 끼'를 누린다. 밥 한 끼에 보통 테이프 두 개를 앞뒤로 듣는다.

이야기 30편을 실컷 들어서 외울 정도가 되자 웨이웨이의 흥미는 테이프 속 잡음으로 옮겨갔다. 웨이웨이는 어느 이야기에서 기침 소리가 나는지, 어느 이야기에서 기차가 기적을 두 번 울리는지, 어느 이야기에 비행기가 날아가는지 다 안다.

*

웨이웨이는 드라마 「춘뢰春雷」를 좋아한다. 주제곡도 잘 부른다. "……내 번뇌를 녹이네, 내 번뇌를 녹이네."

차오 여단장, 저우 부관, 류 대장, 레이젠방, 춘화, 비원, 차오슝, 차오페이, 모두 웨이웨이에게 아주 친숙한 사람들이다.

텔레비전을 자기 소유로 여기는 웨이웨이는 저녁마다 '영화관 사장'이 되어 식구들을 상냥하게 불러 앉힌다. 웨이웨이는 내가 텔레비전 속 세상을 잘 모른다는 걸 알기에 종종 '인물 소개'도 해준다.

어느 일요일 저녁, 나는 웨이웨이에게 거실에서 같이 「춘뢰」를 보자고 청했다.

"일요일인데 무슨 「춘뢰」를 한대?" 웨이웨이가 말한다. "정말 배꼽 빠지겠네!"

*

웨이웨이에게도 벌써 시간의 압박이 찾아왔다. 그 애도 지각할까봐 늘 안절부절못한다.

이른 아침, 웨이웨이는 곧 잡아먹힐 닭처럼 쉬지 않고 울부짖는 자명종을 들고 잠옷 바람으로 허둥지둥 침실로 뛰어들어 소리친다. "늦겠어!" 그런 웨이웨이를 보면서 서글픔과 불안감이 은은하게 밀려온다.

'시간'이 모든 것을 통제하며 행복을 삼켜버린다. 이 천진난만한 아이도 어느덧 나처럼 시간을 지키는 '로봇'으로 자라나고 있다.

스노에게

그 집에서 키우는 하얀 개를 보면 그 집 식구들이 얼마나 바쁜지 알 수 있다. 하얀 털이 누리끼리하면 주부가 몹시 바쁜 거다. 하얀 털이 얼룩덜룩하면 바깥양반도 대단히 바쁜 거다. 하얀 털이 거뭇거뭇하면 아이들마저 눈코 뜰 새 없이 바쁜 거다.

'하얀 천사'의 신분으로 스노가 우리 집에 왔을 때는 우연 찮게 다들 바쁘지 않을 때였다. 우리는 변함없이 스노를 천사처럼 사랑하지만, 스노의 털 색깔에 문제가 생기고 있다.

만약 스노가 중국말을 알아듣는다면, 만약 스노가 인간처럼 번뇌하며 스스로를 학대할 만큼 총명하다면, 스노는 지금 잔뜩 '실의'에 빠져 있어야 마땅하다. 스노가 우리 집에 온 그날, 온 식구의 입에서 흘러나오는 말들이 스노의 '행복 수레'를 가득 채웠다. 그러나 지금 스노의 행복 수레는 텅 비었고 그런 '아름다운 언약'들도 사라지고 말았다. 이 가련한 '거지

왕자', 금지옥엽에서 '몰락한 식객'이 된 스노는 '개 사회'에서 뭇 개들의 비웃음거리가 될 것이 틀림없다. 스노는 즐거운 마음으로 고집스레 자신의 행복을 믿고 있지만, 실제로는 아무것도 가진 게 없다.

우리는 스노에게 순백색 '공관'을 선사하며 '설옥雪屋'이라 명명했다. 그러나 지금 스노가 지내는 곳은 낡은 사과상자다. 밤마다 스노는 웨이웨이의 표현에 따르자면 '네모지게 몸을 뭉쳐야' 겨우 들어가는 비좁은 종이상자에서 잔다. 그런데 이런 '건물'에 살면서 스노가 원망하고 있을 거라 여긴다면 그건 오산이다.

한밤중에 야경을 보러 거실 문을 열고 복도로 나간다. 주변 높은 건물 창문의 불빛들이 만들어낸 '네모진 별빛'을 감상하다가 무심코 고개를 숙인다. 사과상자에 몸을 욱여넣은 스노가 있다. 까만 용안으로 다정하게 나를 바라보며 스노는 이렇게 말하는 듯하다. "나 잘 거야. 이제 안 나갈 거야. 여기 들어와서 같이 놀래? 나랑 같이 낑겨 있자." 자기 침실에 만족하는 기색이 역력하다.

실제로 나는 스노를 보며 탄복한다. 도덕적 관점에서 스노의 안빈낙도를 보며 감탄하는 것이 아니다. 순수하게 기술적 관점에서 '구부러지고 겹쳐지는' 스노의 신체 능력에 감탄하는 거다. 스노는 네모난 컵에 들어가면 네모가 되는 액체 같

다. 신나게 형체를 바꾸는 아메바 같다.

우리는 최소 일주일에 한 번씩은 스노를 목욕시키기로 했었다. 그러다 자연스레 한 달에 적어도 한 번은 일요일에 목욕시키는 걸로 바뀌었다. 지금 우리는 양심의 평안을 위해 이런 연구에 들어갔다. 개 피부에는 대체 땀샘이 있을까, 없을까? 만약 스노의 피부에 땀샘이 없다면 굳이 목욕할 필요가 있나? 땀을 아예 안 흘린다면 몸에서 땀냄새가 날 리도 없지 않나.

잉잉과 치치는 날마다 털을 빗겨주기로 했었다. 스노의 모든 털이 '평행선'을 이루게끔, '호숫가 수양버들'처럼 되게끔. 그러나 지금 스노의 하얀 털은 이미 거친 '뜨개천' 같다. 심지어 곳곳에 '매듭'까지 있다. 가장 좋은 빗으로도 '밭갈이'가 불가능한 상황이다.

버스에서 한 부인이 옆에서 코를 흘리는 사내아이에게 물었다. "손수건 안 갖고 다니니?" 아이는 고개를 갸우뚱거리며 이렇게 대답했다. "갖고 다녀요. 근데 안 빌려드릴 거예요." 스노가 바로 이 코흘리개 아이다. 자기 털이 전혀 엉망이라고 여기지 않는다. 그래서 사람이 빗을 가지고 다가가면 잽싸게 달아난다, 털을 망쳐놓지 못하게! 게으른 주인이 '털 난리통'을 만들어놨지만, 스노 자신은 그런 털을 타고난 '미모'인 양 소중히 여긴다. 고고한 은사가 제왕의 하사품을 거절하듯 스노는 주인의 참회를 완곡하게 거부한다.

세 아이 모두 스노에게 밥 주는 걸 도와주기로 약속했었다. 세끼 꼬박꼬박 잘 챙겨주기로, 정해진 시간에 꼬박꼬박 주기로. 그러나 지금 스노는 '하루 24시간 아무 때나 밥상을 받는' 생활에 이미 익숙해졌다. 우리는 집을 나설 시간에 임박해서야 스노에게 밥을 줘야 한다는 사실을 떠올리곤 한다. 밥을 들고 나가 스노에게 줄 때면 아직 살아 있는 스노를 보고 가슴을 쓸어내린다.

사실 인류가 이미 '전자동 급식기'를 발명했어야 하는 시대다. 아니면 하루빨리 '개 탁아소'나 '개 은행' 같은 회사를 세워야 한다. 개를 키우는 모든 사람이 평일에 탁아소에 개를 '맡기거나' 은행에 개를 '입금'하게끔 말이다. 다들 얼마든지 돈을 쓰고, 돈으로 '개를 키우는 고귀한 정신'을 배양한다. 이윽고 짬이 나자 내가 '키우는' 아름다운 개가 보고파진다. 전화를 걸어 개를 데려오라 하여 개와 상봉한다. 인류는 사실상 너무나도 바쁘다. 내가 말하는 인류란 곧 현대인이다.

현대의 개들은 '가정의 온기'를 느끼지 못한다. 현대의 아이들과 마찬가지다. 길에서 빗질이 잘되어 '모발'에 윤기가 자르르 흐르는 개와 마주치면 사랑스러운 마음이 우러나지만, 개 주인은 별 볼일 없겠다는 짐작도 드는 것이 사실이다. 이 개의 주인은 안 바쁘구나, 종일 개하고 놀 시간이 있구나. "개한테 빗질해줄 만큼 한가하다니, 웬일이라니!" 이것이 현대의 논리다.

50년 뒤 인류는 분명 지금보다 더 바쁠 것이며 정신병자도 없을 것이다. '정신분열'에 이미 익숙해져 있을 테니 말이다. 그때가 되면 우리가 기르는 개는 종이로 만들어져 '개 목욕'이라는 귀찮은 일은 아예 존재하지 않으리라. 개가 더러워지면 버린다. 이렇게 '개 공업' 생산활동을 촉진하리라. 개 박사학위를 가진 설계자가 온종일 책상에 고개를 파묻고 '내년의 신제품 개'를 설계한다. 이렇게 소비를 촉진하며 개 공업은 급속히 성장하리라. 초등학생은 고대 공룡을 탐구하듯 스노 같은 개를 탐구하리라.

공룡아, 미안하다. 그러니까 내 말은, 스노, 우리 모두 너한테 정말 미안해! 우리는 영장류靈長類고 너는 '영차류靈次類'지만,* 여러 면에서 네가 우리보다 아름다운 '인성'을 지녔어.

거실에 들어와 우리와 함께하고 싶을 때면 너는 토실토실한 '엉덩이'를 방충망에 들이대곤 하지. 눈이 없는 쪽을 거실에 들이밀며 적어도 몸 반쪽으로라도 가정의 온기를 느끼고 싶어하지. 네 눈이 있는 그쪽을 차가운 목줄로 묶어놓는 것은 정말 안 될 일인데. 다행히 귀가 무척 밝은 너는 거실에서 웃음소리가 들리면 하얀 꼬리로 방충망을 탁탁 치면서 기쁨과 안도감을 표시하지.

우리가 너를 그런 지경에 빠뜨렸어도 너는 여전히 늠름한 자태로 충성스럽고 의연하게 집을 지켜주지. 깊은 밤에 대문에서 발소리가 들리면, 너는 깊이 잠들었다가도 벌떡 일어나 '변성기'가 온 목소리로 호통을 치지. "게 섰거라!" 너는 물불 가리지 않고 돌진해 끝내는 '사과상자와 함께' 마당에 나뒹굴고 말지. 머리를 박은 너는 엄청 아팠을 거야.

빨래를 너는 이웃집 장대가 담장 너머로 살짝만 넘어와도 너는 용납 못 하고 "안 돼, 안 돼!" 고함치며 제지하지. '영공'을 철저히 관리하는 너는 연이 넘어와도 참지를 못하지. 전

---

* '영장'은 '영묘한 힘을 가진 우두머리長'라는 뜻으로 사람이 뭇 짐승보다 우월하다는 의미를 담고 있으며, '영차'의 차次는 '뒤떨어지다, 다음가다'라는 뜻이다.

기공사 직원이 담장 밖 전봇대에 올라가 가로등을 고쳐도 너는 사유지 정탐으로 간주해 쉬지 않고 으르렁거리지. 수리를 다 하고 내려올 때까지 짖어대느라 목이 다 쉬어버렸잖아. 자재를 들고 온 견습생이 "망할 놈아" 하고 욕을 했더랬지. 너는 '외부인'을 영원히 놓아주지 않으니까.

아내가 아침에 신문을 가지러 나가면 너는 밤새 당직 서며 못 잔 잠을 '보충'하느라 눈조차 제대로 못 뜨고 꼬리만 탁탁 치면서 사과상자 속에서 아침 인사를 건네지. 너는 우리 집의 모든 소리에, 모두의 발소리에 일찌감치 익숙해졌지.

너는 우리 모두와 친하게 지내고 싶지만, 우리는 인류가 발명한 관리 체계에 억눌려 숨 쉴 틈조차 없구나. 네가 하얀 꼬리를 흔드는 걸 보면 시계 초침이 떠오른단다. 네가 상심한다 해도, 솔직하게 털어놓을 수밖에 없는데, 네가 존경하고 사랑하는 왕과 여왕과 공주들은 모두 냉혹하고 무정한 '다리 달린 기계'란다. 특히나 왕과 여왕이 근무하는 곳엔 영원히 휴가가 없어.

언젠가 나는 희한한 점을 알아차리고 퍽 놀랐단다. 너는 신사였어. 한 마리 '수캐'인 너는 여성을 무시하는 포악한 남성과는 딴판이더구나. 너는 여성을 특별히 존중하더구나. 우리 집을 찾은 손님은 너를 두고 이런저런 얘기를 하지. 남자 손님은 이렇게 말해. "저 못돼먹은 놈!" 그런데 여자 손님은 달

라. "착하기도 하지, 어쩜 이리 순하니." 너는 인간보다 훨씬 더 인품이 훌륭해.

스노, 창밖에 있는 너는 지금 나하고 가장 가까이 있어. 우리 집에서 깨어 있는 '사람'은 너와 나뿐이구나. 너는 창문 안쪽에 있는 사람이 한밤중에 잠도 안 자고 무얼 하는지 알까? 잠 안 자는 이 사람이 원고지에 뭘 쓰고 있는지 알까?

천국새

요 며칠 집안 분위기가 매우 엄숙하다. 샤오추추가 즐거운 인간 세상을 떠나려 하기에, 또 다른 즐거운 세상으로 가려하기에. 대자연의 법칙에는 저항할 도리가 없다. 대자연의 법칙을 이해하지 못한다면 우리는 울면서 발버둥치리라. 대자연의 법칙을 이해한다면 그것이 엄숙한 일임을, 참으로 엄숙하고도 엄숙한 일임을 깨달으리라. 이해에서 한 걸음 더 나아간다면 우리는 웃으며 그것을 대면할 수 있으리라, 심지어 좋아하게 되리라.

밀물이 밀려들 때면 너른 바다에 세찬 물결이 출렁이고 철썩거린다. 이것이 인생이다. 어릴 때 캄캄한 밤에 슬그머니 나가서 바다를 바라보며 모래밭에 서 있었던 적이 있다. 하늘에는 별빛이 총총하고 바다는 조용하고 잔잔했다. 더없이 평온한 분위기였다. 썰물이 빠져나갈 때, 그것은 인생을 넘어서는 또 다른 경지를 상징했다.

웨이웨이가 아기 때, 아내는 작은 새 몇 마리를 키우면서 '보는 것'을 가르치고 안구운동도 시키자고 주장했다. 우리는 노란 새 한 쌍과 아름다운 새장을 샀다. 새장 밖 1.5미터 거리에서 아란이 웨이웨이를 안고 있으면 반짝이는 흑진주 같은 웨이웨이의 눈동자가 낭랑하게 지저귀는 음표 두 개를 좇아 바삐 움직였다. 이 일은 어느새 날마다 하는 일과가 되었다.

나는 아내를 이해한다. 아내는 농촌에서 어린 시절을 보내서 식물도 좋아하고 동물도 좋아한다. 아내에게 이 세상은 본디 거대한 식물원이자 거대한 동물원이다. 내 어린 시절은 아내와 딴판이다. 나는 아버지와 남동생과 함께 농촌에 딱 한 번 '탐험'을 갔을 뿐이다. 나에게 '대자연'은 공원이다. 나에게 대자연이란 '빌딩숲에 둘러싸인 한 조각 녹지'다. 나는 유리, 금속, 시멘트로 이루어진 청결함을 좋아한다. 나도 당연히 꽃을 좋아하고 나무를 좋아하지만 거름은 못 견디겠다. 나도 고양이의 멋진 무늬와 개의 보드라운 털을 좋아하지만 그들이 살아가려면 꼭 해야 하는 배설은 참지 못한다.

내가 '동물을 좋아하지 않는다'는 것은 정확한 얘기가 아니다. '깨끗이 씻고 난' 동물을 좋아한다는 게 진실이겠다. 아내가 나더러 '무색, 무미, 무취'의 동물을 좋아하는 사람이라고 말한 적이 있다. 나도 내 결점을 안다. 나도 내가 '말이 안 된다'는 걸 안다, 나도 다 안다. 내가 살아가면서 가장 많이 접촉하는 것은 전등이지 해와 달과 별이 아니다. 나는 너무나도 '도시적'이다.

아내는 쥐와 하느님을 똑같이 '공평'하게 대하는 사람이지만, 확실히 동물을 좋아한다. 닭을 좋아하고 오리를 좋아하고 새를 좋아하고 참새를 좋아하고 고양이를 좋아하고 개를 좋아한다. 만약 아내에게 호랑이를 한 마리 키우자고 제안한다면 아내는 대단히 진지하게 받아들이고 즉시 철창 우리를 앞뜰에 놓을지 뒤뜰에 놓을지 고민할 것이다. 아내에게 이는 잔뜩 흥분할 만한 중대사다.

노란 새 두 마리와 은빛 새장을 들인 지 얼마 되지도 않았는데 아내가 '십자매' 한 쌍이 사는 새장 하나를 또 사왔다. 돈을 내고 다 끝난 일이라는 걸 알면서도 나는 아내에게 항의했다. 내가 용인은 하지만 반대한다는 사실을, '용인하는 반대'의 뜻을 전하려는 것이다. '장부에 잘 적어났다가' 나중에 아홉 번째 '입양안'에 반대할 밑천으로 써먹으려고.

내가 그녀의 유력한 반대 당이 아니라면 우리 집이 어떤 꼴일지 빤하다. 곳곳에 부엉이, 공작, 앵무, 갈매기, 고양이, 개, 여우, 닭, 오리, 펠리컨, 금붕어, 올챙이, 돌고래가 살고, 여기저기 새장과 연못과 선반이 있을 거다. 우리 집은 '이솝우화 세상'이 되었으리라.

내 항의에 아내가 대꾸한다. "애들한테 그렇게 책 속에 있는 새만 보여줄 수는 없어."

"맞아요!" 잉잉이 말한다.

"옳소!" 치치가 말한다.

"아빠 정말 미워!" 웨이웨이가 말한다.

이렇게 십자매 한 쌍을 집에 들이고 만다. 두 마리 십자매
는 똑같은 이름으로 불린다. 한 마리는 샤오추추, 다른 한 마
리도 샤오추추. "샤오추추가 오늘 밥을 안 먹네." 요 녀석을 가
리키며 말한다. "샤오추추는 오늘 채소를 많이 먹었어." 저 녀
석을 가리키며 말한다. 아이들은 누가 누구인지 잘 안다. 구분
할 수 있다. 나는 아니다. 나에게 그들은 새장 속에 웅크린 두
마리 '작은 참새'일 뿐이다. 찔리는 게 있어 나를 똑바로 못 보
는 녀석들. 흥!

처음에는 앞뜰 복도의 하얀 신발장 위에 새장을 놓았다. 불
행히도 그곳은 '검은 길고양이가 다니는 오솔길'이었다. 황혼
이 드리울 때마다 샤오추추들이 새장에서 푸드덕거리며 구원
을 청하는 날카로운 소리가 들려온다. 거실 문을 열어보면 검
은 고양이가 잔혹한 눈빛으로 사냥 태세를 취하고 있다. '누
구도 막지 못해, 나는 저 두 녀석을 처치할 권리가 있어!'라는
위세다. 아이들이 장대로 그의 근육질 몸을 때리면 그는 비
몇 방울 맞은 싸움소처럼 대수롭지 않게, 심드렁하게, 묵직하
게 돌아서서 깊은 내공으로 담장 위로 훌쩍 뛰어오른다. 그리

고 표범 같은 눈초리로 우리를 노려본다. "내일 해 지는 시각, 여기서 또 보자!" 우리는 오싹 소름이 끼친다.

"기꺼이 상대해주마!" 아이들 등 뒤에서 나는 위풍당당한 눈빛으로 그에게 반격한다. 이 가련하고 괘씸하고 밉살스럽고 가증스러운 검은 호랑이여!

나는 정의로운 사람이다. 그날부터 샤오추추의 보호자를 자처했다. 동물사회의 소용돌이에 휘말려든 나는 원고를 쓸 때조차 책상 옆에 몽둥이를 두었다. 황혼 무렵마다 귀가 예민해져 개미 기어가는 소리까지 들릴 지경이었다. 밖에서 기척만 났다 하면 붓을 팽개치고 곤봉을 집어들었다.

아내는 동물사회의 법칙을 이해하는 사람인 동시에 내가 그토록 긴장해 있는 것도 바라지 않았다. 내가 정도를 걸으며 이상을 추구하는 대신 타락하여 무송*의 길을 가는 것은 더더욱 바라지 않았다. 아내는 몰래 새장을 뒤뜰로 가져가 담장 아래 있는 오래된 팔걸이의자에 올려놓았다. 뒤뜰은 고양이에게는 함정이나 다름없는 막힌 공간이다보니 그 검은 호랑이는 다시는 접근하지 못했다. 식구들이 아침에 욕실에 갈 때마다 지나는 길목이라 샤오추추를 돌보기도 더 편해졌다.

---

* 『수호전』과 『홍루몽』에 등장하는, 호랑이를 맨손으로 때려잡은 협객. 형의 복수를 위해 악녀 반금련을 잔혹하게 살해했으며 술김과 홧김에 무고한 사람도 많이 죽였다.

하루가 다르게 쑥쑥 자란 웨이웨이는 새를 보는 사람에서 새를 돌보는 사람으로 변모해 물을 갈아주고 모이를 넣어주었다. 웨이웨이가 새장 문을 열면 두 마리 샤오추추 모두 경건한 태도로 한 발짝 물러나 웨이웨이가 농업사회의 속도로 자신들을 위해 복무하게 했다. 문이 열린 틈에 새장을 탈출해 하늘로 날아오르는 일은 결코 없었다. 나이가 들어버린 샤오추추는 안주를 원했다. '자유'를 그저 '공간'의 의미에 한정하는 혈기왕성한 청춘과는 달랐다. 그들은 어느덧 장자처럼 달팽이 껍데기 속에서 자유의 최고 경지를 추구할 수 있었다. 나는 나를 속박하지 않는다. 나에게 자유를 줄 수 있는 존재는 나 자신뿐이다. 공간은 이미 의미를 잃었다.

사실 샤오추추 둘 다 웨이웨이보다 나이가 많았다. 웨이웨이는 이제 막 다섯 살이 되었고 샤오추추는 일찌감치 다섯 살이 넘었다. 신체 나이를 떠나 그들은 웨이웨이보다 윗세대다. 장수하는 새는 얼마나 살까? 동물학자에 따르면 까마귀의 어느 종은 69세까지 즐겁게 살 수 있다고 한다. 부엉이 박사는 스물네 번의 다채로운 봄을 연구하며, 건강한 참새라면 평생 다섯 번의 올림픽을 구경할 수 있단다. 깜찍하고 앙증맞은 새라는 생물은 평균 3650일의 호시절을 누린다고. 샤오추추가 몇 살에 우리 집에 왔는지는 모르겠다. 아마 두세 살 아니었을까.

몇 달 전에 샤오추추 1호가 자연의 부름을 받아 편안하고 달콤한, 기나긴 잠에 빠져들었다. 아이들이 다 집에 없을 때라 어른 둘이서 마술을 부렸다. 샤오추추는 햇살 아래 사라진 이슬방울처럼 인간 세상에 아무런 흔적도 남기지 않았다. 아이들이 물어보자 나는 뒤뜰 위 파란 하늘을 가리켰다.

"날아갔어요?" 누군가 물었다.

나는 고개를 끄덕였다.

"우리 집을 안 좋아했나봐." 누군가 아쉬운 듯 말했다.

이번에는 샤오추추 2호가 '자꾸만 자고 싶어하는데' 아이들이 다 집에 있었다. 웨이웨이가 가장 먼저 알아차렸다. "샤오추추가 엄청 피곤한가봐. 아무것도 안 먹고 계속 누워만 있네."

밤이 되었다. 잉잉과 치치가 숙제를 끝내고, 엄마는 진작에 '웨이웨이가 재워놓았고' 웨이웨이 자신도 자꾸만 눈이 감길 때, 세 아이가 모여 이 일을 두고 이야기를 나눈다.

"언니, 얼른 와봐. 샤오추추가 떠나려나봐." 치치가 나직이 말한다.

"조용히 말해." 잉잉이 말한다. "정말 이상하지. 샤오추추 몸속에 있는 '사람'은 어디로 가는 걸까? 어, 봐, 돌아왔어, 다시 눈을 떴어!"

욕실로 가는 나를 보자 아이들은 얼른 흩어졌다. 등 뒤에서 아이들이 가만히 나를 연구하는 느낌이 들었다. 아무래도 나의 '미래'에 일어날 일에도 흥미가 생긴 듯했다. 아이들은 우주에서 가장 매혹적인 비밀을 풀고 싶어한다!

샤오추추가 즐거운 인간 세상을 떠난 이튿날, 텅 빈 새장을 보고 웨이웨이가 묻는다.

"샤오추추는?"

"떠났어."

"아빠는 '그래도' 샤오추추가 어디 갔는지 나한테 말해줘야지!" 웨이웨이가 불만스럽게 말한다.

"하늘나라로 돌아갔단다." 나는 또다시 머리 위 파란 하늘을 가리킨다. "샤오추추는 하늘나라에서 너랑 놀려고 우리 집에 왔던 거란다. 오래 놀았더니 피곤해져서 하늘나라로 돌아가서 자려는 거야. 예쁜 이불 덮고, 폭신한 베개 베고. 샤오추추는 천국 새거든."

5부

불사르는
시기

뚱뚱한
계절

외투, 솜이불, 두꺼운 점퍼가 내 몸무게를 늘린다. 겨울은 내가 뚱뚱해지는 계절이다. 겨울옷 속에 있는 모델은 여전히 말라깽이지만 남들이 보기에는 대단히 풍만해 보인다 ― 옷 덕분에.

처음 운전을 배우는 사람은 눈대중하는 능력이 떨어져서 종종 사람을 친다. 집에서 내가 솜이불을 두르고 있으면 뚱뚱한 정도가 두 배로 늘어난다. 여름에 했던 눈대중의 효력이 완전히 떨어지는 바람에 찻잔을 치고 참고서를 떨어뜨리는 일이 일상이 된다. 한번 움직였다 하면 대군이 국경을 넘어간 흔적처럼 이불 뒤로 파괴 현장이 펼쳐진다. 의자는 야전침대가 되고 화분은 수레바퀴가 되고 쓰레기통은 잔뜩 구토를 해놓는다. 똑바로 서 있던 가구들이 몽땅 드러눕는다.

나의 회오리바람을 가장 두려워하는 것은 웨이웨이가 바닥에서 심혈을 기울여 운영하는 디즈니랜드. 웨이웨이는 내 등 뒤에서 면사포를 들어주는 화동이 된다. 내 도포 자락이 모든 걸 쓸어버리지 않게끔, 자기가 처음부터 다시 「창세기」를 써야 하는 일이 없게끔.

새로운 눈대중 능력을 키우느라 나는 여름보다 상당히 예민해진다. 뚱보 두 명이 나란히 지나가고도 남을 공간을 몸을 틀어 통과하고, 괜스레 손을 뻗어 차탁자 위에 평안히 있는 찻잔을 받친다. 달리 말하면, 여름에 성공적으로 키워낸 눈대중 능력 때문에 겨울에는 오히려 사고를 치고 만다. 밥을 먹고 일어나면서 의자까지 끌고 간다. 젓가락을 뻗어 돼지고기를 집으면서 허벅지만 한 소매로 국그릇을 뒤집어엎는다.

겨울이 내 손발을 둔하게 만들 리는 없다. 옷 속에 파묻힌 모델은 여전히 예민한 감각을 잃지 않았으리라고 굳게 믿는다. 문제는 모델을 꽁꽁 싸맨 두꺼운 무기물이 피부 레이더를 막아버렸다는 것이리라. 택시를 몰던 사람이 대형 십륜 트럭을 몰기 시작하면 여기저기 들이박고 길가의 전봇대까지 끌고 다니기 마련이다.

누군가 몸무게를 물어보면 이 점을 분명히 해야 한다. "옷 무게는 뺄까요, 말까요?" 두 경우의 차이는 매우 커서 때로는 배수倍數의 문제가 될 정도다.

들짐승은 엄동설한에도 몸을 따뜻이 유지하는데, 전적으로 몸에 난 털 덕분이다. 인류도 똑같이 털 덕분에 겨울을 난다 ― 다른 동물의 털과 사람이 만들어낸 털 덕분에. 인류의 조상은 원래 털투성이 동물이었다. 그런데 '진화' 때문에 몸에 난 털이 모두 '퇴화'하고 말았다. 오늘날의 인류는 가장 강인한 몇몇 잠수부 말고는 옷을 벗은 채로 겨울을 날 방도가 없다. 옷을 입지 않는다면 모조리 '한해살이 동물'이 되고 말리라. 나중에 인류가 달에 가서 살게 됐을 때 산소통이 깨지거나 도시를 감싼 플라스틱에서 공기가 새면 생명이 위태로워질 거라고 걱정하는 사람이 많다. 그런데 지구에서 산다고 달에서 사는 것보다 안전할까? 지구상에서도 인류는 똑같이 '체외 물질' 한 겹에 의지해 추위를 막는다. 각종 섬유의 원료가 바닥나는 날이 진짜로 온다면 달에서나 마찬가지로 생명이 위태로워질 거다. 지구도 달도 우리에게는 똑같이 불안전한 곳이다.

겨울날 욕실로 들어갈 때면 신에게 감사하는 마음이 든다. 내 몸에서 한 겹 한 겹 벗겨지는 가짜 털과 가짜 가죽을 보면 적어도 근 단위로 따져야 할 무게다. 그런데도 내가 이렇게 살아 있다는 건 실로 행운이 아닐까 싶다. 그 순간 용감하게 욕실 문을 열고 벌거벗은 몸으로 찬 바람 쌩쌩 부는 뜰로 나간다면, 열 걸음 안에 폐렴에 걸리고 말 것이며 일곱 걸음 만에 시체가 될지도 모른다!

욕실 안에서 일곱 겹 '가죽'을 몽땅 벗겨낸 허약한 모델이

뜨끈한 연못물에 스르르 들어갈 때, 그는 타락하여 금수가 될 수도, 정화되어 성인이 될 수도 있다.

인생이란 굶어 죽지 않고 얼어 죽지 않으려는 대처일 뿐이다. 콧구멍 속 두 줄기 숨결을 유지하기 위해서라면 뭐든 할 수 있다. 굴욕을 당한들 어쩌하리? 간교를 부린들 어쩌하리? 변변치 못한들 어쩌하리? 부도덕한들 어쩌리? 다투어 빼앗는 것은 본능인데 어쩌라고? 이런 생각을 할 때 이 욕조 속 철학자는 사실상 한 마리 짐승이다.

인류란 이토록 나약하고 이토록 가련한 존재인데, 서로 다투고 빼앗을 거리가 뭐가 있으랴? 우리가 운 좋게 살아가는 것은 모두 발명 덕이며 지식과 기술을 다 함께 누리는 덕이다. 어찌하여 서로 공경하고 사랑하고 양보하고 존중하지 않을까? 어찌하여 더 존엄하고 더 고귀하게 살아갈 방법을 모색하지 않을까? 어찌하여 악을 멀리하고 정정당당한 군자가 되려 하지 않을까? 어찌하여 큰 인물처럼 배 속에 태평양을 품고 살아가지 않을까? 무엇이 안타까워 배 속 물길에 쪽배 하나 못 띄우는 소인배처럼 살까? 이런 생각을 할 때 욕조 속 철학자는 어느덧 성인이다.

겨울이 우리에게 주는 것이 고작 '뜨거운 물에 몸을 담그고 멍청히 사색에 잠길' 기회뿐이라면 겨울은 사랑스러운 계절 축에 못 낀다. 겨울의 더없이 크나큰 매력은 바로 겨울이 내

포한 '얼음불'의 신비로운 아름다움이다. 활활 타오르는 그 불꽃은 얼음과 눈이 만들어낸 것이다. 우리가 인생길을 걷다가 얼음으로 뒤덮인 혹한의 세상에 발을 들이는 그때, '얼음불'이 타오르기 시작한다. 처음에는 차가운 금빛 콩알 같던 것이 촛불처럼 변하고, 자그마한 불꽃이 얼음과 눈을 연료 삼아 끝내는 모든 걸 삼키며 태양처럼 이글이글 춤을 춘다!

우리는 저마다 가장 평범하고 사소한 일에서 출발해 얼음불의 아름다움을 만나게 된다! 내가 얼음불을 처음 본 것은 어릴 때였다.

그해 12월, 고향 날씨가 갑자기 추워지는 바람에 다들 외투 속에서 덜덜 떨며 지냈다. 어느 날 새벽에 아버지가 불 없는 아궁이 같은 이불 속에서 나를 '끄집어'냈다. 입고 있던 묵직한 외투가 얇디얇은 매미 날개처럼 느껴졌다. 이불 속도 이불 밖도 내게는 막다른 골목이었다. 나는 어쩔 수 없이 잔뜩 움츠린 채 아버지를 따라나서 아직도 캄캄한 공원으로 갔다.

"지금부터 나를 따라 뛴다!" 곧이어 아버지의 검은 그림자가 어둠 속으로 휘적휘적 스며들었다. 나는 기관차 뒤에 매달린 화물차처럼 음산한 어둠 속으로 딸려 들어갔다. 인기척이라고는 없는 공원, 아버지와 아들의 얼음장 같은 신발이 얼음장 같은 가로수길을 두드리는 소리만 울렸다. 오래지 않아 첫 번째 온기가 온몸을 통과했다. 오래지 않아 온몸이 참을 수 없이 간질거렸다. 오래지 않아 이마에 진주 왕관이 씌워졌다. 여전히 해가 뜨지 않은 아침 8시쯤, 나는 어느덧 수증기를 뒤집어쓴 기관차가 되어 있었다. 나는 외투, 목도리, 장갑을 들고 아버지와 걸어서 집으로 돌아왔다.

안으로 들어선 나는 오들오들 떨고 있는 식구들을 보면서 의기양양한 미소를 지었다. 일찌감치 영화관에 자리 잡고 앉아서, 뒤늦게 다른 사람들이 태극권을 하듯 더듬더듬 자리를 찾는 모습을 보는 기분이었다. 내 온몸을 불덩이로 만든 연료는 바로 '추위'였다.

한겨울, 뼈를 에는 차가운 바람과 칼날 같은 빗줄기 때문에 온 땅이 꽁꽁 얼어붙은 날이었다. 이불처럼 두꺼운 외투를 입고 장갑을 끼고 목도리를 두르고 모자를 쓰고 우산을 받쳐든 나는 곡괭이를 휘두르며 길을 닦는 남자와 한담을 나누었다. 그는 홑옷에 반바지 차림으로 머리가 흠뻑 젖은 채 맨발로 얼음 위에 서 있었다. 그의 옷차림을 보면서 소름이 돋지는 않았다. 영양 상태가 좋고 건강한 이 남자는 한창 겨울 속의 여름을 나고 있었다. 줄곧 부들부들 떠는 사람은 나지 그가 아니었다. 웃을 때도 그가 나보다 훨씬 더 보기 좋은 미소를 지었을 터.

요 며칠, 추위를 살짝 느낀 나는 '천층고千層糕'*처럼 옷을

* 두 가지 색상의 떡을 층층이 쌓아 만든 중국 전통 떡.

겹겹이 껴입고 출근했다. 황혼 무렵 저녁바람이 불어와 추위
가 더 심해졌다. 그런데 공을 치니까 정말이지 실오라기 하나
안 걸쳐도 될 듯한 기분이었다.

열심히 단련하면 얼음불이 활활 타오른다. 이는 인생의 계
시 아닐까? 혹한의 험지에 들어서면 얼음불이 이글거리기 시
작한다. 이는 겨울이 우리에게 보내는 가장 고귀한 격려다. 얼
음불은 무슨 대단한 도리가 아니다. 얼음불은 불가사의하고
신비로운 아름다움이다.

나는 신비주의 경향이 전혀 없는 사람이다. '남에게 고생
좀 해보라'고 북돋우지도 않는다. 그런고로 달리지 않을 때
누릴 수 있는 겨울날의 어떤 편안함을 잘 안다. 이 겨울밤의
올빼미는 그 편안함을 아주 제대로 즐긴다(물론 더욱더 '제대

로' 즐기는 방법은 이불 동굴 속으로 들어가는 것). 나는 책상 밑에 두꺼운 방석을 놓고, 털양말을 신고, 솜옷을 걸치고 다리에도 하나 덮는다. 전기난로는 45도 각도로 나를 쪼이게끔 배치한다. 앉아 있는 의자 양옆에도 의자를 늘어놓고 잘 추려낸 참고도서와 사전 등을 잔뜩 쌓아놓고, 커피 한 잔과 차 한 잔에 과자 반 상자와 담배 한 갑을 둔다. 책상 위에는 보온병, 그릇, 젓가락, 뜯지 않은 라면을 놓는다. 심지어 '개인 변소'까지 있다. 한번 자리에 앉으면 좀처럼 일어날 수 없다. 나는 책상에 '자족'의 세상을 만들었다.

이 자족의 작은 세상에서 나는 풍성한 목화솜과 양털 더미 속에 웅크린 채 붓과 놀고 책과 놀고 언어와 놀고 문학과 논다, 눈꺼풀이 스르르 내려앉을 때까지.

엿듣기

집에 돌아온 치치가 엄마한테 고양이 가죽이 한 장 필요하다고 말하는 소리가 들린다.

"도대체 어디 가서 사죠? 시장 바깥에 여러 가죽을 파는 노점이 있을까요?"

"벽에는 달력 하나만 깔끔하게 걸어놓으면 돼. 고양이 가죽이라니 엄마는 반대다. 보기도 싫고 너무 잔인하잖아. 날마다 고양이 가죽을 보면서 공부하게? 얼마나 비위생적이니! 이 얘기는 아빠한테는 꺼내지도 마, 알겠어? 네가 하는 말이면 아빠는 무조건 찬성이니까." 나는 내 방에서 다 듣고 있다. 아내가 또 무슨 말을 한다. 나에 대한 비평일 텐데, 목소리가 그리 크지 않아서 나는 귀를 쫑긋 세운다. "희한한 생각일수록 재미있어하는 사람이잖니."

나는 속으로 항의한다. 스노를 키우자고 먼저 주장한 사람이 누구지? 가엾은 하얀 개야, 나는 줄곧 너의 적이지. 너는 나에게 아무런 나쁜 짓도 안 하는데도. 너는 너의 하얀 꼬리를, 눈처럼 새하얗고 아름다운 '여우 꼬리'를 날마다 적어도 200번은 흔들어주는데.

토론도 거치지 않고 단번에 새를 네 마리나 키우기로 한 사람이 누구지? 저마다 점잖은 남극선옹南極仙翁*으로 키웠지만, 지구의 대기 압력에 질려버린 그들은 줄줄이 구름을 타고 극락으로 돌아가버렸지.

금요일을 골라 닭을 사온 사람이 누구지? 샀는데 잡지는 않고, 아이들에게 이틀쯤 연구할 시간을 줘야 한다고, 말인즉슨 도시에서 닭도 모른 채 자랐다간 나중에 '어수룩한 촌뜨기'가 될 거라나 뭐라나, 사흘째인 일요일에 물을 펄펄 끓여 놓더니 나한테 펜과 책을 내려놓고 애들 데리고 산책 가라고 강요한 사람, 애들은 '잔인한 장면'을 보면 안 된다던 사람이 대체 누구였더라?

치치의 웃음소리가 들려온다. "벽에 걸어놓으려는 게 아니에요!"

아내의 질문이 이어져야 마땅한데 '침묵의 장'이 펼쳐진다. 오선지에 그려진 '쉼표'가 내 귀에 들린다. 아마 아내는 눈으로 겨우겨우 이런 의사 표현을 하고 있으리라. '?'

* 도교 신화에 나오는 장수長壽를 상징하는 신선.

치치가 말을 하는데 소리가 너무 작다. 비밀을 듣고 싶은 나머지 방을 나가 둘이서 이야기를 나누는 그 먼 식탁까지 가서는 안 된다. 냉철한 사람이라면 해서는 안 될 일이다. 치치 마음에 자리 잡은 엄숙한 생각에 따르면, 존경받을 만한 인물은 자신의 사명 말고는 일절 관심을 두지 않는 법이다.

나는 '면도날의 가장자리'*에 임박했다. 중국 위인전에 나오는 '피도 살도 없는' 냉정한 인물이 되어야 할까? 차라리 영웅의 본색을 드러내 붓과 책을 팽개치고 벌떡 일어날까, 외국 위인전에 나오는 '피도 살도 있고' '결점도 잔뜩 있는' 인물처럼 식탁으로 돌진해 무슨 얘기가 이어지나 들어볼까?

다행히 '중요한 말은 반음 올려 얘기하는' 치치의 습관이 나를 도왔다. 나는 어떤 결정도 내리지 않아도 되었다. '반음 올라간' 소리로 말하는 '실험'과 '전류'라는 단어가 들려왔다.

해석이 필요치 않은 얘기였다. 어떤 아빠라도 이해할 수 있는 얘기였다. 고양이 가죽, 실험, 전류라면 당연히 유리막대도 필요하리라. 아주 분명하지 않은가? 셜록 홈스보다 자질이 좀 떨어지는 사람이라도 충분히 알아들을 수 있는 얘기다.

나는 내 청각이 자꾸만 예민해진다는 사실을 부인하지 않

* '면도날을 넘어가듯 위태롭고 힘든 결단'을 비유한다. 인도의 경전 『우파니샤드』에 나오는 말로, 서머싯 몸이 소설 제목으로 쓰면서 유명해졌다.

는다. 요즘 들어 내 마음에 미세한 변화가 생겼음을 부인하지 않는다. 가장 세심한 사람이 가장 조용한 밤에 가장 다정한 마음으로 그날 하루 아이가 했던 일들을 추억하는 그때 비로소 느껴지는 미세함이다. 그걸 느끼는 순간, 심장이 쿵 내려앉는다. 미미하던 그 느낌이 서서히 불어나더니 세차게 용솟음친다. 나는 감정의 파도가 출렁이는 망망대해에 떠 있는 작은 배의 갑판에서 죽어라 노를 젓는 뱃사람 같다.

이 가슴 철렁한 감정은 뭘까? 잉잉과 치치가 어릴 때, 나는 그 애들의 태양이었고 그 애들은 나의 행성이었다. 나는 태양계의 중심이었다. 그때 나는 아이들이 '내 이야기에 귀를 쫑긋 세우는' 즐거움을 누렸다. 내가 하는 평범한 말들이 아이들 귀에는 '의미 가득한' 말로 들렸다. 내 이야기는 아이들의 인생길에서 지식의 문과 지혜의 창을 열어주는 황금열쇠였다. 나는 하멜른의 피리 부는 사나이였다. 아이들은 피리 소리를 들으며 내 뒤를 졸졸 따라다니고 내 주위를 맴돌았다.

나는 우주의 중심이었다. 이 얼마나 존엄하고 영광스러운 지위인가!

우주의 구조란 본디 이래야 합리적이지 싶을 무렵, 나의 소행성들이 모두 태양으로 변해버린 '동화' 같은 상황을 홀연 깨달았다. 새로운 태양빛, 새로운 태양열과 함께 새로운 인력이 생겨났다. 아이들은 내 궤도에서 벗어나 다시는 내 주위를 돌지 않았고, 심지어 나를 커다란 위성으로 변하게 만들었다.

지금 귀를 쫑긋 세우는 사람은 언제나 나다. 호기심이 어찌나 강렬한지 잉잉과 치치가 나누는 이야기에 귀를 기울이지 않고는 못 배긴다. 아이들이 하는 얘기가 다 내 어릴 적에 겪은 일이라는 걸 알고 나면 '저작권을 침해당한' 느낌이 들기도 한다. 그러나 다채롭던 내 소년 시절의 '긍지'가 나를 일깨운다. 나는 아이들의 황금생활의 가치를 깎아내리고 억누를 권리가 없다. 다른 사람들에게 그때 그 소년의 마음에 품은 가치를 깎아내리고 억누를 권리가 없었듯이.

지금까지도 나의 소년 시절은 나에게 가장 진지한 의미가 있다. 다른 사람이 깔보는 것은 용납할 수 없다. 내 마음속 깊은 곳에 간직한 소년 시절은 인간이 손에 넣은 가장 커다란 재산, 천만의 가치가 있는 재산이라고 생각한다.

"그게 뭐 대단한 거라고, 아빠 어릴 때는……" 하고 멍청하게 아이들 대화에 끼어든다면, 그건 아이들의 자존심에 상처를 입히는 어리석기 짝이 없는 짓이다. 다른 사람이 내 소년 시절을 모욕하면 나도 못 참지 않겠나? 그래서 나는 듣기만 한다, 아무 말 없이.

청중을 잃어버린 연설가는 인간적으로 어찌할 수 없는 울분을 억누른 채 청중석에 앉아 '내 왕년보다 빛나지 않는' 연설에 모순된 감정으로 박수갈채를 보낸다. 누구도 참을 수 없는 이 상황을 단 한 사람만은 견뎌내야 한다. 그 한 사람은 바로 아버지다.

아버지의 이야기는 결코 자식의 경험을 대체할 수 없다. 아름다운 소년 시절이란 신선하고 파릇파릇한 인생 경험으로 이루어진다. '아버지의 경험'으로는 대체할 수 없는 것이다.

'아버지 대오'에서 내 앞에 서 있는 사람은 '포기'라는 이 단계의 고통을 어찌 견뎠을까 모르겠다. 갑작스레 인력을 잃은 행성이 어찌 행성일 수 있을까? 이런 상황에 맞부닥뜨리면, 그의 마음은 한밤중 적막이 감도는 학교 운동장처럼 텅 비어버리지 않을까? 떠나는 아이들은 결코 아버지를 버리는 것이 아니다. 그러나 다시는 아버지 주위를 맴돌지 않으리라. 아이들은 인생 경험을 '게걸스레' 집어삼키며 새로운 우주, 자신이 중심인 우주를 만들어간다. 모든 사람이 이렇게 자기만의 우주를 갖기 마련이다. '종속물'이 허물을 벗고 '독립 개체'가 되려 한다. 새로운 태양계가 탄생한다. 아버지는 이 '탄생'을 위해 대가를 치른다. 자신의 위성을 잃고 만다.

'탄생의 고통'을 최초로 맛보는 사람은 어머니다. 그러나 그 고통 끝에 오는 것은 역시 '희열'이다. 아버지인 나는 웃음을 머금고 견디는 수밖에.

중학교 입학 날, 잉잉이 학교에 '데려다'달라고 하면 '승낙' 할 생각에 나는 잔뜩 들떠 있었다. 그런데 그때 처음 이런 말을 들었다. "저 이제 다 컸잖아요. 아직도 아빠가 '데려다'주면 학교에서 '얘깃거리'가 돼요."

"저 이제 다 컸잖아요." 내 마음속 아이들은 아직도 그토록 작고 어리건만, 나는 미소 띤 얼굴로 받아들여야 한다.

저녁을 먹고 나서 아이들은 점점 내 곁에 모여들지 않게 됐다. 아이들이 바삐 가는 곳은 엄숙한 분위기의 책상이다, 하지만 나는 웃는 얼굴로 받아들여야 한다.

나 역시 내 책상이 있지 않은가? 나 역시 아버지를 떠난 게 아니라 '비로소' 내 책상에 온 것이 아닌가? 그렇다면 내 아버지가 일찍이 웃는 얼굴로 받아들였던 것을, 지금의 나도 웃는 얼굴로 배워야 마땅하리라.

자기네를 '엿듣는' 일에 내가 날마다 얼마나 신경을 곤두세우는지 아이들은 알까. 안다 해도 그건 아빠 된 자라면 누구나, 안간힘 쓸 필요 없이, 배우지 않아도 저절로 하게 되는 본능이라 여기겠지.

불사르는
시기 –
잉잉에게

세상 모든 아버지와 마찬가지로 나한테도 아버지가 있단
다. 세상 모든 '아이'가 그렇듯 나도 '아버지' 역할을 맡고 나
서야 '아버지'가 '얼마나 고된 직업인지' 깨달았지. 엄청나게
'애가 타는' 일이건만 '대우'는 형편없거든. 그때 나는 '내 아
버지를 찾아가 이야기 나누고픈' 마음이 간절했어. 나날이 어
려워지는 '시험 문제'를 어떻게 풀어나갈지 '두 아버지가 만
나' '지혜의 불꽃'을 피워 알아냈으면 했지.

그러나 하늘 아래 살아가는 아버지의 반 이상에게 이는 헛
된 바람이란다. 너무 늦었거든.

아버지는 집안의 '등불'이지. 어린 시절에 아이는 등불이
'가장 아름다운 빛'인 줄 알아. 하지만 '집안의 아이'는 청소
년기에 들어서는 순간 '대지의 자식'이 된단다. 그때 아이가
느끼는 가장 아름다운 빛은 태양이지 집에 있는 '등불'이 아
니야.

태양의 아름다움을 부정하는 사람은 없을 테지. 그러나 이 '대지의 등불'과 집안의 '등불'은 사뭇 달라. 태양은 빛인 동시에 열이고 에너지란다. 태양에게 다가갈 때는 상당히 이성적인 태도가 필요해. 안 그러면 태양이 우리를 '불살라'버릴 테니까.

'등불'과 '태양'은 비유일 뿐이야. 내가 말하는 참뜻은 '가정'과 '사회'란다. 자식을 영원토록 집안에 봉인해두려는 아버지는 없어. 그러나 '수영조차 배우지 않고' 물에 뛰어들겠다는 아이에게 바로 뛰어들라고, 망망대해와도 같은 사회로 단번에 뛰어들라고 하는 아버지도 없지.

아파트 10층에서 아이가 거리로 나가겠다고 하면, '온 거리가 내려다보이는' 창문이 아니라 '가려는 곳과 더 멀어 보이는' 뒤쪽 엘리베이터로 보내야 해. 이것이 '이성'이지. 네가 독립해 인생을 대면하기 전에 내가 줄 수 있는 가장 좋은 선물이 바로 이성이란다.

이성은 '격정'도 아니고 '절망'도 아니야.

이성은 '성숙한 격정'이야. 또 이성은 '절망'을 거부하지.

어느덧 너는 청소년이 되었고, 내가 그 시절 맞닥뜨렸던 숱한 어려움과 좌절이 이제 줄지어 서서 너를 기다리는구나. 네 눈에는 물론 그 거대한 진영이 보이지 않겠지. 나를 돌아보며 "쟤들 뭐죠?" 하고 물을 리는 더더욱 없고. 너도 알게 될 텐데,

그 시절 나도 그 진영을 보지 못했고 아버지를 돌아보며 물어
보는 일은 더더욱 없었단다. 내 인생은 순전히 '나 자신만의
일'인 줄 알았으니까. 그때 아버지는 아들 일을 곧 당신 자신
의 일처럼 여기셨지만 나에게 아버지는 내 앞에 놓인 거대한
세상의 작은 부분일 뿐이었어. 그것도 가장 작은 부분.

아버지는 인생백과사전의 '서문'을 쓰는 사람이라 할 수 있
겠구나. 소년 시절에 나는 인생백과사전만 읽으려 했지 '서문'
은 읽을 생각이 없었단다. 어렵사리 그 두꺼운 백과사전을 읽
어나가며 의미를 곰곰이 생각하다가 우연히 '서문'을 뒤적여
보게 됐지. 그제야 서문이 썩 훌륭하다는 걸 알았지 뭐냐.

지금 너를 위해 쓰는 '서문'에서 나는 '이성'을 강조하고 있
어. 네가 서문을 안 읽을지도 모르겠구나. 백과사전을 다 읽
고 나서야 서문을 읽어볼까 하는 생각이 들지도 모르고. 그래
도 나는 반드시 서문을 잘 써놓으련다. 그건 아버지의 책임이
니까.

소년 시절에 나는 '격정'이 넘쳐났지. 내가 막 '철이 든' 그
때 우리 집 분위기도 지금 '너의 집 분위기'와 똑같았단다. 맏
이는 청소년기에 접어들고, 아빠는 가장 바쁘고 가장 열심히
일해야 할 때고, 엄마는 '자꾸자꾸 집안일이 늘어나는' 바람에
'이리 뛰고 저리 뛰고' 할 때였어. 이렇다보니 오늘날 '외로운
열일곱'이라는 말에 다들 고개를 끄덕이고 공감하게 되었을

거야. 물론 너는 열일곱이 되려면 아직 멀었지만 내 눈에는 네가 열일곱을 향해 '질주'하는 것처럼 보인단다. 게다가 네가 워낙 영특하잖니. 그래서 열일곱과 더 가까운 느낌이 들어.

그때 나는 부모님이 다들 바빠서서 '외로운 열일곱'이 열세 살에 찾아왔지 뭐냐. 솔직히 말하면, 부모가 아무것도 안 하고 온종일 네 곁에 있다고 '외로운 시기'가 안 오지는 않아. 아니, '외로운 시기'는 반드시 와야 돼. 다만 부모가 바쁘면 그 시기가 일찍 찾아올 가능성이 높지. 그 시절 나는 사실 별다른 갈망은 없었고, 그저 '성숙한 사람'이 되고픈 마음만 간절했어. 나는 책을 읽었어. 좋은 책도 읽고 나쁜 책도 읽었지. 참으로 다행스럽게도 내가 읽은 책 중에는 위인전도 상당히 많았고, 그중에 『링컨 전기』가 들어 있었어. 링컨의 전기는 '실패한 사람의 일생을 충실히 기록'한 것이더구나. 링컨의 미덕은 '성실'이더라고. 링컨을 보면서 나는 그 '외로운 시기'에 나를 위해 '미래의 내 모습'을 빚어냈는데, 바로 '백번 실패해도 견뎌낼 수 있는 성실한 사람'이었단다. 위험, 두려움, 행운, 행복 모두 가득하던 시절! '스스로를 불사르는' 그 나이에 큰불 속에서 다행히 나는 가치 있는 것 한두 가지를 구해낼 수 있었어.

나는 친구를 사귀었어. 좋은 친구도 사귀고 형편없는 부잣집 녀석도 사귀었지. 참으로 다행스럽게도 내 친구들 중에는 청빈한 집 아이도 몇 명 있었고, 청빈한 집 아이 중에 다재다능하고 대범한, 범상치 않은 어린 재주꾼이 있었단다. '만 권을 독파한' 점잖은 어린 학자도 있었고. 두 친구의 '작은 성숙' 덕분에 나도 안정적인 힘을 얻었단다. 위험, 두려움, 행운, 행복 모두 가득하던 시절! '스스로를 불사르는' 그 나이에 다행히 나는 '불량소년 13인'이 아니라 '선비 13인'의 진영에 속할 수 있었지.

'미지의 미래'를 앞에 두고 나는 마구잡이로 팔을 휘둘렀어. 요행히 '상당히 괜찮은 것'을 움켜쥐었지. 물론 너의 세대는 나처럼 그렇게 막무가내가 아니길, '도박판'에 뛰어들듯 하지는 않았으면 좋겠구나. 그러는 대신 너는 '이성'을 차근차근 써먹기를 바란다.

이성, 또다시 이리로 돌아왔구나.

나의 '외로운 시기'에 내가 나를 위해 가장 먼저 키운 능력은 '이성'이 아니었어. 이갈이 나이에 사탕을 좋아하듯, '외로운 시기'에 나를 위해 키운 것은 '격정'이었지. 왜 '열정'이 아니라 '격정'이라고 하냐고? 열정은 '뜨거울' 뿐이지만 격정은 '불사르기' 때문이야. 내가 하는 이야기가 사실에 가까웠으면.

그때 맞이한 격정이 얼마나 '이치에 맞고 논리정연했는지'는 형용할 방법이 없구나. 나는 '결코' '필수' '당장' '영원히' '반드시' 같은 단어를 좋아했단다. 이글이글 타오르는 내 '청춘의 불꽃'의 연료는 바로 이런 글자가 상징하는 유의 '격정'이었지.

그때 심정을 묘사하자면 '펄펄 끓는 열'과 같달까. 부모님 말씀이 다 호의에서 나왔다는 건 알지만, 호의는 결코 '펄펄 끓는 열'을 내려주지 못했지.

지금 나는 '인생의 아름다운 법칙'을 아주 많이 알게 됐단다. '결코'는 이런 말과 어우러져야 해. '앞으로 20년간 뼈를 깎는 노력을 겁내지 말자.' '영원히'는 이런 말과 함께해야 하고. '죽을 때까지 한결같은 마음을 갖자.' '당장'은 이런 말에 붙여놔야겠지. '백 번을 실패해도 일어나자.' 하지만 그때의 나는 아무것도 몰랐어.

물보라는 끊임없이 부서지면서 단련되어 '밀물과 썰물'이 되는 거란다. 격정은 수없이 비관하고 절망한 끝에 단련되어 이성이 되지. 격정은 불과 같지만, 그 불길은 칼을 벼려내는 데 써야 해!

'불사르는 시기'에는 사랑도 미움도 뚜렷함을 넘어 강렬하기 짝이 없지. 그리고 아름다운 감정의 물보라를 일으키지.

'불사르는 시기'는 언제고 지나가기 마련이란다.

그때가 되면, '허물을 벗는 고통'을 맛본 세상 모든 아이가 '지혜의 보검'을 움켜쥐고 불길 밖으로 나오기를 바란다. '스스로를 불살라' 한 줌의 재만 남기지는 않았으면 해.

'불사르는 시기'는 '칼을 버리는' 시기란다.

잉잉, 우리 '이성'을 강철처럼 단련하자꾸나. 세상 모든 아이처럼, 우리 딸이 불길 속에서 나올 때에도 새로이 벼려낸 아름다운 '지혜의 보검'을 들고 나오기를 아빠는 간절히 소망한단다.

자전거
등원

원래 유치원에는 원활히 운행하는 통학 차량이 있고, 웨이웨이도 '자기가 속한 차량'이 있다. 그러나 그 애는 '편도'만 겨우겨우 이용한다. 집에 올 때는 순순히 타고 오지만 유치원에 갈 때는 알아서 간다.

웨이웨이의 성격은 '왕복' 승객이 되기에는 알맞지 않다. 그 애에게 '시간'이란 여전히 낯선 존재다. 아내와 나에게는 시계의 긴바늘이 우리를 노새처럼 달리게 하는 채찍이다. 우리는 천천히 그러나 '성큼성큼' 움직이는 긴바늘을 보며 전전긍긍하고 온몸의 근육이 바짝 긴장한다. 마치 카누를 저어 폭포를 내려가는 느낌이다.

웨이웨이는 다르다. 긴바늘이 '나가야 하는' 시간을 가리켜도 얼굴색 하나 변하지 않는다. 웨이웨이는 자리에 앉은 채한편으로는 조잘거리고 한편으로는 숟가락질을 하며 밥 먹는 시간을 누린다. "알아맞혀봐요. 무슨 물건인데, 파는 사람한테는 필요가 없고, 사는 사람한테는 보이지 않아요. 그게 뭐게요?" 웨이웨이는 '안달복달 나는 마음을 꾹 누르고 있는' 엄마 아빠에게 한가로이 수수께끼를 낸다.

"얼른 먹자, 웨이웨이." 엄마가 말한다.

웨이웨이의 대답은 이러하다. "알아맞혀봐요. 태양은 무슨 일을 하게요?"

"태양은 너한테 언제 밥을 먹고 언제 나가야 하는지 알려줘."

"난 엄마가 '그런 식으로' 말하는 게 싫어요." 웨이웨이는 아주 영리하다. "내 말 잘 들어요! 태양은 옷을 말릴 수 있어요. 사람은 운동을 많이 하고 햇볕을 많이 쬐어야 하는데요, 그럼 얼굴이 벌게져요."

"선생님 말씀?" 엄마가 묻는다.

"네." 웨이웨이가 웃으며 고개를 끄덕인다. 둘은 서로를 이해한다. 웨이웨이는 이런 식으로 유치원에서 배운 내용을 복습한다.

내가 말한다. "밥은 점심에 이어서 먹으라 하자. 얼른 앞치마 둘러줘, 차 올 때까지 3분 남았어. 골목까지 가는 데 웨이웨이 걸음으로는 적어도 1분은 걸려."

"그치만……." 아내가 웨이웨이의 밥그릇을 가리킨다.

"그치만……." 나는 내 손목시계를 가리킨다.

"알아맞혀보세요." 웨이웨이가 말한다. "물은 모양이 있을까요, 없을까요?"

아내가 웨이웨이를 의자에서 안아 내리며 '중급반' 앞치마를 둘러준다.

"엄마, 이러지 좀 마요!" 웨이웨이가 말한다.

나는 웨이웨이 발을 끌어다 양말과 신발을 신긴다.

"아빠, 이러지 좀 마요!"

아내는 웨이웨이 입을 닦아주고 머리를 빗겨준다.

"엄마, 이러지 좀 말라고요!"

우리는 웨이웨이를 잡아끌고 허둥지둥 뛰쳐나간다.

"엄마도 아빠도 이러는 거 아니죠!"

웨이웨이와 유치원 차량이 동시에 골목에 닿는다. 차장이 웨이웨이를 안아 태우면 차문이 닫히고, 부릉부릉 차가 떠난다. 웨이웨이는 차창 안에서 이맛살을 찌푸린 채 '엄마 아빠 이건 아니잖아요'라는 원망이 깃든 눈빛으로 우리를 보면서 멀어져간다. 버스가 모퉁이에 있는 오래된 대만고무나무를 끼고 돌 때, 3분 전 웨이웨이가 했던 질문이 내 귓가를 울린다. "물은 모양이 있을까요, 없을까요?"

"물은 정해진 모양이 없어." 내가 대답한다.

"물 더 넣는 걸 깜빡했네." 아내가 말한다. "가스불에 올려놓은 우유 냄비 어쩌데, 망했다!" 아내는 집으로 미친 듯이 달려간다.

이게 그나마 나은 상황이다. 대개는 이렇다.

차장이 와서 초인종을 누른다. "오늘 유치원 안 가나요?"

"가는데요." 내가 말한다.

"어딨어요?"

"아직 침대에 있어요."

유치원 차량은 (영어식으로 말하면) 가는 길에 반드시 아이를 '주워 담아야' 하기 때문에 매우 일찍 도착한다. 그에 맞춰 웨이웨이도 일찍 집을 나서서 차량에 '주워 담겨야' 했지만 웨이웨이는 적응하지 못했다. 웨이웨이의 '생활 리듬'은 대단히 느긋하다. 한 발짝 한 발짝 나아가야 한다. 웨이웨이는 매일 아침 눈을 뜨면 침대에 누운 채 창유리에 비친 환한 빛을 잠시 바라본다. 그런 다음 엄마 아빠를 옆으로 불러서 '시시콜콜한' 이야기를 한다. 웨이웨이에게 옷 입는 것은 하나의 일이고, 밥 먹는 것은 더더욱 '밥 먹는 모양새'를 갖춰야 하는 일이다. 한 발짝 한 발짝, 우리가 어릴 때 누리던 식이다. 웨이웨이는 해서楷書를 쓰려 하지 초서草書를 쓰려 하지 않는다. 그 애는 '현대생활'을 완전히 부정한다.

'현대생활'의 특색으로 익살스러운 '허둥지둥'을 꼽을 수 있다. 현대인은 저마다 '태엽을 꽉꽉' 감는다. 현대생활 속에서 익살스러운 '허둥지둥'을 뽑아내버린다면 다들 무미건조하다고 느낄 것이다. 현대 철학자는 바로 이런 '익살'에 '의미'라 일컬을 만한 의미를 살짝 부여하려 노력한다. 우리에게는 이미 생리적 변화가 일어났고, 수많은 현대인이 생활의 즐거움을 유지하기 위해 '허둥지둥'의 자극에 의존한다는 사실을 나도 인정할 수밖에 없다. 폭음하는 술주정뱅이처럼 우리는 '허둥지둥'이라는 독주를 퍼마신다. 현대인의 귓가에는 귀청이 터질 듯한 기계음이 울린다. "공허! 공허!" 의미를 추구하고 가치를 추구하는 본능을 잃은 바에야 손에 잡히는 대로 '작고 가까운' 구체적인 목표라도 붙잡으라며 우리를 다그친다.

자전거는 현대 영혼의 가장 아름다운 상징이리라. 자전거는 움직이지 않으면 스스로 평형을 유지하지 못한다. 하지만 똑똑한 사람이라면 '천천히 타는 법'을 익히기 마련이다. 그러지 않고서는 힘들여 포장한 큰길을 누릴 시간을 언제 낼 수 있을까. 넓고 평탄하고 깨끗한 길, 붉은 벽돌을 보기 좋게 '박아넣고' 푸르른 가로수로 아름답게 '단장한' 길을.

자전거가 그리워지기 시작했다. '그리움'에 그칠 게 뭐람? 나는 자전거가 있다. 나는 자전거를 탈 수 있다. 고로 나는 자전거 타는 즐거움을 만끽할 수 있다, 내가 원하기만 하면.

웨이웨이가 그렇게 일찍 집을 나서서 '주워 담길' 필요가 있나? '주워 담기는' 시간을 가져오면 웨이웨이가 '쓸 수 있는' 시간이 충분히 생긴다. 그리하여 우리는 '편도' 승객이 되기로 했다. 올 때는 차를 타고 갈 때는 알아서 가는 거다. 이렇게 하면 웨이웨이도 그런 생활을, '현대생활'을 할 필요가 없다!

웨이웨이는 동의했고, 자전거를 타고 싶어 안달이 났다. 타이베이가 뉴욕처럼 번화해지기 전에, '20세기 최후의 영예로운 자전거 기사騎士'의 영광스러운 직책을 서둘러 차지하자.

웨이웨이는 지금 '오후반'이다.

유치원은 오후 2시에 수업을 시작한다. 이 황금 같은 두 시간 동안 웨이웨이, 너는 느긋하고 싶은 만큼 느긋해도 된단다. 시간이 여유로울 때면 우리는 차탁자에 최근 출시된 '100가지 플라스틱 동물 모형'을 가득 늘어놓고 플라스틱 자 한 개와 고무지우개 몇 개로 '아프리카 사냥' 놀이까지 할 수 있지. 흰코뿔소를 사냥하고 싶으면 흰코뿔소를 사냥하렴. 악어를 잡고 싶으면 악어를 잡으렴.

'알아맞혀봐요'가 하고 싶으면 '알아맞혀봐요'를 하렴. '수수께끼'를 내고 싶으면 '개 한 마리가 길을 가는데, 한 걸음 갈 때마다 한 번 무는' 문제를 내렴. 글은 몰라도 시를 읊고 싶으면 큰언니가 학교에서 배우는 옛 시를 멋대로 읊어보자꾸나. 네가 쓸 시간은 충분하단다.

나는 웨이웨이가 밥을 다 먹어갈 때쯤 자전거에 안장을 얹

고, 편한 점퍼로 갈아입고 '철마'를 문밖으로 끌고 나가 '말'에
기대 서서 웨이웨이를 기다린다. 조금 뒤에 문이 열리고 아내
가 웨이웨이를 배웅하러 나온다. 웨이웨이가 뒷자리에 올라
타 자세를 잘 잡고 엄마한테 "안녕" 손을 흔들면, 자전거는 한
마리 물고기처럼 유유히 골목을 헤엄쳐간다. 모퉁이만 돌면
새로 포장된 아름다운 6차선 대로가 펼쳐진다.

　바람을 가르며 자전거가 부드럽게 나아간다. 나는 '앞자리'
에서 웨이웨이와 함께 '나무 고르기'를 한다. 어느 나무가 멋
지게 생겼는지, 어느 나무가 유난히 푸르른지, 어느 나무가 신
기하게 생겼는지, 어느 나무가 괴상하게 생겼는지.

　자전거가 멈추면 뒷자리에서 웨이웨이가 묻는다. "빨
간불?"

　자전거가 달리면 뒷자리에서 웨이웨이가 묻는다. "초
록불?"

때로는 이렇게 소리친다. "서요!"

나는 자전거를 세우고 무슨 일이냐고 묻는다.

"아빠 좀 쉬라고요."

웨이웨이가 또 이렇게 소리친다. "서요!"

나는 자전거를 세우고 무슨 일이냐고 묻는다.

"나도 좀 쉬려고요."

이런 휴식은 도대체 왜 필요한지 모르겠다만, 아마 웨이웨이 역시 '자전거 타는 건 상당히 피곤한 일'이라고 느끼지 싶다.

저녁에 온 식구가 한자리에 모일 때, 내가 아내하고만 두어 마디 더 나누면 웨이웨이는 반드시 항의한다. "아빠는 엄마 한 사람하고만 '친하게 지내면' 안 돼, 다 같이 '친하게 지내야지!'"

자전거에 태우고 유치원에 갈 때면 웨이웨이 한 사람하고만 '친하게 지낼' 수 있다. 그러면 웨이웨이는 유난히 말이 많아진다. 이때 웨이웨이가 읊어주는 '시' 덕분에 나는 이 '다섯 살 반' 꼬맹이의 생활에서 일어나는 세세한 부분까지 이해하게 된다. 나는 점점 '웨이웨이 전문가'가 되어간다. 이인자란 없다. 우리 집에서 나만큼 웨이웨이 머릿속의 작은 도서관에 있는 책을 몽땅 읽을 수 있는 사람은 없다.

공장장

때때로 여기가 '집'이라는 사실을 까맣게 잊는다. 때때로 나는 집의 정의를 완전히 잊고 만다. 나에게 집이란 어떤 의미인지 확정할 방법이 도무지 없다면, 모종의 상황이 '집' 같지 않다고는 또 어떻게 단정할 수 있을까?

아니아니아니다. 내 비록 제도용 펜과 자로 '집'의 형태를 명확히 그려낼 수는 없지만, 적어도 수채화로는 집이 풍기는 '감각적 인상의 모호한 윤곽'을 그려낼 수 있다, 붓질 몇 번으로 가장 생동감 넘치게.

집은 날마다 일하고 돌아와 쉬는 곳이다. 퇴근 시간, 일하느라 긴장한 정신과 고생한 육신일랑 서류철에 넣어 사무실 책상의 커다란 서랍에 넣고 잠가버린다. 날마다 들고 다니는, 집에 들어서는 순간 아이들이 서둘러 열어보는 007 가방에는 미소와 인사만 가득해야 한다. 집은 졸졸 흐르는 맑은 시냇물이다. 가지 끝에서 힘없이 흩날리는 나뭇잎 같은 사람들은 집이라는 시냇물에 닿는 순간 포근한 요람에 누운 아기가 된다. 시냇물에 몸을 맡긴 채 평온히 떠내려간 나뭇잎 배는 시냇물이 들려주는 잔잔한 음악과 함께 꿈나라로 흘러든다.

아침 일찍 사무실로 출근하는 그들의 얼굴에는 미소가 어려 있고, 손에는 결혼 청첩장을 받은 사람처럼 금가루가 잔뜩 묻어 있다. 단잠을 푹 자고 난 그들의 마음은 설탕절임처럼 달콤하기만 하다.

'감각적 정의에 속하는' 이런 광경은, 우리 집으로서는 눈앞에서 영원히 어른거리는 하나의 산봉우리다. 그 봉우리와 우리 집 사이에는 '헐레벌떡 심연'이 놓여 있다. 우리는 집에 돌아오는 순간 그 심연으로 굴러떨어진다.

매일 아침 집이 '흩어지는' 시간, 저마다 전날 밤에 작업한 성과를 가지고 집을 나서 일터로 가고 학교로 간다. 매일 저녁 집이 '모이는' 시간, 저마다 또 일터에서 학교에서 수많은 일거리를 가져온다. 집은 공장과도 같다. 이 공장의 공장장은 '엄마'다.

아이들 모두 든든한 마음으로 갖가지 '주문서'를 가져온다. 때때로 나에게도 들어오는 주문서를 보면 가슴이 철렁 내려앉는다. 그러나 아이들의 엄마는 성실한 공장장이다. 수많은 주문서를 받지만, 엄마를 쓰러뜨릴 만한 주문서는 없다.

한번은 치치가 이런 주문서를 들이밀었다. "하얀 수염하고 검은 수염 한 타래씩이요. 내일 필요해요."

이 말에 나는 재빨리 서재로 숨어들지만, 아내는 되레 부드럽게 대답한다. "그래, 알았어. 간식 좀 먹고 얼른 숙제하렴." 아내가 주문서를 접수한다.

그날 밤 아내는 반짇고리와 자신의 보물상자를 꺼내 거실에서 하얀 수염 한 타래와 검은 수염 한 타래를 만들기 시작한다. 한밤중, 나는 책장 모서리를 접고 책을 던진 다음 구슬줄을 당겨 침대 옆 조명을 끈다. 그러자 거실의 불빛이 물처럼 흘러들어 즉시 '빈자리를 채운다'. 아내는 아직도 검은 수염 타래와 하얀 수염 타래를 만들고 있다. 아내는 여전히 잘 생각이 없다.

이튿날 집에 돌아온 나는 치치의 방으로 간다.

"대성공이었어요!"

"뭐가 대성공이었어?"

"연극 대회요."

"반에서 한 거야?"

"네."

"화목란* 역할이었니?"

---

* 북위北魏 시기에 아버지 대신 남장을 하고 입대한 효녀. 화목란 이야기를 바탕으로 디즈니에서 애니메이션 「뮬란」을 만들기도 했다.

"감독이었어요."

"아하! 검은 수염 흰 수염이 왜 필요한지 이제야 알았네! 배우들이 분장하는 거였구나, 이렇게 걸치고. 맞지?"

"맞아요!"

수염 주문서를 받은 이 공장장은 '시간 기적' 주문서도 접수한다.

어느 날에 잉잉이 이런 주문서를 내놓는다. "내일 체육복 입어야 되는데 빨아서 다려주실 수 있어요? 깜빡하고 얘길 못 했어요."

그때가 밤 10시 30분. 주문을 받기에는 너무 늦은 시간이지만 아내는 쾌히 접수한다. 뒤뜰에서 주룩주룩 빗소리가 들려온다. 빗줄기가 공중에 비단 커튼을 드리우고 지붕에서 콩 볶는 소리가 난다. 아내는 부엌에서 커다란 대야를 꺼내놓고 체육복을 빤다. 부엌 안팎에서 물소리가 합주를 한다.

나는 서재 등불을 끈다. 내가 숨어 있는 '금빛 육면체'가 즉시 '검은 육면체'로 바뀐다. 나는 책 한 권을 들고 거실로 나와 부엌의 금빛 육면체를 건너다본다. 아내는 연못가의 커다란 청개구리 같은 모습으로 겨울 체육복 세 벌을 처리하느라 여념이 없다.

이튿날 날이 밝았다. 욕실에 옷이 잔뜩 널려 있겠거니 싶어 조심조심 들어가지만 체육복은 그림자도 보이지 않는다. 긴

급 주문서를 처리하는 공장장의 능력이 정말 놀라울 따름이다. 나는 탈영병의 죄책감을 품고 찬사를 보낸다. "대체 무슨 수로 납품 날짜를 맞춘 거야?" 무의식중에 아내를 공장장으로 표현한다는 비밀을 흘리고 말지만, 다행히 연못가의 청개구리를 떠올렸던 일은 누설하지 않는다.

"납품이라니? 무슨 공장에 납품해?"

나는 내 머리를 톡톡 두드린다. 아내가 웃는다. "꿈에서 덜 깨셨나봐?" 아내는 무슨 말인지 '이해'한다.

내가 새로이 말문을 연다. "잉잉 체육복 잘 가져간 거야?"

"가져갔지! 빨고, 널고, 불에 쬐고, 다리고. 일찌감치 완성했어!" 아내는 체육복 주문서를 처리하기 위해 한밤중에 몇 번이나 일어났겠지. 나는 웃고 있는 아내의 눈밑에 드리워진 그늘을 발견한다.

웨이웨이도 끊임없이 이런저런 주문을 한다. 웨이웨이의 주문서는 '중국인에게 국제적 명성을 안겨준' 바 있는 '구두 약속'과 똑같은 식이다. 웨이웨이는 늘 엄마가 가장 정신없을 때 주문을 한다. "저녁밥 먹고 나랑 난창제 가서 물고기 잡아요. 꼭!"

"그래, 꼭!" 아내의 손은 채소를 씻느라 정신없고 아내의 귀는 불에 올린 냄비 속 요리가 익어가는 소리를 듣느라 바쁘지만, "꼭"이라는 말을 해야만 방해받지 않을 수 있다. 저녁을 먹고 난 아내의 제1관심사는 나와 벌이는 '설거지 쟁탈전'이지만 웨이웨이의 '신용'을 무너뜨릴 수는 없다. 아내는 늘 못 미더운 눈초리로 나를 보며 말한다. "신용 '꼭' 지켜야 돼. 설거지는 갔다 와서 내가 할게."

나는 고개를 끄덕이면서 불확실하게 웃는다. 나는 붓만 드는 손보다 설거지도 할 줄 아는 손이 훨씬 더 고귀하다고 생각한다. 내 손을 고귀한 황금손으로 만들고자 나는 설거지통에 손을 넣어 도금하곤 한다. '설거지 쟁탈전'도 일종의 '전쟁'이니 당연히 나는 병법의 '기만술'을 써도 된다. 내 기만적 웃음이 아내를 불안하게 만든다. 아내는 어쩔 수 없이 웨이웨이에게 '지연 전술'을 쓰고는 설거지를 마치기 전에는 부엌을 뜨지 않기로 한다. 지리적 우세를 점한 적을 상대하는 유일한 방법은 '유인 출격'이지만, 굳은 결심 앞에서는 병법도 통하지 않는다.

설거지를 하고 나니 많이 늦은 시간. 그래도 아내는 웨이웨이에게 반드시 신용을 지킨다. 적당해 보이지 않는 시간일지라도 아내는 웨이웨이를 데리고 난창제 야시장으로 고기를 잡으러, 2위안을 쓰러, 이것저것 건지러 간다.

나의 주문서는 대개 "내일 아침에는 깨끗한 셔츠를 입어야 되는데" "내일 아침 8시 20분에 나 좀 깨워줬으면 하는데" 같은 거다. 역시 제때 납품받지 않은 적이 없다.

그런데 무시무시하게도 아내가 접수하는 아이들의 주문서에는 아무 제한이 없다. 아내는 나를 공장의 유능한 기술자로 여기기 때문이다. 아내는 늘 이미 접수한 주문서를 들고 서재로 온다. "치치가 깜빡하고 공책을 놓고 왔대. 당신이 학교에 가서 찾아다줄 거라고 했어."

"잉잉이 일기 제목을 뭐라고 쓸지 모르겠대. 당신이 좋은 제목 생각해줄 거라고 했어."

"치치가 소프트볼을 잘 못 한대. 당신하고 일요일 오전에 사범대 체육관 가서 연습하기로 했어. 당신이 공도 하나 사줄 거라고 했어."

아내가 무제한으로 주문서를 받는 바람에 우리 집은 어떤 물건도 척척 만들어내는 공장이 된다.

저녁에 우리가 집에 돌아오면 아내는 바로 부엌으로 뛰어든다. 그곳이 공장장의 사무실이다. 아내는 거기 서서 일을 처리한다. 나의 둥지인 서재는 기술자의 작업실이다. 아이들이 차례로 방문 앞을 지나간다. 나를 돌아보며 미소 지을 겨를도 없이, 아이들은 태양을 올려다보는 해바라기처럼 총총히 부엌으로 모여든다. 주문서를 넣으려는 거다. 나는 그날의 주문이 너무 '어렵지' 않기를 기도한다. 그러나 내 기도는 대개 효험이 없다. 얼마 뒤에 아내가 서재로 와서 일을 분배한다.

"건전지 두 개만 사다줄래?"

"남색 셀로판지 한 장만 사다줄 수 있어?"

"웃긴 얘기 두 가지만 생각해봐. 그럼 치치가 더 웃긴 얘기를 고를 거야."

"웨이웨이가 내일 이야기 발표를 한대. 불러올 테니까 당신이 도와줘. 이야기 두 편을 '들어'주면 돼."

"웨이웨이가 노래 가락을 잊어버렸대. 콧노래로 불러본다니까 같이 생각해봐."

나는 주문받은 물건을 반드시 제때, 정확하게 납품해야 한다.

공장장이 부엌으로 저녁밥을 하러 돌아간다. 아내는 이제 나머지 주문서를 직접 처리하겠지. 상당히 많을 거다. 내게 넘어온 주문서는 그중 일부에 지나지 않는다. 나는 아내를 이해한다. 내 가슴속에서도 '공장 운영'의 열정이 용솟음친다. "집은 졸졸 흐르는 맑은 시냇물, 집에 돌아온 사람들은 가지 끝에서 힘없이 흩날리는 나뭇잎"이라? 정말 웃기는 소리다.

작은
경당

작은 경당經堂에는 공양을 드릴 보살도, 목탁도, 등잔불도 없다. 그러나 매우 조용하다. 소음이 들려오지도, 소음을 내뿜지도 않는다. 특수한 설비도 없는데 방음이 된다.

작은 경당은 겨우 돗자리 두 개 크기다. 아니, 돗자리 두 개 '작기'라고 해야 마땅하겠다. 안에 있는 것은 침대 하나, 장롱 하나. 이 가구 두 점이 바닥의 4분의 3을 차지하고, 나머지 4분의 1은 사람이 움직이는 곳인데 '움직일 방법이 없는' 장소다. 그곳의 넓이를 묘사하는 가장 알맞은 말은 이거다. '한 사람이 서 있을 만한 곳.' 그 사람이 잠자리에 들면 그곳에는 슬리퍼가 놓인다. 슬리퍼를 놓기에는 아주아주 넓은 곳으로 열두 켤레는 족히 들어간다. 신발 사기 좋아하는 사람에게는 이상적인 낙원일지도.

작은 경당에는 작은 창문과 180×90센티미터짜리 표준 크기 문이 하나씩 있다. 나일론 방충문과 나일론 방충창을 달아

역시 '벌레 금지 구역'으로 만들었다. 우리 집에 '전등이 하나뿐인' 방은 두 개밖에 없는데, 하나는 욕실이고 하나는 바로 이 방이다. 그러나 작은 경당은 전기화 수준이 상당히 높은 방으로 벽에 스위치와 콘센트가 하나씩 있는 신식 장치가 달려 있다.

웨이웨이는 이렇게 평하기도 했다. "요 녀석 제법인데." 이 콘센트 덕분에 선풍기, 전기난로, 헤어드라이어, 축음기, 녹음기 모두 '생명'을 얻는다. 세상 모든 실용·오락용 전기제품으로 이곳에서 한 사람이 편안히 노닐 수 있다. "전기가 바로 이 구멍에서 나오는 거야. 개미도 가끔 이 속에서 살아." 웨이웨이가 말하는 개미란 분명 길 잃은 개미일 터.

작은 경당 바깥은 뒤뜰이다. 우리 집에서 '물이 가장 많은 장소'로 두 개의 수도꼭지가 있다. 바닥 청소하는 물, 빨래하는 물, 가구 닦는 물을 모두 여기서 받아 쓰고 여기에 갖다 버린다. 작은 경당의 방충문 맞은편에 있는 욕실 옥상에는 우리 집의 '스먼 저수지'도 있다. 어떤 종류의 '물리 작용'인지는 모르겠지만 작은 경당은 확실히 '방음'이 상당히 잘되는 곳이다. 그 안에서 졸졸 흐르는 물소리를 들으면 멀리서 산바람이 실어다주는 샘물 소리를 듣는 느낌이다. 콸콸 흐르는 물소리를 들으면 스무 골목쯤 떨어져서 나이아가라 폭포 소리를 듣는 기분이다.

작은 경당은 예전에는 경당이 아니었다. 그때는 '맞벌이를 하는' 가정에서 없어서는 안 될 집안일을 도와주는 사람의 방으로 '절대 미움을 사서는 안 되는' 장소였다. 밤에 이 작은 방에 금빛 불빛이 보이면 이 가정이 번창하는 분위기라는 뜻이었다. 이 작은 방이 사진가의 암실 같다면 그건 이 가정이 '출근할 수 없는' 곤경에 빠져 낙담한 상태라는 뜻이었다.

그때 그 '전율의 시대'도 그립기만 하다! 그때 우리는 '집안일 연습하는 젊은 처자'에게 미소 띤 얼굴을 보이느라 날마다 전전긍긍했더랬다. 금전과 물질 방면에서 '대범'하게 보이고자 갖은 애를 썼다. 아침에 일어나면 가장 먼저 스스로에게 이렇게 경고했다. "더 부드러운 말투로, 웃는 얼굴로, 모든 실수는 너그러이 용서하고, 한두 마디 재미난 농담도 잊지 말 것."

이런 훈련은 우리의 인품을 훌륭하게 갈고닦는 데는 썩 유용하다. 그러나 우리의 문제는 '인품'에서 비롯된 것이 아니었다. 우리의 인품은 정직하고 순박한지라 사실상 다시 '가공'할 필요가 전혀 없었다. 문제는 그때 그런 '밥하기'라고 불리는 '딱히 재미없는' 직업이 이미 '사양길'에 접어들었다는 것이었다. 우리가 아무리 '애처로운 표정'을 지어봐도 돌이킬 수 없는 상황이었다.

공장 입구마다 여공을 모집하는 공고가 나붙었다. 8시간 근무, 현대화된 임금 제도, 작업복, 냉난방 설비, 가벼운 음악, 통근 버스. 근면성실하게 일한 대가는 '임금 인상'과 '조장 승진'

이지 '시시껄렁한 호의'가 아니다. 옷감 한 필이나 안 입는 옷을 주거나, '마작 몇 판 더 쳐서 개평을 주거나' '밥그릇에 고기 몇 점 더 얹어주거나' '밤마실을 몇 번 더 보내고 문지기가 되어주거나' '그릇을 깨도 덕담을 건네거나' 하는 따위란 없다.

"잘 있어요, 나리! 잘 있어요, 마님! 또 만나요, 어르신! 또 만나요, 부인! '밥하는' 시대는 갔어요. '전면 출근' 시대가 왔다고요. 이제 나는 아침마다 단정하게 꾸미고 '정류장' 둥근 팻말 아래서 통근 버스를 기다릴 거예요. 24시간 당신들 집에 갇혀 있어야 하는 '고난의 바다'에서 드디어 벗어났네."

"따뜻하게 대해줬지만 쌀쌀맞게 되돌려준 거, 미안하네요. 하지만 생각 좀 해봐요. 내가 당신들 집에서 한평생 기다리고 한평생 희생한들, 나한테 뭘 해줄 건데요? 설마 옷감에 낡아빠진 옷이나 잔뜩 안겨주면서 내 인생을 바쳐달라는 건 아니겠죠? 안녕, 나는 공장에 갈래요. 법정공휴일에 쉬니까 만나러 올게요. 두 분이 열심히 노력해서 잘해나가길 바라요. 바이 바이!"

언제나 전전긍긍, 살얼음판을 걷는 듯하던 '전율의 시대'는 완전히 지나갔다. 우리도 낡은 시대의 '천진난만하고 허황된' 꿈에서 깨어났다. 이제 우리도 두 팔을 활짝 벌려 '전면 출근' 시대를 환영한다. 우리는 '톱니바퀴 돌아가듯' 빈틈이라고는 전혀 없이 살아왔다.

아침마다 일하는 사람이 우리 집으로 출근하면 우리도 출근한다. 낮에 우리가 집으로 퇴근하면 그녀도 퇴근한다. 오후에 우리 집으로 출근한 그녀가 우리를 출근시킨다. 저녁에 퇴근해 돌아온 우리가 그녀를 퇴근시킨다. 우리가 출근하면 그녀도 출근한다. 우리는 우리의 가정생활을 충분히 누리고 그녀도 그녀의 가정생활을 충분히 누린다. 우리 가족은 하루 한 번씩 다 같이 모이고 그녀의 가족도 하루 한 번씩 다 같이 모인다. 우리는 퇴근하고 무얼 할까 계획을 세우고 그녀도 퇴근하고 할 일을 계획한다.

"어제 우리가 집에 왔을 때 말이에요……." 우리가 말한다.

"맞아요, 어제 내가 집에 갔을 때도……." 그녀도 말한다.

"엊저녁에 한바탕 큰비가……." 아내가 말한다.

"그러게요, 어제 우리 집에는……." 그녀가 말한다.

"어젯밤에 지진이 났는데 거기는……."

"우리 집에도 지진이……."

이제 누구도 입 다물고 있을 일이 없다. 모두 하고픈 말이 많다. "안녕하세요" "내일 봬요" 같은 인사가 서로서로 오간다. 모두에게 '집'이 있으니 얼마나 좋은가. 그녀가 가불을 너무 많이 한다 해도 걱정 없다. 우리도 우리 '일터'에 가서 가불을 하면 되니까. 누구도 손해가 없고 누구나 똑같은 처지다.

그런데 이런 새로운 '관계' 덕분에 우리 가정에 작은 '변화'

가 일어났다. 이때부터 우리 집에는 작은 경당이 하나 생겼다. 이곳은 우리 집의 '언어센터'다. '언어활동'을 해야 하는 사람은 작은 경당에 가서 '독경'을 한다.

잉잉은 영어 교과서를 복습하거나 영어 테이프를 들어야 할 때면 작은 경당으로 슬그머니 들어간다. 특유의 '물리 작용' 덕분에 안에서 경을 외는 소리가 밖에서는 전혀 들리지 않는다. '커다란 말벌 한 마리가 방 안에서 윙윙 맴도는' 느낌도 없다. 우리는 작은 경당이 내뿜는 부드러운 금빛을 보면서 잉잉이 그곳에 '존재'한다는 걸 알아차릴 뿐이다.

치치는 소리 내어 책을 읽을 때 혀가 잘 안 돌아가는 구절이 나오면 작은 경당으로 간다. 치치가 면벽수련을 무사히 마치고 나오면 다들 궁금해한다. "성공?"

"성공." 치치는 방금 '언어센터'에서 훈련한 결과를 보여준다.

잉잉과 치치가 내일 시험 때문에 긴장되고 초조하고 불안한 마음으로 죽어라 달려야 할 때, '숙제가 없는' 웨이웨이는 한사코 이야기 레코드와 자기가 '다음 편'이라고 일컫는 '황매조黃梅調'* 레코드를 듣겠다고 우긴다. '충돌'이 표면화되기 전에 엄

---

* 중국 5대 전통극의 한 종류로 후베이성 황메이黃梅 일대에서 생겨나 안후이 지방에서 발전했다.

마가 얼른 웨이웨이와 축음기를 양팔에 안고 작은 경당으로 간다. 웨이웨이는 '언어센터'에서 조용히 시청각 교육을 받는다.

작은 경당은 집에서 따로 떨어져 있고 '방음'도 되니 확실히 괜찮은 장소다. 언젠가 나는 무슨 일로 화가 났는데 나도 모르게 작은 경당으로 향했다. 그 안에서 나는 '화는 건강하지 않다는 신호'라는 이치를 깨달았다. 화를 내지 않는 방법은 아주 간단하다. 누군가 성질이 나 있으면 '의사의 냉철함'으로 그를 대하면 된다. 내가 성질이 날 때도 얼른 '냉철한 의사'가 되어 나를 대하면 된다. 옛사람 유관劉寬*이 사람을 대할 때 그토록 너그럽고 인자했던 주요 원인은, 그가 신체가 매우 건강한 사람이며 의학 지식도 상당했기 때문이라고 본다.

사람의 풍격은 심리 상태를 비추는 거울이며, 심리는 생리 상태에 따라 울리는 '자명종'이다. 걸핏하면 화를 내는 사람은 대개 원기를 너무 많이 썼고 체력이 바닥나기 직전인 상태다.

'도리를 깨달은' 나는 가벼워진 마음으로 경당을 나섰다. 아내가 '언어센터'에서 나온 학생들을 대하듯 상냥하게 묻는다. "성공?"

"성공."

---

* 도량이 넓기로 유명한 후한의 정승. 가혹한 처벌 대신 부들 채찍으로 죄인을 다스려 스스로 부끄러움을 깨닫게 했다고 한다.

웨이웨이의
손님

모든 일은 일요일에 일어났다.

일요일 아침, 웨이웨이는 보통 늦잠을 잔다. 웨이웨이가 좋아하는 일요일 아침은 이러하다. 햇빛이 거실 바닥을 도금할 때까지 실컷 자고 일어나, 나른한 목소리로 엄마 아빠를 침대로 오라고 부르고, '일요일 아침밥'으로 뭘 먹을지 타협하고서야 침대에서 나와, 욕실에 가서 작은 걸상에 올라서서 세면대에 물을 가득 받고, 양팔부터 한참을 물에 담그고 나서야 얼굴을 씻는다. 웨이웨이에게 '일요일 아침'이란 유치원에서 엿새를 고생하고 마땅히 얻어야 할 보상이다.

꿀을 곁들인 죽, 또는 '해각황蟹壳黄'*과 우유, 또는 배 조각과 죽 같은 식으로 웨이웨이한테는 자신만의 특별한 메뉴가 있다. 일의 압박이 없는 일요일에는 엄마도 아빠도 '동화 같

---

* 게딱지 모양의 바삭하고 달착지근한 과자.

은 마음'이 된다는 걸 웨이웨이는 잘 안다. 그래서 언제나 동화 같은 아침밥을 순조롭게 얻어낸다.

독상을 아주 좋아하는 아이다, 웨이웨이는.

독상을 받을 때 웨이웨이는 잔뜩 우쭐한 표정이다. 평일에다 함께 저녁을 먹을 때면 웨이웨이는 가장 중요하지 않은 역할을 맡게 되고 여기에 아주 예민하게 반응한다. 잉잉은 밥상에서 나하고 '인생 문제'나 시험 문제를 토론하길 좋아한다. 치치는 베트남 전쟁과 댜오위다오釣魚島*, 신문 잡지의 상품이 걸린 각종 문제풀이에 관심이 있다. 엄마는 비타민과 편도선과 방부제 이야기를 한다. 나는 저녁 밥상 앞에 앉아서야 『리더스 다이제스트』구석구석에 실린 우스운 이야기가 모조리 떠오르고, 아울러 '한평생' 겪었던 난감하거나 빛나는 지난 일이 몽땅 생각난다. 잉잉과 치치의 눈에서 놀라고 신기해하는 빛이 번쩍 하며 '그다음에는 어떻게 됐냐'는 열렬한 탐문이 벌어지는 가운데, 그 아이, 웨이웨이의 눈에는 '전투 의지'가 불타오른다.

"시끄러워 죽겠네!" 웨이웨이가 말한다. "알아맞혀봐, 종이는 누가 발명했게?" '연장자'들의 대화에 끼어보고자 웨이웨이는 유치원 중급반에서 습득한 지식을 송두리째 갖다 바친

* 남중국해에 있는 군도로 중국과 일본이 영토 분쟁을 벌이고 있다.

다. 그러나 돌아오는 반응은 대개 '몰아내기'식 대답이다.

치치의 대답은 이런 식이다. "채륜 — 아빠, 그다음에 어떻게 됐어요? 계속 얘기해주세요."

잉잉의 대답은 이런 식이다. "채륜 — 그치만 아빠는 다른 사람한테 솔직한데 그 사람은 아빠한테 안 그러면 어떡하죠?"

엄마 대답은 이런 식이다. "채륜, 착하지 — 그러니까 방부제 들어간 음식은 되도록 안 먹는 게 좋아."

내 대답은 대개 이런 식이다. "나중에 내가 그 사람한테 말했어 — 채륜, 똑똑하기도 해라 — 선생, 나는 예의 차리느라 안 먹은 게 아니에요. 당신이 내 젓가락을 잘못 가져갔어요, 당신 젓가락은 저쪽에 있잖아요."

웨이웨이는 이런 상황을 받아들이기 힘들다. 낙담한 웨이웨이는 숟가락을 팽개치고 만다. "나 지금 밥 안 먹어. 좀 있다 먹을래." 웨이웨이는 차라리 혼자 거실에 가서 빨간 볼펜으로 '유아 지능 테스트'를 풀기로 한다.

나는 웨이웨이에게 미안해진다. 하지만 거실로 가서 웨이웨이를 달래주는 건 그 애의 분노를 돋울 뿐이다. 그래서 다른 보상을 해준다. 다들 식사를 마친 다음에 웨이웨이가 혼자 밥을 먹으러 돌아오면 같이 앉아서 성심성의껏, 세부 사항 하나도 빼놓지 않고 철선공주의 파초선과 손오공의 정풍주* 얘기를 들려준다.

웨이웨이가 강력하게 항의한다. "서로서로 다 친해야지, 왜 몇 사람끼리만 친한 건데!"

일요일 아침이면 웨이웨이는 보통 독상을 받는다.

그런데 이번 일요일 아침에 웨이웨이는 아주 일찍 일어나 아주 잠깐 팔을 담갔다가 얼굴을 잘 씻었을 뿐 아니라, 모두와 함께 아침을 먹겠단다. 죽, 땅콩, 유타오油条,** 셴야단鹹鴨蛋,*** 간장을.

* 『서유기』에 나오는 이야기로 파초선은 회오리 강풍을 일으키는 부채, 정풍주는 바람을 다스리는 구슬이다.
** 밀가루 반죽을 발효시켜 길쭉한 모양으로 기름에 튀긴 음식. 중국인이 즐겨 먹는 아침이다.
*** 소금에 절인 오리알.

밥을 다 먹은 웨이웨이는 잘 어울리는 옷으로 갈아입는다. 일요일에 웨이웨이의 옷차림은 완전 제멋대로다. 옷장을 뒤져 언니들의 커다란 옷을 꺼내 입는데, 옷자락이 질질 끌리기도 하고 소매가 무릎까지 내려오기도 한다. 웨이웨이는 기념품으로 산 옷을 입는 편안함과 길이에 구애받지 않는 자유를 만끽한다. 세상 그 어떤 아이도 누리지 못하는 편안하고 자유로운 옷차림이다. '남의 옷을 꺼내 입는' 웨이웨이의 습관이 우리에게도 습관이 된 지 오래다.

웨이웨이는 옷을 보는 안목이 없는 아이가 아니다. 다만 '잉잉의 모습'으로 나타나거나 '치치의 자태'로 나타나는 재미를 누리고 싶어한다. 나 역시 퇴근해서 집에 오면 10년 전의 낡은 옷으로 갈아입고서 자유롭고 편안하게 어슬렁거린다. '유행을 철저히 파괴'하는 잠깐의 희열을 맛보며 완벽하게 건강한 정신 상태가 된다. 멋진 옷과 낡은 옷이 주는 희열은 같다는 사실을 증명하고 싶은 마음이 굴뚝같다. 지혜로운 사람은 멋진 옷과 낡은 옷을 모두 즐기고, 너그러운 사람은 멋진 옷과 낡은 옷을 모두 즐길 타인의 권리를 인정한다. 취향이란 한쪽으로 치우칠 수 없는 법이다. 웨이웨이도 나의 '유전자'를 물려받았으리라.

말끔하게 차려입은 웨이웨이가 부끄러운 듯, 그러나 한껏 들뜬 태도로 선포한다. "오늘 나, 손님이 올 거야. 거실을 정리해야 돼." 이 소식은 잉잉과 치치의 '경의'를 불러일으킨다. 우리 집 전통은 손님을 존중하는 동시에 손님을 청한 사람도 존중한다. 손님을 청한 사람은 중요한 인물이다. 다만 먼저 '선포'를 해야 한다.

잉잉은 자동적으로 '오래전부터 웨이웨이의 헛간이 되어버린' 거실을 바삐 정리한다. 몇 톤은 될 성싶은 웨이웨이의 '폐물'을 치우고 나자 온 거실의 형상이 분명히 드러난다. 거실아, 잘 있었어? 정말 오랜만에 보는구나!

치치는 꼬마 주인과 손님의 놀이 프로그램을 짠다. 웨이웨이를 위해서가 아니라 웨이웨이가 지금 차지한 지위를 위해서 이러는 거라는 태도를 뚜렷이 보이면서. 치치는 꼬마들을 위해 '우량아동도서'를 몇 권 뽑아 '독서' 시간을 마련한다. 물감과 종이를 준비해 '미술' 시간도 넣는다. 노래도 몇 곡 골라 '음악' 시간까지 넣는다. 우리 집에서 치치는 줄곧 '교육 목적'이 뚜렷한 사람이다.

감격한 웨이웨이는 '자기가 아주 중요해졌다는 느낌'에 따라 진실하고 유쾌한 말투로 두 언니에게 고마움을 전한다. 그러고는 머뭇머뭇 엄마한테 가서 손짓으로 '귀 좀 대주세요'라는 의사를 표명한다. 웨이웨이가 나직이 말한다. "부탁이 있어요."

엄마가 고개를 끄덕인다. "엄마는 뭘 준비하면 될까?"

웨이웨이는 수줍게 자신의 작은 계획을 알린다. 자기가 중요하다는 걸 알기에 웨이웨이는 흥분했고, 흥분했기에 감동했고, 감동했기에 살짝 목이 멘다. "매실말랭이, 산사편山楂片,* 사탕, 수박."

엄마가 고개를 끄덕인다. "그렇게 준비할게."

손님이 오기로 한 시각은 오후 2시, 아직 이르다. 손님이 누굴까, 다들 궁금하다.

"집에 올 때 정류장이 있잖아. 내가 내리는 데서 그 애도 내려. 그 애는 상급반이야. 걔가 먼저 나한테 말을 걸어서 나도 말을 했어. 자기는 왕원전이래. 나는 린웨이라고 했어. 내가 걔네 집까지 가고, '그다음' 혼자 집에 왔어. 걔네 집은 저쪽이야. 빨간 문이 있는데 2층에 산대. 초인종이 아주 '낮아서' 나도 같이 눌렀어. 유치원에서 내가 그 애 머리를 쓰다듬으니까 애들이 중급반이 어떻게 상급반 머리를 쓰다듬냐고 하더라. 걔가 우리 집에 와서 놀고 싶다고 해서 좋다고 했어. 언제 올 거냐고 물어보니까 오늘 온대. 올까, 안 올까?"

이것이 둘이 사귀게 된 과정이었다. 웨이웨이와 왕원전은 같은 유치원 차량을 타고 돌아오는 이웃이었다.

오후 2시, 손님이 왔다. 머리를 양 갈래로 땋은 귀여운 손님

* 산사나무 열매로 만든 새콤달콤한 간식.

이다. 단정하고 공손하다. 웨이웨이가 얼른 손을 잡아끌지만 말이 안 나온다. 아니, 말을 하긴 한다.

손님이 말한다. "린웨이!"

웨이웨이가 말한다. "왕원전!"

그리고는 '금세' 말문이 막힌다.

치치가 두 꼬마를 데리고 거실로 온다. 화학 교과서를 손에 든 잉잉도 거인 같은 자태로 웃으며 고개 숙여 손님에게 인사를 건넨다. 아내와 나도 나와서 인사를 하고 손님의 땋은 머리를 쓰다듬는다. 이어지는 프로그램은 모두 웨이웨이가 진행한다.

낮잠을 자는 내 귀에 웨이웨이와 손님이 침대 곁에서 하는 얘기가 들린다.

"봤어, 못 봤어?" 웨이웨이의 목소리다.

"봤어. 한 번 더 할까, 안 할까?" 손님의 목소리다.

나는 눈을 번쩍 뜬다. 둘 다 내 발을 보고 있다.

"아저씨, 안녕하세요!" 내가 깬 걸 보고 손님이 말한다.

"안녕!" 내가 말한다.

그날 저녁, 웨이웨이에게 왜 내가 낮잠 자는 걸 구경했냐고
물었다.

"다 놀고 나니까 놀 게 더 없었어요. 그런데 아빠 발이 떨리
길래 얼른 보라고 했어요. 왕원전도 좋아했어요."

나 자신이 '초대 프로그램 항목'이 되었던 신기한 경험, 영
원히 잊지 못하리라.

플라스틱
잔칫상

'출근하는 사람'이 퇴근하면서 마음속으로 그려보는 그림은?

바지 주머니에서 열쇠를 꺼내 빨간 대문을 열고 하얀 스피츠에게 '꼬리 흔드는' 인사를 받는다. '책이 벽돌처럼 쌓인' 서재로 성큼성큼 들어가 '일이 꽉 찬' 007 가방을 내려놓는다. 침실로 뛰어들어 왕실 갑옷처럼 온몸에 덮어쓴 외출복을 벗는다. 본모습을 잃어 구기지 않아도 주름져 있는 낡고 가벼운 바지로 갈아입고 재봉선이 틀어진 헐렁한 검정 스웨터를 뒤집어쓴다. 스키 선수처럼 슬리퍼를 끌면서 깔끔하고 아늑한 거실로 들어가 차탁자에서 사회 뉴스가 가득한 저녁 신문을 집어든다. '오늘 너무너무 피곤했어'라는 탄식을 하면 뜨거운 차 한 잔이 눈앞에 나타난다. 산이 무너지듯 소파에 털썩 기대고 흩날리는 모래 속에 빠져드는 낙타처럼 소파 스펀지에 파묻혀버린다……

이는 매우 '고전적인' 한 편의 '동화'다. '여섯 살 아이가 활보하는' 집에서 이는 대단히 '고전적인' '동화'다. 그것은 '출근하는 사람'의 꿈속에나 나오는 선경이다.

실제 생활은 이러하다. 집에 돌아온 나는 대문 앞에 서서 주머니에서 열쇠를 꺼내기 전에 심호흡 두 번으로 가슴에 '산소'를 가득 채우고, 끊임없이 나 자신을 일깨운다. "사랑은 언제나 오래 참고, 사랑은 성내지 아니하느니라." 그러고는 슬그머니 대문을 민다. 오늘은 어떤 고생길에 들어설까, 대문을 여는 순간 눈에 딱 보인다.

페인트칠로 빨간 말에서 백마로 변신시킨 흔들말이 뜰에 자빠져 있다. 머리는 땅에 박고 초승달 모양 받침대는 하늘을 향한 자세다. 흔들말 옆에는 배드민턴채가 누워 있다. 그 옆의 세발자전거는 뒷바퀴 두 개와 안장이 받침대가 되어 있고 앞바퀴는 위로 쳐든 상태다. 그것은 웨이웨이의 '빙수기'다. 땅바닥에 잔뜩 흩어진 종잇조각은 웨이웨이의 '얼음'이다. 그 옆에 작은 공 세 개가 놓여 있고 바닥에 책 몇 권, 크레용 몇 토막, 유리컵 한 개가 흩어져 있다. 작은 걸상 두 개에 걸쳐놓은 빨래판은 채소를 파는 노점이다. 노점 위에 놓인 명자나무 잎사귀 한 무더기는 채소다. 베개까지 하나 나와 있다, 뜰의 맨바닥에! 그것은 웨이웨이가 '채소'를 팔다가 피곤해지면 앉아서 쉬는 '소파'다. "사랑은 언제나 오래 참고, 사랑은 성내지

아니하느니라."

　현관문을 밀고 집 안으로 들어간다. 자갈밭에 들어서는 기
분이다. 바닥이 온통 신발이다. 아내가 결혼식에서 신은 빨간
하이힐, 내가 십수 년 전에 사서 '딱 두 번 신은' 장화, 초록색
롤러스케이트, 잉잉의 낡은 운동화……. 이 신발들은 웨이웨
이가 서랍에서 골라낸 '배'다. 내가 발을 딛고 선 곳은 어쩌면
웨이웨이의 '항구'일지도 모른다.

　소파에 있던 모든 쿠션이 바닥으로 끌려내려와 무더기로
쌓여 있다. 인형 '린후이'는 치치가 두 살 때 입었던 정장을 입
고 목에 손수건을 두르고 머리를 베개에 기대고 배에 담요를
덮고 있는데, 담요 위에는 치치의 커다란 농구공이 놓여 있고
농구공 옆에는 자전거에 바람을 넣는 휴대용 펌프가 있고 펌

프 옆에는 그릇이 하나 있고 그릇 옆에는 망가진 붓 한 자루가 있고 붓 옆에는 가위가 있고 가위 옆에는 분유 깡통이 있고 깡통 옆에는 내 낡은 시계가 있고 시계 옆에는 재떨이가 있고 재떨이 옆에는 우산이 있고 우산 옆에는 내 양말 세 짝이 있고 양말 속에는 '산타할아버지 선물'이 잔뜩 들어 있고 선물 옆에는 스노가 쓰는 진드기 파우더통이 있고 통 옆에는 엄마와 언니가 쓰는 빗이 있고 빗 옆에는 플라스틱 휴지통이 있고 휴지통 옆에는 『강희자전康熙字典』*이⋯⋯.

그야말로 상징주의 시 한 수가 눈앞에 펼쳐진 듯하다. "사랑은 언제나 오래 참고 사랑은 성내지 아니하느니라."

바닥에 널린 장난감은 마치 '자갈 깔린 길'과 같다. '자갈을 깐' 그 '오솔길'은 자연스레 나를 식당으로 '인도'한다. 웨이웨이의 갈 곳 없는 작은 책상이 식당의 회벽 아래 놓여 있다. 책상 위에는 7층으로 쌓인 물건들이 있다. 대여섯 종류의 양철통, 신문지 몇 장, 막대기, 우량아동도서, 플라스틱 동물 한 무더기, 우리 집 모든 책상에서 수집해온 플라스틱 꽃, 모노폴리 게임의 가짜 돈, 장기 말, 다이아몬드게임 말, 체스 말에 냄비뚜껑까지. "사랑은 언제나 오래 참고 사랑은 성내지 아니하느니라."

돌아서서 다른 방을 본다. 잉잉이 열심히 공부하는 그곳은

* 청나라 황제 강희제의 명으로 편찬한 한자사전.

정말이지 '폭풍 속 고요'와도 같은 상황이다. 잉잉의 의자 뒤에서 나는 또다시 '오색 자갈이 깔린 땅'과 같은 진풍경을 목도한다. 플라스틱 공, 플라스틱 과자, 플라스틱 바퀴, 플라스틱 비행기 날개가 만들어낸 빨강, 노랑, 파랑, 초록의 향연에 눈이 어질어질하다. '오색 자갈 땅'의 한쪽 끝에는 작은 의자에 걸쳐놓은 커다란 나무판 위에 잔칫상이 차려져 있다. 플라스틱 컵, 플라스틱 그릇, 플라스틱 냄비, 플라스틱 접시, 플라스틱 주전자, 플라스틱 숟가락이 놓인 잔칫상이다.

잔칫상 왼쪽은 빈 의자다. 오른쪽에도 의자가 있다. 주인이 거기 앉아 플라스틱 찻주전자에서 플라스틱 찻잔에 '플라스틱 커피'를 따르고 있다. 내가 찾던 바로 그 사람, '벽력같은 포효'를 불러일으키는 그 사람 — 웨이웨이.

"웨이웨이!" 나는 아주 살짝 목소리를 높인다.

"아빠, 이리 와서 내 손님 해요!" 웨이웨이는 아주 차분한 목소리로 나를 부른다.

나는 어쩔 수 없이 웨이웨이 맞은편의 빈 의자에 앉는다.

"뭐 드실래요? 이건 달걀, 이건 빵, 이건 크로켓, 이건 커피, 이건 밀크티, 이건 밥, 이건 탄산수."

"웨이웨이!" 웨이웨이가 조성한 대혼란을 그대로 하나하나 늘어놓으며 꾸짖기란 너무나도 힘들겠다는 생각이 든다. 말로 하기조차 힘겨운 이 수많은 상황을, 웨이웨이는 혼자서 다

이루어놓고 어떻게 지치지도 않는 걸까?

"어서요, 어서 드세요." 웨이웨이는 아주 점잖게, 심지어 매우 '자상'하기까지 한 태도로 '음식'을 '들라고' 권한다.

나는 마지못해 '포효'를 삼키고 '꾸지람'을 삼키고 '불평'을 삼키고 웨이웨이 옆에서 얌전히 플라스틱 음식을 먹는다. '훈계'는, '훈계'를 하긴 해야겠지만, 어쩔 수 없이 다른 기회를 잡기로 한다.

한 끼를 잘 '대접'받은 나는 매우 공손하게 감사를 표하고 이별을 고하고는 내 방으로 돌아와 '집 옷'으로 갈아입는다. 서재 책상 앞에 앉아 아무 책이나 집어들고 한숨 돌리며 마음을 가라앉히려 해본다. 그러나 마음이 잠잠해지려는 순간 리 백부님과 린 숙부님이 떠오른다.

리 백부님이 우리 집에 오셨을 때 나는 부득불 이렇게 말했다. "잠깐만 '서서' 쉬고 계세요. 바로 소파를 정리할게요."

"정리는 무슨, 당장 거기 앉아야겠다!" 백부님은 몹시 무례하게 말했다.

"아니아니아니, 일단 서 계세요!" 내가 말했다. "이 쿠션 아래 '린후이'도 있고 유리컵도 있단 말이에요."

린 숙부님이 오셨을 때는 다른 상황이 펼쳐졌다. 숙부님은 '감상'하듯 거실을 훑어보더니 '이해'한다는 듯 이렇게 말했다. "아니면, 우리 근처 카페로 가자꾸나." 숙부님은 나에게 파리지앵 생활을 맛보여주려 했다.

좀처럼 마음이 가라앉지 않는다.

마음속에서 한 가지 '논리'가 솟아오른다. "나는 우리 집 가장 아니야? 그렇다면⋯⋯." 그러나 부엌에서 '집에 오자마자 앞치마를 두른' 아내가 요리하는 소리가 들려온다. 그 앞에서 내 '고전 논리'의 '제1명제'는 확고할 수도, 견고할 수도 없다.

부엌에 가서 아내가 일요일에 장을 보는 커다란 플라스틱 바구니를 꺼내 뜰로 나간다. 고개 들어 하늘을 한 번 보고, 심호흡을 두 번 한다. 그러고는 허리를 숙여 낙타 등이 된 채 손을 뻗어 하나하나 주워 담고, 한 바구니 한 바구니 갖다 치운다. 뜰이 뜰처럼 될 때까지, 거실이 거실처럼 될 때까지, 책상이 책상처럼 될 때까지, 방이 방처럼 될 때까지. 내 척추는 활처럼 굽어버린다. 게다가 매번 이처럼 대업을 이뤄내도 홀가분해지기는커녕 불편한 마음을 억누르기가 점점 힘들어진다. 웨이웨이의 논리가 논리적이지 않다는 걸 그 애에게 대체 어떻게 이해시켜야 할까, 방법을 아예 모르기 때문이다.

"내 물건에 아빠 맘대로 손대지 않으면 되잖아요. 내일 또 갖고 놀 건데!" 웨이웨이는 이렇게 말할 테지.

여섯 살짜리가 활개 치는 집에서 가장 좋은 방법은 이 두 구절을 마음속으로 끊임없이 되뇌는 거다. "사랑은 언제나 오래 참고, 사랑은 언제나 성내지 아니하느니라."

작은
메뚜기

아이들이 아직 어릴 때, 나는 아름다운 구슬 한 상자를 지닌 소장가 같았다. 아이들이 차츰 자라면서 나는 메뚜기가 든 종이상자를 가진 소년처럼 변해가는데, 그 종이상자에는 뚜껑이 없다.

아이들이 아직 어릴 때, 퇴근해 돌아와 문을 여는 것은 구슬 상자 뚜껑을 여는 것과 같았다. 그 진주알들은 반드시 그 속에 있었다. 우리 아이들은 어김없이 집에 있었다. 아이들은 어둠 속에서 홀연히 빛줄기를 본 것처럼 일제히 고개를 들어 일제히 한곳을 바라보았다, 나의 얼굴을. 아이들은 나를 보고 웃고, 반달 모양으로 나를 에워쌌다. 아니면 우는 얼굴로 서러움을 토로하며 자석에 달라붙는 쇳가루처럼 나에게 몰려들기도 했다. 나는 커다란 행성이었다. 내가 어디를 가든 작은 위성들이 따라왔다.

그때 아이들은 나의 소장품, 나의 진주였다. 나는 아이들을 이리로 데려가고 저리로 데려갔다. 어떻게 아이들을 '집중'시킬까 하는 궁리는 해본 적이 없었다. 아이들은 애초부터 '초집중'했으니까. 내가 있는 그곳에 아이들도 있었다. 집을 떠날 때는 보물상자 뚜껑을 살짝만 덮어놓으면 되었다. 집에 와서 뚜껑을 열어보면 진주들은 틀림없이 그 자리에 있으리라는 걸 나는 티끌만 한 의심도 없이 완전히 믿었다. 나는 집을 떠나도 구슬 소장가, 집에 돌아와도 구슬 소장가였다.

아이들이 좀더 자라자 나는 아비 된 모든 이가 겪는 외로운 심정을 맛보았다. 그 심정은 쉽사리 묘사할 수 있다. 집에 돌아온 나는 더 이상 한 줄기 빛이 아니다. 나를 보는 아이들도 어둠 속에서 빛줄기를 본 기색이 아니다. 아이들 눈앞에 나타난 나는 '이미 훤한 거실에 비길 수 없는 밝기'의 빛인 듯 아이들의 주의를 끌지 못한다.

더 정확히 말하면, 사실 나는 '아이들 눈앞에 나타나기'가 아예 불가능하다. 그저 아이들 '등 뒤'에나 나타날 수 있다. 잉잉과 치치의 눈앞에는 필기구와 공책이 있고, 웨이웨이의 눈앞에는 바둑판과 검고 하얀 바둑알 통이 있다.

아이들이 나를 '반기는' 모습도 달라졌다.

나는 잉잉의 책상 옆으로 간다. 잉잉이 내가 왜 왔는지 알 거라고 믿으며. 잉잉은 앉은 채로 나를 돌아보며 고개를 꾸벅하고 얌전히 말한다. "다녀오셨어요?" 잉잉은 급히 해야 할 숙제 때문에 바쁘다. 나도 안다. 저 아이가 어릴 적 '아빠빠빠' 소리를 내며 멀리서 나를 향해 쌩 날아오던 '화살'이 맞나? 그 '화살'은 이제 '활'이 되어 책상에 코를 박고 공부하느라 여념이 없다.

나는 치치의 등 뒤로 간다. 어깨너머로 보니까 치치는 '필기' 중이다. 치치는 고개를 돌리기는커녕 눈도 들지 않은 채 말한다. "무슨 일이세요?" 이제 볼일이 없으면 찾아올 수 없는 건가 싶어 쓸쓸한 기분이 든다. 치치 말은 그런 뜻이 아니라는 걸 알면서도. 치치는 해야 하는 필기가 있어 바쁘다는 걸 알면서도. 저 아이가 어릴 적 언제나 내 몸에 들러붙어 있던 '엿가락'이 맞나? 그 '엿가락'은 지금 '그림을 거는 못'이 되어 언제나 책상에 못 박혀 있다.

마지막으로 웨이웨이를 찾아간다. 웨이웨이의 바둑판에 검은 돌과 흰 돌이 가득하다. 웨이웨이는 검은 돌 네 개로 흰 돌 하나를 '먹을' 방법과 흰 돌 네 개로 검은 돌 하나를 먹을 방법을 골똘히 연구 중이다. 나의 등장은 웨이웨이에게 놀라울 것도 기쁠 것도 없는 일이다. 그래도 웨이웨이는 나를 부른다. "한판 둬요!" 날마다 보는 익숙한 사람에게 건네는 담담한 말투다. 그리고 자동인형처럼 바둑판을 정리한다.

"땅 따먹기 할까요, 돌 따먹기 할까요?"

웨이웨이가 말하는 '땅 따먹기'는 전략적 바둑, '돌 따먹기'

는 전술적 바둑이다. 우리는 보통 '두 가지를 섞어서' 한다. 웨이웨이의 '바둑 실력'은 이미 치치와 막상막하가 되었지만 '욕심'이 너무 많다. '격추'에 몰두해 형세를 읽는 데 소홀해진다. 웨이웨이는 돌 따먹는 데 정신이 팔려 너른 '강산'을 하나하나 잃고 만다.

황혼 무렵마다 한판 승부를 벌이고 나면 식당에 불이 켜진다. 웨이웨이는 저녁을 먹고 씻고 일찍 자러 간다. 유치원 '오전반'이기 때문이기도 하고, 텔레비전을 안 보기 때문이기도 하다. 잉잉과 치치는 공부할 때 거실이 '극장 분위기'가 되는 걸 좋아하지 않는다. 웨이웨이는 텔레비전을 켰다 하면 세 개 채널을 정신없이 돌리며 '말하는 물고기'가 나오는 감기약 광고를 찾고, 두 언니는 성난 얼굴로 나와서 '부탁'을 한다. 그래서 웨이웨이의 '오락 시간'은 저절로 조정되어 이제 낮에 텔레비전을 보게 되었다.

텔레비전을 볼 때 웨이웨이는 혼자 거실에 있다. 텔레비전 밥 한 그릇과 텔레비전 국 한 그릇, 수업 시간표처럼 한결같다. 웨이웨이는 다른 사람이 함께하길 바라지 않는다. 어느덧 '독립'의 즐거움을 맛보기 시작했다. 나한테서 떨어질 줄 모르던 '앵무새'였건만 나의 말은 이미 웨이웨이에게 '중요한 말하기 교본'이 아니다. 그 애는 이제 텔레비전 속 대화에 주의를 기울인다.

특히나 아이들은 방학이고 나는 방학이 아닐 때면, 집에 돌아온 내가 좀처럼 하지 않던 말 한 마디가 있었다. 그런데 요즘 들어 점점 자주 하게 된다. 집에 온 나는 두 책상 앞에서 두 '서생'을 찾지 못할 가능성이 높다. 바둑판 옆에서 꼬마 '9단'도 보지 못할 가능성이 높다. 우리 집의 모든 자리가 텅 비어 있고, 부엌에서만 소리가 좀 난다. 아이들이 어릴 때 나를 찾아다니느라 바빴듯이 나도 초조하게 아이들을 찾는다. 아이들이 어릴 때 부엌으로 뛰어들어 엄마한테 물었듯이 나도 부엌으로 뛰어들어 아이들 엄마에게 묻는다.

내 입에서 나오는 말은 바로 이거다. "애들은?" 몇 년 전에 아이들이 습관처럼 하던 딱 그 말이다. "아빠는?"

잉잉은 친구 몇 명과 함께 예전 선생님을 찾아갔을 것이다. 심지어 이렇게 말할지도 모른다. "점심에 집에서 밥 안 먹을 거예요." 이 또한 예전에 내가 하던 말이건만.

치치는 휴일마다 자신의 '사교활동'이 있다. 어릴 때 날마다 나와 함께 대문가에서 오가는 사람들을 구경하던 치치, 정말 참을성 있게 엄마를 기다리던 과묵하고 듬직하던 치치. 그 애는 이제 이런 말을 남긴다. "친구랑 책방 가요. 괜찮은 책 있나 보고 올게요."

유치원 상급반이 된 웨이웨이는 전화로 통보할 것이다. "나 좀 늦어요, 오후반 친구 차 타는 거 배웅해주게요. 알았죠?"

이런 전화를 받으면 이런 광경이 그려진다. 웨이웨이는 자기보다 조금 큰 '양갈래 머리' 친구와 함께 고무나무 아래 서서 통학 차량이 떠나는 시간을 기다릴 것이다. 친구가 버스에 오르면 둘은 서로 손을 흔들며 '바이바이' 인사를 나누고, 웨이웨이는 고개를 숙이고 천천히 집으로 돌아올 것이다.

이 광경을 열 번째로 그려보고 있을 때, "문 열어줘요!" 소리가 들린다. 웨이웨이가 진짜로 돌아온 거다. 웨이웨이는 아직 초인종 사용권이 없다. 초인종이 웨이웨이 키보다 높이 달려 있기 때문이다. 딱 농구 골대가 내 키보다 높은 정도로.

메뚜기 떼를 뚜껑이 없는 상자에 키우는 소년의 심정이 바로 내 심정이다. 나는 메뚜기 세 마리를 키우는 소년이다.

작은 태양

초판 인쇄 2022년 9월 16일
초판 발행 2022년 9월 23일

지은이 린량
옮긴이 조은
펴낸이 강성민
편집장 이은혜
마케팅 정민호 이숙재 김도윤 한민아 정진아 우상욱 정유선 김수인
브랜딩 함유지 함근아 김희숙 박민재 박진희 정승민
제 작 강신은 김동욱 임현식

펴낸곳 (주)글항아리 | 출판등록 2009년 1월 19일 제406-2009-000002호

주소 10881 경기도 파주시 회동길 210
전자우편 bookpot@hanmail.net
전화번호 031) 955-2696(마케팅) 031) 955-2663(편집부)
팩스 031) 955-2557

ISBN 979-11-6909-037-7 03820

www.geulhangari.com